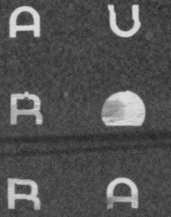

AUR

VITÓRIA
SOUZA

ORA

MC
Mundo Cristão

Copyright © 2024 por Vitória de Souza Nunes

Todos os direitos reservados e protegidos pela Lei 9.610, de 19/02/1998.

É expressamente proibida a reprodução total ou parcial deste livro, por quaisquer meios (eletrônicos, mecânicos, fotográficos, gravação e outros), sem prévia autorização, por escrito, da editora.

A ilustração da capa e as ilustrações internas são de Kezia Caetano. Os demais recursos gráficos foram desenvolvidos pela equipe da Mundo Cristão.

Edição
Camila Antunes
Daniel Faria

Revisão
Ana Luiza Ferreira

Produção
Felipe Marques

Diagramação
Gabrielli Casseta

Colaboração
Guilherme Lorenzetti

Capa
Jonatas Belan

CIP-Brasil. Catalogação na publicação
Sindicato Nacional dos Editores de Livros, RJ

S719a

  Souza, Vitória
    Aurora / Vitória Souza. - 1. ed. - São Paulo : Mundo Cristão, 2024.
    384 p.

    ISBN 978-65-5988-361-5

    1. Ficção brasileira. I. Título.

24-93424   CDD: 869.3
                                  CDU: 82-3(81)

Meri Gleice Rodrigues de Souza - Bibliotecária - CRB-7/6439

Publicado no Brasil com todos os direitos reservados por:
Editora Mundo Cristão
Rua Antônio Carlos Tacconi, 69
São Paulo, SP, Brasil
CEP 04810-020
Telefone: (11) 2127-4147
www.mundocristao.com.br

Categoria: Literatura
1ª edição: novembro de 2024

Volte para casa, criança.
Apenas volte para Casa.

Nome do vírus: Lanulavírus

Nome da doença: Conhecida como Lanulavírus ou apenas Lanula.

Período de incubação:
- 3 a 5 dias
- até 24h

Sintomas:
- febre, dores de cabeça, evoluindo em alguns casos para falência de um ou mais órgãos e morte.
- encefalite aguda (agitação, confusão mental, perda de memória, desorientação, desmaios, convulsões e morte).

Transmissão: Contato com pessoas infectadas.

Histórico: O LANULAVÍRUS estava presente na natureza em animais selvagens de forma inofensiva. Sofreu mutações a partir do contato com outras espécies em zonas de interface, atingindo, em seu último salto, a espécie humana. A contaminação originou-se de aves migratórias infectadas que disseminaram o vírus para locais de criação de animais para o consumo (e exportação), levando rapidamente o LANULAVÍRUS a várias partes do planeta, o que culminou em uma pandemia.

O LANULAVÍRUS atua nas células endoteliais, podendo atingir coração, rins, pulmão e demais órgãos, variando em cada paciente. A primeira onda de LANULAVÍRUS foi caracterizada pelo surgimento de infectados na América do Sul, que manifestavam os sintomas menos agressivos da doença. A inflamação e consequente falência de órgãos ocorria apenas em pacientes com saúde debilitada, motivo pelo qual os profissionais da saúde imaginaram que a pandemia estivesse sob controle.

No entanto, o LANULAVÍRUS possui a capacidade de se integrar ao genoma, ficando "adormecido" até que condições externas levem a um novo processo inflamatório. No período de dois meses, uma nova cepa do LANULAVÍRUS surgiu, caracterizada pela mudança no período de incubação e restrição do órgão atingido, afetando majoritariamente o cérebro. Tendo como principal resultado a encefalite aguda, o LANULAVÍRUS levou à morte milhões de pessoas em um curto período de tempo, tanto pela condição biológica quanto pelas consequências sociais resultantes de inúmeros infectados apresentando disfunções simultâneas no sistema nervoso central.

Imunidade: A existência de imunes ao LANULAVÍRUS ainda é desconhecida. Uma vez que a maioria dos sobreviventes não foi infectada por seguir um protocolo rígido de proteção (em especial, o isolamento), considera-se que não houve exposição ao vírus e tem-se descartado a hipótese de imunidade. Profissionais da saúde que sobreviveram às duas ondas são o principal foco nos estudos da imunidade, considerando que estiveram diretamente expostos à contaminação.

Eu digo que o amo
Mas você me amou primeiro
Digo que sou forte
Mas me assusto com o medo
Eu digo que confio
Mas é tudo passageiro

E então eu lembro
Que minha inconstância
É tão forte
Quanto sua fé em mim

E se você acredita
Mesmo com os meus defeitos
Nós podemos, juntos,

Queimar este mundo inteiro.

Excertos dos poemas de Ayah, 18

—

01

Helsye

Não consigo ouvir o som dos meus passos enquanto caminho em direção à morte.

É esquisito, considerando que, poucas horas atrás, era exatamente o contrário disso o que me aborrecia. Eu havia calçado as sandálias de borracha da minha mãe porque acabaram sendo a melhor opção depois que perdi meu único par de sapatos; só que eram muito velhas e faziam um barulho odioso, como se chapinhassem em poças d'água cada vez que eu pisava. Mas agora que a cabine com isolamento acústico as deixou silenciosas, confesso que preferia ouvir aquele chapinhar ao som descompassado da minha respiração.

Não é engraçado como o que nos incomoda pode se tornar irrelevante diante de algo pior?

Antes que eu tenha a chance de zombar da ironia na reflexão, uma voz feminina e mecânica reverbera, cortando o silêncio da câmara de extermínio com a mesma sentença que ouvi nos alto-falantes da praça, logo antes de ser arrastada até aqui:

"*Dos inimigos da paz e segurança social, que se rebelam contra a Armada que nos mantém a salvo do vírus e unidos como nação, decretamos a execução de Helsye Agris, da família de Ayah, por ataque violento e inescrupuloso à família de um agente da segurança pública de Kyresia.*"

Eu só acho que "ataque violento e inescrupuloso" foi um pouco de exagero. O que aconteceu na verdade foi que um garoto idiota — e, provavelmente, bêbado — tentou me beijar à força na noite anterior durante a Festa dos Sobreviventes. Uma celebração popular no país. A música estava alta, eu me empanturrava com tudo que conseguia estocar no estômago depois de quase dois dias sem comer, e ele se aproximou sem que eu percebesse. Senti o azedo do álcool assim que o verme abriu a boca e se jogou em cima de mim. Então, logo em seguida, ele acabou com o nariz levemente...
Quebrado.
Pelo menos foi um soco extremamente satisfatório. Juro, meu cotovelo estava em um ângulo perfeito. Meu punho cerrado na medida certa. Eu o acertei com força suficiente para fazê-lo cambalear para trás como se estivesse em câmera lenta. A liberação de raiva eletrizou todo o meu corpo, e eu ainda esboçava um sorrisinho quando ele se levantou e disse:
— *Você está morta.*
E não é que estava falando sério?
— Coloque o braço no local indicado — diz outra vez a voz robótica, me trazendo de volta ao presente.
Tenho um espasmo quando algo pontiagudo perfura minha pele e encaro meu reflexo distorcido na parede metálica enquanto espero. Minha cor parece acinzentada por causa da iluminação bruxuleante das lâmpadas, e as tranças no meu cabelo estão frouxas devido à *delicadeza* com que fui trazida pelos Exatores, como são chamados os soldados da Armada kyresiana.
Não sei dizer quanto tempo se passou desde que a porta foi fechada até que eu terminasse de percorrer o corredor sinuoso e chegasse ao orifício na parede. O isolamento acústico absorveu o som dos meus passos e me fez perder

a noção do tempo. Estar em silêncio absoluto, ouvindo apenas a minha respiração e as batidas do meu coração, é como um prenúncio da agonia que está por vir.

Enquanto observo minha imagem no reflexo, sozinha nesse corredor, minha ficha começa a cair aos poucos. Tento pensar em algo positivo, em alguma piadinha, porque foi assim que sobrevivi nessa droga de realidade, mas não sobrou mais nada. Vou mesmo morrer.

E minha vida foi um desperdício.

— O vírus no seu organismo começará a fazer efeito em cinco minutos — continua a voz mecânica. — Siga em frente e abra a porta. Nunca olhe para cima.

Sorrio com a idiotice do lema da Armada: *Não olhe para cima*. Para mim, soa como "Não espere por coisas melhores. Não questione as injustiças ou as decisões de quem é superior a você. Porque você é um nada para o governo".

Que baboseira infernal.

O caminho agora se torna um pouco mais difícil. Minhas pernas parecem pesadas, e eu mal sustento o peso do meu corpo. Começo a me sentir claustrofóbica no túnel, minha respiração acelera, minha visão foca e desfoca. Aperto os lábios ao chegar diante da porta e decido acabar logo com isso.

Fecho os olhos. Seguro a respiração. Giro a maçaneta.

E o cheiro de morte é a primeira coisa que sinto.

02

Helsye

Lanulavírus.

Aprendi esse nome antes de aprender o meu. Já faz trinta anos que o conhecemos bem, mas ainda há cartazes esmaecidos espalhados por aí com informações sobre os sintomas e slogans esperançosos.

Os mais antigos dizem que quando a primeira onda estourou, ninguém imaginava que o mundo nunca mais seria o mesmo. As pessoas eram otimistas. Acreditavam que só era preciso ter paciência e logo tudo ficaria bem.

Na segunda onda, três continentes foram despovoados. Na terceira, a humanidade estava quase extinta.

A primeira versão do vírus parecia inofensiva. Causava dores e desconforto, sendo letal apenas para pessoas que já estavam mesmo com o pezinho no outro lado. Foi na segunda onda que as coisas começaram a ficar assustadoras. Ouvi dizer que houve um dia de trevas em que o principal sintoma da segunda cepa — encefalite aguda — despertou em todos que já haviam sido infectados, instalando um colapso total.

Consigo imaginar as ruas lotadas de pessoas sem controle motor, raciocínio ou memória, agindo como animais. Penso em como deve ter sido aterrorizante ver quem você ama completamente fora de si. E então me dou conta de que é isso que vai acontecer comigo. De que, em menos de meia hora, não serei mais eu mesma.

Há uma enorme e aterrorizante montanha de ossos no cenário diante de mim. Observo com atenção os diferentes estágios de decomposição em que eles se encontram e vejo além disso. Vejo as marcas na parede das pessoas que lutaram contra a morte. Vejo peças de roupas e sapatos rasgados. Vejo a mim mesma, batendo violentamente contra alguma parede para conter a dor excruciante na cabeça.

Começo a hiperventilar.

Tento abrir novamente a porta, mas agora ela está trancada. Apoio uma das mãos na parede e escorrego, me sentando no chão, sem coragem de dar um só passo adiante. O cheiro horrível me deixa nauseada. Minha cabeça gira com um milhão de pensamentos, parando em quem eu mais queria evitar.

Meu pai.

Não quero pensar em como tudo seria diferente se ele estivesse aqui. Como eu senti a sua falta. Como nunca o perdoei por ter desaparecido. Como tudo que ele me ensinou não serviu para nada nem será capaz de me salvar de uma morte horrível e solitária.

Como eu daria tudo para abraçá-lo uma última vez.

Minha cabeça lateja, sinalizando que o ataque ao meu sistema nervoso central começou. Me deito no chão, aceitando a minha condição e pensando que talvez seja melhor assim, eu não tinha mesmo muitas expectativas para a minha vida. Encolho os joelhos até a altura do peito, a garganta arde pelo choro reprimido, mas tento me acalmar e esperar.

Espero.
Conto até dez.
Espero.
Vinte.
E espero.

Não sei mais há quanto tempo estou esperando, talvez uma hora já tenha se passado quando enfim me dou conta de que algo não está certo. Porque se não estou morta, então a coisa mais improvável do mundo aconteceu comigo. Pisco algumas vezes e me pergunto se estou delirando. Solto uma risada incrédula e aperto as duas mãos sobre os olhos.

Achei que isso fosse impossível.

Não acredito que sou imune ao vírus.

03

Loryan

— Como se sente? — pergunta Jeyoke.
— Como um astronauta. — Tento mexer os braços, sentindo as camadas de tecido pesadas e o grande capacete-máscara desbalancearem o meu corpo. — Tenho mesmo que usar isso?
— Hayur disse que foi o traje mais avançado teclono... tecnlolo...
— Tecnologicamente.
Jeyoke assente.
— Isso. *Teclologicamente* para evitar a contaminação.
Hayur e suas palavras difíceis. Ele deveria vir acompanhado de um tradutor.
— Beleza, vou descer lá — eu digo.
— T-tome cuidado, Loryan.
— Relaxa, *benzinho* — sorrio para Jeyoke antes de descer. — Eu vou sobreviver.
Viro de costas e prendo a respiração antes de descer pelo acesso subterrâneo. Temos túneis abertos em todas as províncias, e quando acontece de sentenciarem alguém no lugar em que estamos, Kyo faz questão de fazer um funeral.
Não gosto da ideia.
É perigoso e negligente e não faz nenhum sentido, já que o condenado está *morto* demais para saber se foi enterrado ou não. A qualquer momento a Armada pode descobrir

o que estamos fazendo, sem contar o risco de sermos contaminados no processo. Kyo diz que os funerais são importantes, porque são uma forma de lembrar que eles são humanos, mas nada me tira da cabeça que o objetivo é, na verdade, lembrar-nos de que nós ainda somos humanos.

Continuo me arrastando pelo canal estreito, enquanto apoio o peso nos cotovelos. Paro algumas vezes durante o trajeto para respirar, mas logo volto a seguir caminho. Escorrego no fim da passagem e caio próximo a um fêmur desgastado. Aperto os olhos, enjoado. Ainda bem que o traje cobre todo o meu corpo e me impede de sentir o cheiro desse lugar.

Há tempos não resgatamos ninguém na província Agrícola. A vista é aterrorizante.

E não havia como ser diferente. Os Agris, como chamamos os provincianos locais, estão bem na base da esteira, sendo encarregados de fornecer a matéria-prima bruta que percorre toda a cadeia até chegar à Armada. O mundo pós-pandêmico tinha muitos desafios, mas o primeiro deles era estabelecer um sistema de produção que funcionasse e que pudesse dar às pessoas o mínimo de estrutura para reconstruírem suas vidas. A solução encontrada foi dividir o país insurgente em cinco territórios: Agrícola, Artesã, Comercial, Tecnológica e Armada. Cada um deles agrega um valor diferente ao bem que está sendo produzido, mas, na prática, a ideia se tornou uma grande esteira de corrupção e desigualdade, como a vista diante de mim pode comprovar.

Fico de pé em um pulo e começo a olhar ao redor, procurando a garota que foi executada hoje mais cedo. Eu estava infiltrado na festa, me passando por um Agris qualquer, e vi quando ela foi levada. A serenidade me deixou intrigado, mas não consegui descobrir muito sobre ela, além de que não foi muito inteligente, considerando que agrediu alguém envolvido com uma autoridade.

Talvez ela seja do grupo dos Chaoses, embora eu nunca os tenha visto atacar ninguém. Costumam atear fogo e fazer um pouco de bagunça, como o próprio nome sugere, mas não passam disso. Nunca entendi qual é a desses rebeldes que não fazem nada além de barulho.

Caminho pelo galpão, girando a cabeça desbalanceada pelo peso do capacete que compõe o meu traje, e enxergo algo brilhante, destoando da morbidez cinzenta. Dou alguns passos hesitantes, chegando mais perto e abaixo, sentando nos calcanhares.

— Você tinha olhos bonitos — digo, lembrando do momento em que a vi, ainda com vida, logo depois de ser condenada.

Pensando bem, é até compreensível que Kyo não pare com os funerais. Não é difícil ignorar o sofrimento de uma pessoa quando ela está distante da sua realidade. Mas aqui, olhando para essa garota que parece ter a mesma idade que eu, consigo me colocar no lugar dela. Consigo imaginar as coisas e pessoas que ela deve ter deixado para trás. Consigo sentir sua dor.

E isso me deixa desconfortável.

— Encontrei — digo para Jeyoke, apertando o dispositivo de comunicação. — Acho que vou precisar de uma corda.

— Loryan, é você?

Reviro os olhos.

— Loryan está morto. Foi devorado pelos zumbis do galpão — respondo, com uma voz fantasmagórica.

— L-Loryan... Não brinca com... com uma coisa d-d--dessas que...

— Para de ser tonto, Jey. Manda logo a corda.

— Tá bem — ele assente, ainda com a voz trêmula.

Estico os braços para segurá-la no colo. A garota não deve ter morrido há muito tempo, a pele tem um viço de quem ainda está quente, e ela surpreendentemente não tem machucados recentes como a maioria dos corpos que resgatamos.

A cabeça mole se aninha ao meu peito assim que a levanto. O corpo está desnutrido, e a lembrança de que os Agris mal fazem uma refeição por dia fecha a minha garganta com um nó. Tento ignorar a sensação, desviando o olhar do rosto dela, mas me distraio quando uma sandália velha e desgastada escorrega do seu pé.

Três segundos. Três segundos de descuido.

E eu sou atacado.

— Quem... é... você?

É tão inesperado que, por um momento, não sei o que responder. Também não sei como ela conseguiu pular do meu colo, tirar uma faca de sabe-se-lá-onde e apontá-la para o meu pescoço.

Droga, nem sei como ela pode estar viva.

A garota estreita o olhar na minha direção, embora eu saiba que, graças ao meu traje, ela não consegue ver muita coisa além dos meus olhos. Ainda sinto os pés fincados no chão e a língua colada ao céu da boca, porque não consigo dizer ou pensar em nada.

Será que erraram a dose da injeção letal? Ou ela conseguiu burlar o sis...

Espera.

Não pode ser.

— Responde! — Ela pressiona a ponta da faca no meu traje.

— Calma... — digo com cautela. — Eu vim tirar você daqui.

— Você vai me tirar daqui — ela diz, quase ao mesmo tempo.

— Foi o que acabei de dizer, *vidente*.

Sinto uma pressão abaixo do pescoço e ouço meu traje rasgando. Levanto as mãos em rendição. Kyo sempre diz que ser irônico um dia pode acabar com a minha vida.

— Por que você veio? — ela dispara.

— Como está viva? — eu retruco.

Dois segundos de silêncio.

— É um Exator?

— De onde tirou essa faca?

A sincronia soa engraçada.

— Eu a mantenho guardada em um lugar *específico* — afirma, desviando o olhar.

É impressionante que tenha passado despercebido aos Exatores. Se eles estivessem em menor número, talvez ela até tivesse uma chance de reagir e fugir.

— Sua vez de responder — ela diz.

Pisco algumas vezes.

— Olha, eu sei que é muito esquisito, mas se você não se importa, eu prefiro explicar as coisas em outro lugar. Especialmente onde a gente não corra o risco de acabar como esse indivíduo aqui.

Chuto um crânio que estava perto do meu pé e a garota parece ponderar.

— Tudo bem. — Ela engole em seco, olhando ao redor. — Por onde você entrou?

— Por ali. — Aponto para a entrada do túnel, ainda com as mãos erguidas. — É uma passagem subterrânea que vai dar em uma clareira no meio da floresta e... Quer tirar essa faca de perto do meu pescoço?

Ela semicerra os olhos outra vez, sem os desviar. Não sei o que enxergou no meu rosto, mas, seja o que for, a fez abaixar a adaga.

— Obrigado — pigarreio. — Vamos. Você primeiro.

Indico o caminho, e ela segue, emitindo um alerta:
— Não esqueça que estou armada.
A garota dá um sorrisinho de canto. De repente o dia passa a ficar muito mais interessante.

04

Loryan

— É melhor você esperar aqui — digo. — Vou... Preparar o meu amigo.

Vou garantir que Jeyoke não tenha um colapso ao ver você viva.

Tirando a poeira do corpo, ela concorda com a cabeça.

Jeyoke está próximo à caminhonete, desenrolando, com sua única mão, a corda que me esqueci que havia pedido. Lembro que não posso tocar nele por causa do nível de contaminação no galpão, então torço para que não desmaie. Ele estava com tanto medo no caminho.

Eu não deveria ter feito aquela piada com zumbis.

— Ah, você subiu de novo? Eu já ia mandar a corda. Mas... O que aconteceu?

— Jeyoke Aki — respondo, unindo as duas mãos na vertical diante do meu rosto. — Você lembra da conversa que tivemos sobre coisas... hum... sobrenaturais?

Ele arregala os olhos. Continuo a minha introdução.

— Sobre fantasmas não existirem, lembra?

— Certo — responde.

— Nem zumbis?

Jey balança a cabeça.

— Nem... — começo a dizer, mas meu amigo fica lívido de repente.

— Ai, MEU PAI DO CÉU! — ele grita.

Viro-me para o lado e deparo com a garota que deveria estar morta. Ela se aproxima, cruzando os braços à frente do corpo, e para bem ao meu lado, o cabelo agora preso em um nó e as tranças coloridas formando círculos. Consigo ver o local onde a injeção letal foi aplicada, inchado e arroxeado, o que indica que a sentença foi mesmo executada, e confirma minha hipótese sobre sua reação ao vírus.

Ela ergue os olhos em minha direção, e percebo que a encarei por tempo demais.

— Eu disse para você esperar ali.

— Você estava demorando demais — ela diz com tranquilidade. — E caso não saiba, experiências de quase morte acabam com a sua paciência — completou.

— V-você... Eu...

Jeyoke alterna o olhar entre nós dois, e vejo seu rosto empalidecer sob a máscara de tecido que cobre o nariz e a boca.

— Jey, está tudo bem. Sei que é estranho, mas... ela é imune, tá bem?

— M-mas...

— Não é uma morta-viva, como nas histórias que Layla te contou. Aquilo não existe.

— É claro que existe — ela intervém, divertindo-se. — Vemos muita coisa assim na província Agrícola.

Solto um suspiro e a encaro com irritação.

— Você não está ajudando.

— T-tem certeza que ela não vai comer o meu cérebro?

— Depende, você teria um molho para acompanhar?

— Chega! — grito. — Vocês dois, parem com isso. Estamos perdendo tempo. Jeyoke, você vai dirigir até a base, e eu vou junto com a garota na caçamba para evitar que ela faça qualquer gracinha.

— Base? — ela protesta. — Você disse que ia me levar para casa!

— Não, eu não disse. Mas caso você queira pisar na sua província e ser executada em seguida por ser imune, eu te dou uma carona.

— Por que eu seria executada? — questiona, franzindo o cenho. — Posso ser a esperança de uma vacina. Não acha que as pessoas teriam algum interesse?

Volto a suspirar, desta vez com desânimo. Às vezes, esqueço a história mentirosa que contam aos provincianos.

— Acho que tem muita coisa que você não sabe. E se quiser descobrir, é melhor vir comigo. Enquanto isso, tente não fazer meu amigo desmaiar, precisamos dele para sair daqui.

— Por favor — implorou Jeyoke, com a voz algumas oitavas acima —, eu não quero morrer.

Faço uma anotação mental para repreender Layla por encher a cabeça dele com histórias de terror.

— Pouparei você, humano — ela diz, dando-se por vencida. — Posso ao menos saber para onde vamos?

Seguro-a pelo braço, puxando-a em direção à caçamba da caminhonete.

— Ao acampamento dos Recolhedores.

05

Helsye

Nas últimas horas, achei que fosse morrer pelo menos umas três vezes. E então achei que estava a salvo pelo menos umas três vezes. Agora não tenho certeza em qual das duas posições estou.

Dúvidas se acumulam na minha mente. Quem são essas pessoas? Por que me resgataram? Por que sou imune? Será que ainda estou no processo de pré-morte e a minha cabeça está criando cenários impossíveis?

— Vem aqui — diz o garoto, levantando-se depois de tirar da mochila algo semelhante a uma pistola. Minha mão toca o cabo da adaga instintivamente quando ele se aproxima, mas desisto ao reconhecer o aparelho.

Vi um neutralizador de rastreamento apenas uma vez. Estava na fila do Mercado Central, onde trocamos nossas quotas de trabalho por remédios e itens produzidos em outras províncias, já que ir até elas é proibido, e vi um comerciante fazendo sinal para que um dos Agris na fila o seguisse. Resolvi ir atrás. Desde que meu último fornecedor desapareceu, estava procurando alguém para negociar carne de caça ilegal, que costumava pegar na floresta, mas recuei ao vê-lo com a arma.

"É um neutralizador", ele explicou ao homem que o havia seguido, mostrando como usá-lo para desativar o rastreador que todos nós recebemos em Kyresia. Ele disse o preço e coloquei a mão sobre a boca, saindo dali. No dia seguinte, o alto-falante ecoou a sentença e os dois homens estavam mortos.

— Vai me beijar? — pergunto, quando o garoto segura a lateral do meu pescoço com uma das mãos. — Sabia que o último idiota que tentou me beijar acabou com o nariz quebrado?

Ele me vira para o lado, pressionando a pistola sobre a pele em seguida. Aperto os olhos para conter a dor. Sinto a área formigar.

— Não sou um idiota — ele responde, voltando ao lugar. Levo à mão ao local do rastreador, massageando. — E não tenho interesse em beijar você.

Sorrio.

Olho para a frente em seguida, vendo o farol da caminhonete cortar o breu da floresta. Alguns galhos roçam minha cabeça na caçamba descoberta. A trilha é apertada. Preciso me segurar nas laterais para não cair quando passamos em um barranco.

— Já que você é imune, acho que posso tirar isso.

Ele remove a parte superior do traje que usava quando o vi entrar na câmara de extermínio, balançando o cabelo na escuridão. Em seguida ele se livra do resto, colocando-o em um saco com fecho hermético. Higieniza as mãos com o álcool que tirou da mochila e me entrega o pequeno recipiente para que eu faça o mesmo, talvez só por via das dúvidas.

Sei o que você quer saber.
Sim, ele é bonito.
Parece ser jovem. Os olhos profundamente azuis são escurecidos pelas sobrancelhas espessas. O cabelo na altura do queixo é tão preto que parece azulado.

Ainda estava processando o que tinha acontecido comigo quando ouvi um movimento na câmara de extermínio. Fingi estar morta quando ele se aproximou, para o caso de ser algum Exator, embora eu tivesse certeza de que nenhum deles se importava com os condenados, como as ossadas deixaram bem claro.

Resolvi confiar nele porque era minha única chance de sair daquele lugar horroroso, mas no trajeto comecei a pensar no que seria da minha vida. Eu não podia simplesmente voltar para casa depois de condenada e dizer: "Sobrevivi, tentem de novo". Por outro lado, talvez ser imune me desse algum tipo de respaldo para continuar viva. Ao menos era no que eu estava tentando acreditar. Mas então, *Olhos Azuis* disse o contrário. E pelo que aprendi com papai, ele devia estar certo.

— O que são Recolhedores? — pergunto.

Ele finge não ouvir a minha pergunta por alguns segundos antes de responder.

— Somos um grupo nômade — afirma. — Passamos pelas províncias pegando o que as pessoas descartam para construir qualquer coisa que quisermos. Armas, ferramentas... É assim que sobrevivemos sem sermos parte de nenhuma província.

— Não têm identificação provincial? Nem sobrenome?

Ele abaixa a cabeça, arrumando a barra da calça que usava sob o traje. Um fio preto balança no pescoço quando ele se inclina, mas não consigo ver o que há na ponta escondida sob a camisa.

— Não somos reconhecidos como cidadãos kyresianos, se é o que quer saber. Não pagamos impostos nem recebemos quotas de trabalho. Estamos por conta própria. Por isso, não podemos parar em nenhum lugar — diz, fazendo uma pausa em seguida. — Mas temos, sim, um sobrenome.

Ele olha para mim na última frase. O sobrenome em Kyresia é parte de quem você é. Moradores da província Agrícola são Agris. Da Artesã, Artis. Da Comercial, Comercis e da Tecnológica, Tecnis. Cidadãos da Armada não têm sobrenome. São livres de rótulos.

São os únicos nesse país moribundo que são realmente livres.

— Somos Aki.

— Acumulador — reflito, quase como um murmúrio.

— Conhece os idiomas originais?

Papai me ensinou alguns. Ele me contou que antes de Kyresia existir, cada país tinha seu próprio idioma, e às vezes, variações da mesma língua em regiões diferentes. Quando a Nova Ordem assumiu, eles definiram apenas o kyresiano como idioma oficial, para facilitar a comunicação, já que os sobreviventes vinham dos mais variados lugares. Cada um recebeu um rastreador e um número de série, para controle populacional, assim como um manual sobre o idioma novo e a província onde deveriam se estabelecer. Fazia parte do processo de começar do zero. As pessoas precisavam esquecer seus países, suas culturas, suas identidades. Tudo agora seria por Kyresia e para Kyresia. Se quiséssemos sobreviver, precisaríamos deixar de lado o que era importante para nós e pensar apenas na nação.

— Conheço muitas coisas úteis — respondo, levantando uma sobrancelha.

Seus lábios formam um sorriso.

Ele tem um par de covinhas.

— Sobre aquilo que você disse... — continuo, balançando um pouco com a caminhonete instável. — Os imunes. É verdade? Eu não sou a única?

O garoto solta um longo suspiro, como se decidisse se deve ou não me dizer a resposta.

— Durante a primeira onda, havia uma força-tarefa de cientistas para buscar uma vacina. Eles mesmos foram os primeiros voluntários. Para admitir a possibilidade de existir imunes, a pesquisa precisava de pessoas que realmente foram expostas ao vírus, e não as que evitaram a contaminação pelo isolamento. Então, os Pesquisadores eram a nossa melhor chance.

Abro a boca surpresa, mas decido não interrompê-lo.

— Mas o Lanulavírus não é apenas uma questão de saúde — ele prossegue. — É uma questão de controle. Encontrar a cura, para o presidente Buruk, significa a perda da garantia de permanência no poder. A morte dos cientistas não foi casual. Foi um massacre. E não havia como surgir novos imunes naturalmente porque o vírus evoluiu muito nas ondas seguintes. Bem... pelo menos era o que achávamos.

Meu coração palpita com as descobertas.

— Como sabe dessas coisas?

— Você faz perguntas muito complicadas — ele diz, recostando-se na caminhonete. — Alterne com outras mais fáceis.

Os fios escuros do cabelo dele balançam mais conforme a velocidade do carro aumenta. Meu ritmo cardíaco ainda está acelerado, mas decido manter a calma até descobrir tudo. Por isso, resolvo guardar as perguntas importantes por um instante.

— Como você se chama?

— Loryan — ele responde, virando-se para mim. — Loryan Aki. Você é Helsye, não é? Ouvi na sua sentença hoje mais cedo.

— Aquilo foi um show ridículo. — Tento soar despreocupada, mas sinto uma pontada no peito.

Revivo o momento em que o meu nome ressoou nos alto-falantes da praça. O grito excruciante da minha mãe ainda é pungente na minha memória.

Minha mãe. Heort.

Céus, eles devem estar devastados agora.

Minha mãe já havia perdido a sanidade depois que meu pai se foi. Há oito anos, sou eu que carrego aquela casa nas costas. Que trabalho nos campos governamentais e pago os impostos aos Exatores. Eu que dou um jeito de caçar escondida na floresta quando as quotas que recebemos não são suficientes para garantir comida nem por uma semana. Que escondo as facas da mamãe quando ela está acordada.

Não consigo imaginar como vai ser difícil para Heort assumir o meu lugar. A visão do rosto do meu irmão de quatorze anos, assustado, enquanto eu era levada depois da sentença não sai da minha mente. Eu tentei sorrir. Tentei dizer que tudo ia ficar bem. Mas ele sabia que não era verdade.

— Ei... — Loryan estala os dedos na minha frente e traz a minha atenção de volta. — Tem direito a uma pergunta de nível intermediário agora.

Forço um sorriso.

— Ainda falta muito para chegarmos?

— Um pouco — ele me lança um pedaço grosso de tecido que estava no canto da caminhonete. — Tenta dormir. Deve ter sido um dia difícil.

Ergo uma sobrancelha.

— Acha que confio em você o suficiente para *dormir*?
— Não precisa confiar em mim. Você não tem uma faca?
Loryan retesa um dos cantos da boca, e eu assinto, engolindo o impulso de debochar. Ele desvia os olhos enquanto me aninho em um canto, colocando o cobertor sobre os meus joelhos flexionados. Mas não acho que eu vá conseguir dormir. Até que a adrenalina desce e a exaustão me vence.

06

Helsye

Estou em um túnel apertado.

É como a câmara de extermínio, mas as paredes estão mais estreitas. Me comprimem a cada passo que dou. Olho para baixo, procurando as sapatilhas gastas da minha mãe, mas no lugar delas vejo um líquido vermelho e espesso escorrer pelo chão e alcançar meus pés. Ele começa a subir pelos tornozelos, trazido por uma força invisível, pegajoso em contato com a minha pele. Não consigo me mexer.

Grito por ajuda, mas minha voz é silenciada. Lembro do isolamento acústico da câmara e começo a me desesperar. Uma pontada em meu braço chama minha atenção. É a agulha. Mas está maior e me perfurou em vários lugares, deixando cada vez mais buracos, e agora todo o meu corpo está cheio de ferimentos.

As paredes me espremem. Minha visão embaça. *Não olhe para cima, Não olhe para cima, Não olhe para cima*, a voz robótica repete, cada vez mais e mais alta, até que meus tímpanos comecem a doer e eu caia de joelhos sobre o sangue quente no chão.

Quando seus olhos fecharem
E sua força morrer

A canção do meu pai soa distante. É um dos poemas que ele escreveu no caderno que me deu de aniversário, e teve tempo de ganhar uma melodia. Consigo respirar. É como ser trazida até a superfície depois de estar submersa por tempo demais.

Quando toda a sua vida
Quiser esquecer

Desperto do pesadelo e coloco uma das mãos na cabeça. Estou agradecida por ter voltado à realidade, mas não por ter lembrado da canção do meu pai. Nos últimos anos coloquei tudo que me fazia lembrar dele em uma caixa e escondi na despensa externa, sempre vazia, da minha casa. O caderno de poemas foi o único que deixei debaixo do colchão, mas sempre resisti à vontade de lê-lo outra vez.
Meu pai.
Você pode pensar qualquer coisa de Ayah, menos que ele era um cidadão comum. Algumas pessoas achavam que ele era um revolucionário, pelo jeito que falava. "Ele tem a Verdade", diziam. Para mim, ele era apenas o meu pai.
Palavras não supririam sua ausência. Preferia esquecer tudo. Só que algumas coisas já estavam marcadas demais em mim para simplesmente me livrar delas.

Se o som da sua dor
Gritar no silêncio

Solto um grunhido, irritada. As memórias me atingem com força, como gotas fortes de chuva, daquelas que doem na pele. Sento na caminhonete, que está desacelerando, e percebo que Loryan está com os olhos fixos em algo à nossa frente. Só então noto as luzes. As barracas. As pessoas. E que a canção não estava nos meus sonhos.
A canção do meu pai está vindo de fora.

Loryan desce da caminhonete em silêncio, e apenas acena com a cabeça para que eu o siga. O acampamento é bem maior do que eu imaginava. Grandes toldos estão espalhados pela área descampada da floresta, e as bagagens parecem estar sempre prontas para uma partida. Vejo mantimentos, equipamentos e várias fogueiras crepitando em meio ao lugar, mas as pessoas estão todas reunidas em um único espaço. E é para lá que estamos caminhando.

Uma voz grave e austera ressoa em meio à multidão, vindo do lugar mais à frente. Estico o pescoço para ver um homem de meia-idade, com uma barba espessa, cheia de fios grisalhos. Ao redor dele, todos estão segurando algo, mas não consigo ver o que é. Quando a canção termina, ouço uma única frase:

— Que a Luz nos lembre que nenhuma escuridão dura para sempre.

Nesse momento, o homem abre as mãos, erguendo-as lentamente, fazendo inúmeros pontinhos brilhantes se espalharem como cinzas de uma fogueira. Em seguida, outros aparecem, saindo de cada uma das pessoas que está ali e povoando o céu acima de nossas cabeças.

São vaga-lumes. Milhares deles.

A Armada nos diz para nunca olhar para cima, mas em um momento como esse seria um erro terrível.

Os vaga-lumes sobem, em uma dança nada sincronizada, porém maravilhosa. Um deles passa bem perto do meu rosto, convidando-me a fazer parte do que quer que aquilo seja. A canção recomeça. Meu coração aperta. E eu paro de resistir.

É como reencontrá-lo. Como se ele tivesse me encontrado.

Olá, papai. Sinto sua falta.

Encho os pulmões e canto o mais alto que posso.

Quando seus olhos fecharem
E sua força morrer
Quando toda sua vida
Quiser esquecer
Se o som da sua dor
Gritar no silêncio
Olhe para cima
Olhe para o lar
Sua esperança e socorro
Irão te encontrar.

E então, o desespero me atinge.

07

Loryan

Eu havia me esquecido de que hoje era o dia da cerimônia.

Durante uma semana inteira, os Aki guardam vaga-lumes. Não é difícil encontrá-los quando andamos pelas províncias. Era uma das coisas que eu mais amava fazer quando era mais novo.

Desde que as coisas se tornaram difíceis, todos nós contamos perdas. Pessoas que perdemos para o vírus ou para a ditadura. Nossa liberdade. Nossa alegria.

Colocar os vaga-lumes no pote é como colocar essas dores em um lugar seguro. Tirá-las do peito onde, geralmente, elas nos destroçam. Mas, uma vez por mês, Kyo junta todos os Recolhedores, e cada um solta seus insetos brilhantes que estavam guardados. E quando eles voam, trocamos as nossas tristezas por um pouco de fé de que um dia deixaremos de viver sob a escuridão.

De que a Luz nos encontrará.

A verdade é que todos os corações têm suas próprias coleções de traumas. Se não os soltarmos, eles nunca deixarão espaço para a esperança.

— Tinha esquecido do quanto era bonito — murmuro para Jeyoke, que está ao meu lado, disfarçando algumas lágrimas.

Aperto o ombro dele e sorrio. Faz dois anos que não via a cerimônia, e uma onda de nostalgia me atinge. Lembrar que um dia fui esperançoso como ele, e que as coisas nunca serão simples como antes, é como uma pontada no meu peito.

Ignoro o pensamento e sigo em frente, caminhando em direção a Kyo. Ele deixa o centro do círculo e se aproxima, enquanto os demais Recolhedores recomeçam a canção.

— Foi uma bela cerimônia — digo.

— Em breve, você é quem irá realizar — ele responde, abrindo um sorriso largo, e eu me sinto desconfortável. — Como foi com o funeral? Conseguiu levar a garota ao cemitério Aki?

Abro a boca para falar, mas um alvoroço surge, e eu sou interrompido.

Não tenho muito tempo para entender o que está acontecendo, então apenas acompanho com o olhar. Helsye fura a multidão e se lança diante de Kyo, segurando-o pela camisa.

A garota parece desequilibrada. Os olhos arregalados, a respiração ofegante, as mãos tremendo quando ela enche os punhos com o tecido da roupa dele.

— Onde ouviu essa música? — ela questiona, exasperada. — Diz, onde ouviu a música?

— Eu... — Kyo franze o cenho em minha direção, e Helsye o sacode, como se ele não tivesse o dobro do tamanho dela.

— Responde! — a garota insiste. — Por... Por favor.

Por um instante, quando vejo uma lágrima escorrer pelo rosto dela, fico sem reação. Depois de vê-la ser sentenciada à morte, andar no meio de ossos secos e conversar com um estranho com tanta serenidade, achei que fosse impossível que pudesse perder o controle. Mas aqui está ela, completamente fora de si.

— Eu vou responder, mocinha. Mas me diga primeiro quem é você e como... como entrou aqui?

Kyo a encara, confuso. Como chefe dos Aki, ele conhece cada um de nós. Sabe que ela não é uma Recolhedora.

— Kyo... — digo, tocando seu ombro. — Esta é Helsye. A garota que resgatamos hoje.

Ele abre a boca lentamente e uma linha se forma entre as sobrancelhas.

— É isso mesmo. Ela é uma imune.

08

Helsye

Há alguns farelos na mesa retangular de plástico. Passo os dedos por cima deles, sentindo a textura arenosa e tentando pensar em outra coisa que não sejam as últimas vinte e quatro horas. O espaço de tempo em que minha vida foi revirada de cabeça para baixo.

— Sinto muito por fazer você esperar tanto. O acampamento é grande. Mas logo todos estarão aqui.

Kyo tem um rosto familiar. Conversa em um tom amigável. Queria ter certeza de que posso confiar nele.

Estamos em uma das barracas mais afastadas de todo o acampamento, e as estacas de metal cobertas por uma lona não são suficientes para barrar o frio da madrugada. Loryan me trouxe o cobertor da caminhonete, mas ele não está ajudando. O cheiro de orvalho me faz ter vontade de fechar os olhos e dormir.

— Vai me dizer onde ouviu a canção?

Kyo disse que me contaria, por isso esperei até agora. Ele umedece os lábios e abaixa a cabeça, antes de responder.

— Era comum no começo da pandemia. Uma espécie de ode à esperança. Cantávamos em funerais e datas comemorativas. Depois de perceberem que as coisas nunca voltariam ao normal, as pessoas pararam de cantar. Nós nos recusamos a desistir.

Desvio o olhar, sentindo a esperança se desfazer como fumaça. No fundo achei que ele pudesse saber algo sobre o meu pai. Talvez até pudesse encontrá-lo aqui, nessa sociedade paralela, com uma boa explicação para tudo que aconteceu. Odeio que tenha me deixado, mas não com a mesma intensidade em que desejo acreditar que ele está vivo.

Achei que a canção era um sinal de que Kyo o conhecia. Me sinto uma completa idiota agora.

— Já estão todos aqui — diz Jeyoke, e três pessoas entram depois dele. Agora que está sem máscara, consigo prestar atenção no seu rosto.

Jeyoke parece ser mais novo que Loryan. Deve ter uns dezesseis ou dezessete anos. As pontas de um cabelo liso e escuro caem sobre os olhos retesados nas extremidades.

Ao lado dele, um garoto também jovem, mas com o rosto mais austero, senta-se à mesa. Ele não faz contato visual com ninguém e parece inquieto. Um homem bem mais velho está sendo apoiado por Loryan e senta-se ao lado de Kyo.

— Cadê a Kalyen? — Loryan pergunta.

— Ajudando na enfermaria. Pedi para não chamá-la. É melhor que ela fique lá — Kyo responde.

— Ela vai ficar uma fera.

— E quando ela não é uma fera? — acrescenta Jeyoke.

— Bem... — começa Kyo, ignorando os meninos. — Eu pedi que vocês viessem aqui por um motivo, e vou ser bem direto. — Todos os olhos estão fixos nele. Kyo une as mãos sobre a mesa e engole em seco, antes de continuar. — A senhorita Helsye, aqui ao meu lado, é imune ao Lanulavírus.

Recebo alguns olhares. Ninguém ousa interrompê-lo. Kyo prossegue.

— E é essa a chance que esperamos durante toda a nossa existência.

— Esperaram? — pergunto.

— Os Recolhedores nasceram para esse propósito — ele continua. — Juntar coisas e criar uma sociedade paralela foi apenas uma consequência. Nosso objetivo real é derrubar o presidente Buruk.

O rumo da conversa me deixa em estado de alerta. Desde que Loryan mencionou os Recolhedores, pensei que se tratava apenas de uma organização paralela, e não de um grupo de insurgentes. Isso muda completamente a forma como vejo essas pessoas e, quando percebo, estou pressionando as unhas na palma da mão para conter o nervosismo.

— Há anos temos procurado formas de derrotá-lo — intervém o homem mais velho. — Reunimos provas do massacre aos cientistas. Dos crimes hediondos cometidos durante a ditadura. Temos todos os arquivos reunidos em um dossiê.

— E por que não fizeram nada até agora? — questiono.

— Porque as coisas não são tão simples — Kyo responde. — Só expor essas informações à população, sem uma luta, não vai resultar em nada. E não podemos convencê-los a lutar se não oferecermos nenhuma garantia. Eles se submetem a Buruk porque acreditam que é a única forma de manter o Lanulavírus sob controle. Mas talvez, agora...

Kyo me fita enquanto a frase incompleta paira no ar. Recosto na cadeira, unindo as mãos debaixo da mesa.

— E o que querem de mim, exatamente?

— Seu sangue — diz o garoto ao lado de Jeyoke.

Ergo as sobrancelhas.

— Hayur! — Kyo repreende.

— Por que é que você tem que ser tão literal? — Jeyoke pergunta, e Kyo levanta a mão direita para silenciá-lo.

— Não dessa forma que ele fez parecer, mas sim — explica o líder. — Saber como seu organismo reage ao Lanulavírus pode ajudar os Pesquisadores a encontrarem uma vacina.

Abro a boca por um instante, quase sorrio com a impossibilidade do que ele diz.

— Pesquisadores estão extintos.
— Nem todos — interrompe o homem mais velho.
Eu o encaro desacreditada.
— Não. Os cientistas que trabalhavam durante a pandemia morreram. Não sobrou nenhum. — Todos me encaram em silêncio e eu solto uma risada nervosa, sem abandonar o estado de negação. — Tudo bem, até ontem eu acreditava que os Pesquisadores estavam extintos por causa de uma mutação acidental do vírus, mas apesar da minha recente descoberta de que foi, na verdade um massacre, isso não muda o fato de que...
— Conhecemos alguns que sobreviveram. O problema é conseguirmos levar você até eles. Não sabemos a localização exata dos laboratórios secretos, mas de acordo com o último contato eles concordaram em nos encontrar em uma parte isolada da Armada, se tivermos o que eles precisam.
— Da Armada? — Dou uma risada incrédula. — Eles trabalham escondidos... *na Armada*?
— Não exatamente. Quer dizer... — Kyo passa uma das mãos na barba espessa, se embaralhando com as palavras. Se esses Pesquisadores realmente existem, ele deve saber tanto deles quanto eu. — Eles não nos deram muitos detalhes, por questões de segurança, mas ainda é a nossa melhor aposta.
—Talvez porque não é a sua vida que está sendo apostada?
Ele ergue os olhos em minha direção. Não vejo autoridade como nas outras situações. Dessa vez, é quase um pedido de ajuda. Meu coração mole resolve dar a ele uma chance de se explicar melhor.
— Ok — digo ao apoiar o cotovelo sobre a mesa. — Digamos que há um lugar hipotético na Armada onde possamos ficar invisíveis e não ser imediatamente mortos. Ir para lá significa ter que atravessar todas as províncias aos olhos

de centenas de Exatores. Não temos chance. Não podem colher meu sangue aqui?

— A enfermaria daqui é basicamente primeiros socorros — o homem mais velho explica. — Não possui a estrutura necessária para esse tipo de exame, nem temos gente especializada. Precisamos que você vá até eles.

Encaro Loryan do outro lado da sala. Ele mordisca um canto da bochecha, de braços cruzados, fitando o chão. Tento entender o que está fazendo na reunião se não diz uma única palavra.

— Então deixa eu ver se entendi — recomeço. — Você está sugerindo que a gente atravesse todas as províncias clandestinamente? E se tudo der certo, o que é *bastante* improvável, a gente apareça aos provincianos e diga: "Olha, cambada, temos a cura do Lanulavírus. Agora vamos bater na porta de Buruk e enfiar umas balas na cara dele"? Vocês são ingênuos assim?

— Não nos subestime, senhorita Helsye. — Por um momento, Kyo parece tão convicto que sinto que a louca sou eu. — Esse não é todo o plano. Na verdade, sua contribuição será apenas uma parte dele. Uma fagulha. A outra parte, que você ficará sabendo logo, será a responsável pelo incêndio.

Estou prestes a pedir a ele que logo signifique agora, porque não aguento mais suas expressões misteriosas, quando Loryan finalmente se pronuncia.

— Kyo, você não está pensando em...

— Sim, Loryan. É exatamente isso.

— Não pode fazer isso — ele se levanta de um jeito abrupto e passa a mão no cabelo. — Encontrar uma vacina é prioridade agora. Executar o seu plano de revolução vai demandar muito mais tempo e tornar tudo muito mais perigoso. Achei que eu tivesse sido claro quando disse a você que, se um imune aparecesse, eu o levaria sozinho até os Pesquisadores.

— Eu sei — Kyo desvia o olhar. — Mas mudei de ideia. Loryan sorri sem humor.

— Não pode estar falando sério.

— Estou falando muito sério.

— Você está louco!

— *Loryan* — Kyo se levanta e o soco que dá na mesa faz todos estremecerem. — Antes de ser seu pai, sou o chefe dos Recolhedores, então, como um Aki, você precisa respeitar a minha decisão.

Loryan está com as narinas dilatadas. O peito sobe e desce, mas ele permanece em silêncio. Kyo retoma o discurso, se esquivando da cadeira, e caminha pelo recinto com as mãos cruzadas nas costas.

— Duas missões vão se desenrolar em conjunto. Não temos tempo para esperar que Loryan vá e volte para fazermos outra viagem até a Armada, então não podemos perder essa chance. Em breve, de uma forma ou de outra, podem acabar descobrindo que pessoas resistentes ao Lanula voltaram a aparecer e precisamos estar um passo à frente se queremos acabar com Buruk.

Ele cessa os passos e varre a todos com o olhar antes de prosseguir, com uma voz cheia de autoridade, como a que ouvi na cerimônia:

— Meu filho Loryan irá liderar. Não posso ir porque há pessoas aqui que precisam de mim, e em breve partiremos da província Agrícola. Mas confio na equipe dele para levá-la em segurança até os Pesquisadores enquanto executa o plano secundário. Sei que farão o que for necessário para que tenhamos êxito.

O silêncio no ambiente permite que eu ouça as batidas do meu coração. Me sinto corajosa e covarde ao mesmo tempo. O que ele diz parece tão distante e impossível, mas meu coração se recusa a apenas descartar a possibilidade.

Parece loucura, mas considerando que eu não deveria estar viva, de repente sinto que não tenho mais nada a perder. Todas as coisas que aprendi com meu pai e que pareciam ter sido em vão, agora têm uma chance de serem usadas para um propósito. E, talvez, seja a minha chance de viver algo que faça a minha existência valer a pena.

O discurso de Kyo me fez acreditar em algo que estava adormecido em meu coração: a certeza de que nada do que Ayah faz ecoa no vazio. Uma certeza que me faz repensar toda a minha vida.

— Posso contar com a sua ajuda, senhorita Helsye?

Sinto um arrepio cortar o meu corpo. Antes que ele termine a frase, anuncio minha decisão.

09

Loryan

— Kyo disse que você pode ficar aqui — digo, colocando a lanterna de alça sobre uma cadeira. É um alojamento desocupado. Sempre deixamos para casos de emergência.

Olho para Helsye por cima do meu ombro, tentando identificar se a assustei com a minha reação mais cedo, no momento em que ela concordou com a loucura do plano. Mas ela não parece ter se importado. Ou se o fez, não deixa transparecer.

— Emergência do tipo algum Aki brigar com a esposa e ser expulso de casa?

Não consigo evitar um sorriso.

— Tipo isso.

Helsye caminha, analisando o local. De todos os lugares em que a vi desde que descobri o seu nome — a praça, a câmara de extermínio, o vale de ossos — esse é o que me causa mais estranheza, por alguma razão. Eu me pergunto se ela entende que é a sua última noite em um lugar seguro. E me pergunto por que raios as coisas saíram do controle com Kyo.

— O que é a missão secundária? — ela questiona, sentando-se no colchão inflável. — O que vamos precisar fazer?

Sento ao lado dela. A superfície fria me traz lembranças ruins. Faço uma anotação mental para trazer mais cobertores.

— Sabe o dossiê com várias denúncias sobre o governo? — pergunto, e ela assente. — Faz tempo que Kyo quer jogar tudo no ventilador.

Apoio a palma das mãos no colchão e me inclino para trás. Consigo sentir a tensão nos músculos enrijecerem os ombros e o pescoço. Provavelmente esta noite será mais uma em que não vou conseguir dormir.

— Mas ele quer fazer isso para toda a Kyresia. Uma espécie de transmissão ao vivo.

— Uau, dá para fazer isso?

Eu a encaro por um instante. Ela definitivamente não conhece nada sobre os Recolhedores.

— O cara que você viu na reunião, Hayur, é um Tecnis que se juntou a nós há algum tempo. Ele criou um dispositivo que nos permite ter acesso aos sistemas de comunicação de todas as províncias. Mas, para torná-lo funcional, precisamos atravessar cada uma delas, encontrar o computador responsável por hospedar o servidor e conectar esse dispositivo para conseguirmos hackeá-lo.

Ela pisca algumas vezes, assimilando as informações.

— Respondendo a sua pergunta — continuo —, dá para fazer. Na teoria. Na prática, é uma missão suicida.

— Era tudo que eu precisava. Minha vida andava muito sem graça.

Helsye também se apoia, imitando a minha posição. Os dreads do cabelo balançam quando ela inclina a cabeça para trás, fechando os olhos.

— Sabe, você poderia ter dito "não" — digo. — Não tem amor à sua vida?

— Não tenho — ela responde, ainda de olhos fechados. — Minha vontade de viver desapareceu junto com meu pai. Desde que ele se foi, eu apenas sobrevivo. No modo automático, sabe? Cumprindo as responsabilidades. É sufocante.

Engulo em seco e assinto. Conheço exatamente a sensação.

— Quando fui condenada, na festa, senti mais pela minha mãe e pelo meu irmão do que por mim. Na verdade, acho que seria até um alívio estar livre de tudo isso.

— Às vezes, também queria simplesmente ser livre de tudo isso — interrompo a frase abruptamente.

As palavras simplesmente saem pela minha boca, antes que eu consiga planejá-las. Helsye me encara, e seguro a respiração, como se contê-la fosse impedir a minha boca de jorrar mais alguma confissão. Não sei dizer o que foi isso. Talvez a sinceridade dela tenha despertado a minha. Mas me arrependo na hora. Queria entender por que acabo de dizer a uma desconhecida algo que tento esconder de todos, incluindo a mim mesmo.

Uma desconhecida. Talvez essa seja a questão.

Quando ela desvia os olhos novamente e consigo pensar racionalmente, encontro uma explicação. Entre os Recolhedores, todos estão sempre esperando algo de mim. Por ser filho de Kyo, por ter desaparecido por dois anos e agora precisar provar que ainda sou de confiança… Mas Helsye não é Aki. Não tem nenhuma expectativa. Pode ser estranho, mas isso me deixa à vontade para conversar com ela.

— Mas se a gente ainda está por aqui, talvez tenha um motivo — ela acrescenta. Eu quase havia esquecido sobre o que estávamos falando. — Enquanto não descubro qual, faço piadas quando me sinto desconfortável. Ajuda um bocado.

Helsye dá um sorrisinho.

— Você deveria tentar também — ela continua, reassumindo o tom irônico. — Deve ficar bem gatinho quando sorri.

Reviro os olhos e me apoio nos joelhos para levantar do colchão.

— Vou trazer mais cobertores e alguma coisa para você comer — digo, encerrando a conversa que foi mais longe do que deveria. — Amanhã cedo passo aqui e levo você para conhecer a equipe que vai nos ajudar na missão.

Ela me encara com uma expressão divertida e eu aperto os olhos, sondando-a. O que essa maluca está fazendo?

— Assustei você com a minha sinceridade? Ou foi porque te chamei de gatinho?

Pego minha lanterna, e caminho na direção da saída.

— Boa noite, Helsye.

10

Loryan

Levanto cedo para buscar a imune no alojamento.

Uma madrugada em claro me ajudou a organizar bem a ideia de como serão as coisas daqui em diante. Liderar uma missão com as pessoas mais importantes da minha vida exige que minha postura mude. Não posso esquecer o que ter uma imune entre nós realmente significa, então vou guardar o sarcasmo e manter uma distância segura.

— Dormiu bem, gatinho?

Ela não pensa o mesmo.

— É melhor você não me chamar assim.

— Definitivamente, essa era a pior frase que você poderia falar. Vou te chamar assim para sempre.

Não vamos durar para sempre, é o que sinto vontade de dizer. Mas acho que a melhor maneira de lidar com ela é ignorando. Sigo em frente, na direção da área de treinamento.

O lugar fica afastado das barracas, perto das cercas de metal que, décadas atrás, delimitavam o espaço dos hospitais a céu aberto. Por onde andamos há resquícios de uma civilização que desapareceu.

Depois da segunda onda, que levou o maior número de pessoas, o remanescente começou a migrar para áreas mais centrais, deixando tudo para trás. Alimentos estragados, cadáveres decompostos e lixo deixaram a maioria das áreas impróprias para habitação, mas o território onde Kyresia foi fundada era um dos poucos que ainda estava biologicamente saudável.

Por causa disso, somente dentro da fronteira é seguro para habitação. Mesmo assim, longe do centro das províncias, ainda vemos ossadas, lugares abandonados e outros sinais da pandemia que não puderam ser apagados; sinais tão irreversíveis quanto as marcas deixadas em nós.

— Pessoal, cheguem aqui — digo à minha equipe dispersa quando finalmente a alcançamos. — Essa é a Helsye, ela vai conosco na missão.

— Bem... Na verdade, ela é a missão — Hayur corrige.

Passo uma das mãos sobre o rosto e respiro fundo. Não sei por que essa constatação me deixa tão desconfortável. Viro-me para Helsye outra vez.

— Hayur e Jeyoke você conheceu ontem. O Hayur é responsável por toda a tecnologia e trabalha junto com a...

— OH MY GOSH! — um grito empolgado me interrompe de repente.

Aperto os olhos e esfrego as têmporas. Lá vem o furacãozinho.

— E essa... é a Layla — concluo enquanto ela se aproxima de Helsye com olhos brilhantes e as mãos cruzadas na frente do rosto.

— Você é a criatura mais bonita que já vi na vida — dispara Layla. — Caramba. E ainda é imune! Certeza que você é a protagonista, por favor me aceite ao seu lado.

Então faz uma exagerada reverência e se levanta, cobrindo a boca com as mãos. Dramática seria uma palavra insuficiente para descrevê-la.

— Eu sou o quê? — Helsye ergue uma sobrancelha.

— Eu posso treinar com ela, Loryan?

Levanto a mão devagar.

— Layla, se acalma...

— Eu faço tudo que você quiser. Escovo seus sapatos. Você tem sapatos? Posso refazer suas tranças. Ou limpar seu alojamento. Se bem que não vamos ficar muito tempo antes de... *Caramba*, deixa eu ser sua dupla na missão?

— Chega, garotinha — repreendo. Seguro seus ombros, tirando-a de perto de Helsye. — Acho que você está empolgada demais.

Conheço Layla desde que ela era criança. Sei como pode ficar obcecada com as coisas que ama. E sei como pode ser frustrante quando não é correspondida.

— Não liga para ela — Hayur fala. — Leu muitas *fanfics* na semana passada.

— O que é uma *fanfic*? — a imune pergunta com um vinco na testa.

— A palavra *fanfic* vem do idioma original Inglês, e é a abreviação de *fanfiction*. Ao pé da letra significa uma ficção criada por *fãs*, que por sua vez são...

— Tudo bem, Hayur. Não precisamos de todas as informações — interrompo, ignorando os murmúrios de Layla, e tento resumir: — Há um tempo, Layla e Hayur estavam trabalhando, e ela descobriu que no passado as pessoas deixavam muitos registros na internet. Quase tudo foi apagado quando a Nova Ordem assumiu, mas algumas informações estavam escondidas em uma camada de proteção não rastreável.

— Uma espécie de *deep web* — completa Hayur.

— Pedi que Layla coletasse o máximo de informações sobre a vida antes da pandemia e sobre como as coisas chegaram nesse ponto — explico. — Foi assim que encontramos a maior parte das provas que temos contra Buruk. Mas eu deveria ter imaginado que uma garota de quinze anos também encontraria muita coisa inútil.

— Dezesseis — protesta Layla. — E elas não são inúteis... Quer dizer, tem muita coisa que não entendo direito, mas é legal ver como viviam as pessoas antes da pandemia. Acontecia tanta coisa improvável.

— Improvável? — Kalyen finalmente se aproxima, entrando na conversa. — Tipo aquela história que você me contou sobre a garota que esbarra com o ídolo em uma Starbucks?

— O que é Starbucks? — Jeyoke pergunta, a cabeça vagando entre as duas. — Uma seita?

— Ok, chega desse assunto — digo, embora tenha ficado um pouco preocupado por saber que Layla anda lendo livros sobre ídolos de seitas estranhas. Mas não temos tempo para discutir isso agora, então apenas me dirijo à *monstrinha*:

— Kalyen, essa é a Helsye. A imune.

Helsye estende a mão, mas Kal não descruza os braços. Apenas vira o rosto, e me encara com o olhar enfurecido e as sobrancelhas estreitas. O rosto lentamente passa de rosa a vermelho.

— Por que não me chamou para a reunião ontem?

— Kyo disse que você estava ocupada.

Ela ri sem humor.

— Bem a cara dele.

— Kal...

— Tudo bem, Loryan — retruca ela, e sei que não está nada bem. — Vamos treinar ou vamos ficar de conversinha?

— Ao menos você disse algo com que concordamos — provoco, e me viro na direção da equipe. — Hoje é o último treino antes da missão. Sei que estamos nos preparando há muito tempo, mas desta vez os riscos são reais, então quero ver em que nível estão.

A empolgação das crianças me deixa preocupado. Tento não demonstrar o quanto tenho medo de perder qualquer um deles.

— Layla, sequência de sempre com Jeyoke. Kalyen, melhore os reflexos de Hayur. E você... — viro-me para a imune. — Me mostre o que sabe fazer.

11

Helsye

"Antes de qualquer combate, pergunte-se pelo que está lutando."

Meu pai sempre dizia essa frase quando treinávamos o embate corpo a corpo. Não faz muito tempo que finalmente entendi o que ele quis dizer.

Nem todas as lutas precisam ser vencidas para que você derrote o oponente. Às vezes, você o derrota fugindo. Às vezes, render-se vai custar bem menos. E, às vezes, você estica a luta para aprender um pouco mais sobre como seu adversário se comporta e ter uma vantagem na próxima vez.

De qualquer forma, você precisa saber qual é o seu objetivo. Lutar sem isso é como socar o vazio. E eu sei qual é o propósito dessa luta. Pela forma como Loryan me olha, pelo sorriso implícito nos olhos azuis e nos injustos cílios espessos que eu mataria para ter, sei que ele quer jogar.

E eu sou uma ótima jogadora.

Loryan caminha altivamente para o espaço entre duas árvores onde vamos treinar. Passamos por uma mesa onde vários objetos estão expostos e meus olhos cintilam, analisando-os. Não são armas comuns, como seria de esperar de um acampamento de Recolhedores. Todas são como um grande mosaico de peças feitas em metal, madeira e outros elementos, fundidos de forma inteligente para se transformar em verdadeiros equipamentos de batalha.

Meus olhos varrem a mesa de um lado para o outro. Pistolas, arcos de metal, explosivos, bastões de corrente, adagas. Precisamos de tudo isso para lutar contra Buruk, mas sei que ele luta com algo muito mais poderoso. Papai costumava dizer que a maior arma de um opressor não é feita de aço ou alumínio, e sim de medo.

Loryan ignora a mesa, se posicionando diante de uma das árvores, e cruza os braços atrás do corpo, à minha espera. Recolho a mão, prestes a alcançar o conjunto de anéis de falange com pequenas lâminas, e caminho em direção a ele.

Que droga. Queria tanto experimentá-los.

— Vai lutar sem armas. — Minha pergunta soa mais como uma afirmação.

— Assim é mais emocionante — replica.

— Ok, então.

Lanço a adaga que carrego comigo com um movimento limpo, cravando-a na árvore atrás de Loryan, para indicar que aceitei as condições da luta. Ela passa a milímetros do seu rosto, e não preciso olhar para saber que se finca exatamente no centro do tronco. Minha pontaria é uma das coisas de que mais me orgulho.

— Quando quiser.

Loryan avança rapidamente, tentando me acertar com alguns golpes amadores. Ele está pegando leve. E eu estou analisando seu padrão de luta.

Ele arma alguns socos, e eu desvio. Ele muda a direção do golpe, e eu me afasto. Mas, quando ele menos espera, seguro um dos seus socos no ar, torço seu braço e o derrubo no chão usando uma chave de braço voadora.

Ouço uma risada abafada.

— Nada mau.

Loryan usa o peso do meu corpo como impulso e levanta. Me atinge com um chute na costela. Arquejo. Ele avança de novo e me ataca, e eu bloqueio seus golpes com o antebraço tentando acertá-lo nos espaços vazios, mas ele é rápido.

Nós dois somos.

Nossa luta mais parece uma dança sincronizada feita de bloqueios e contra-ataques. Nos movemos pela área de treinamento, concentrados demais em um embate de mesmo nível. Suor escorre do meu rosto, e as tranças balançam depois que o coque que eu havia feito desata. Consigo imprensá-lo contra uma árvore, e ele parece estar se divertindo.

— Esperava mais do líder dessa missão.

— Se acha melhor do que eu?

— Se eu provar que sou, você me deixa no comando?

Ele consegue reverter o golpe, e agora sou eu quem está presa contra a árvore.

— Não negue que é uma possibilidade — provoco. — O que você tem que eu não tenho?

Centímetros separam seu rosto do meu. Ele me analisa.

— Para começar — ele diz e me pressiona um pouco mais com o braço, enquanto tento me esquivar, e abre um sorriso lento —, tenho uma covinha do lado esquerdo.

Afunilo os olhos, confusa por um instante, e observo o sorriso dele enfatizar o par de covinhas nas duas bochechas. Relaxo o semblante quando entendo a que ele está se referindo. Meu rosto forma uma covinha de um lado só quando eu sorrio.

— Tá de brincadei... — tento perguntar, mas sou interrompida por uma voz irritada.

— Se vocês continuarem flertando em vez de treinar — diz Layla, passando por nós arrastando um Jeyoke estrangulado —, logo logo todo mundo aqui vai ter uma "covinha".

Abro a boca para protestar, mas minhas mãos tocam algo na superfície do tronco. Percebo que minha adaga está cravada na árvore, a pouco centímetros de nós. Loryan ainda está distraído com Layla.

Acerto seu estômago com o joelho; ele se afasta com o impacto e eu giro o corpo rapidamente para pegar a adaga. Me aproximo de Loryan e corto uma mecha do seu cabelo escuro com um único movimento da lâmina afiada. Não quero machucá-lo. Apenas deixar uma marca.

Dou um passo para trás e o encaro, orgulhosa.

— Sabe que eu sempre quis ter uma franja? — ele diz, assim que percebe os fios na minha mão.

Espero pelo contra-ataque, mas ele não reage. Pelo contrário, se afasta com um sorriso sem graça. A poucos metros de distância, para por alguns segundos e volta a olhar para mim. Um vislumbre de confusão passa por seu rosto.

— Ainda discorda que eu deveria ser a líder? — aproveito a atenção para perguntar, em uma tentativa de recuperar o clima de antes, mas ele se foi.

Loryan fixa o olhar em mim por tanto tempo que me sinto desconfortável. Algo mudou naquela expressão, e eu me recuso a acreditar que a causa tenha sido alguns fios de cabelo.

— Você tem razão — responde, enfim. — É melhor do que eu.

Loryan desvia o olhar e caminha para fora da área de treinamento. Imóvel e confusa, eu assisto enquanto ele se afasta.

— *Eu não deveria ser líder de porcaria nenhuma* — é o que acho que o ouço dizer.

12

Helsye

Estou sentada sobre uma pedra, assistindo ao treino dos Aki. Além da equipe de Loryan, que partirá conosco, outros Recolhedores se reúnem em pequenos grupos, treinando movimentos com e sem armas. A visão de uma garotinha lá adiante, aprendendo defesa pessoal com o pai, me traz uma enxurrada de memórias. Enquanto estou distraída, Layla caminha em minha direção.

— Chega, Jey! Quando quiser lutar de verdade, me avise.

A alguns metros de nós, ele tenta argumentar, mas percebe que não tem chance. Arruma a luva direita com pequenas garras na altura dos nós dos dedos e começa a treinar sozinho.

— Você viu que ele estava fazendo corpo mole? — Layla abre uma garrafinha de água. Seu cabelo escuro e cheio de ondas gruda na testa pelo suor. —Acha que precisa pegar leve porque sou uma garota. Odeio quando ele faz isso.

— Ele parecia estar se esforçando.

— É porque você não conhece o Jey — retruca. — O que falta de cérebro, sobra em músculos. Gosto de treinar com ele por isso. Um legítimo oponente, como o seu.

— O meu me deixou sozinha só porque não aguentou o orgulho ferido.

Layla dá uma pequena gargalhada.

— O Loryan não é assim. — Ela inclina a cabeça em minha direção, como se fosse contar um segredo. — Quando eu era criança, fui chamada de fracote por uns garotos Aki metidos a valentões. Cheguei no treino tão chateada que Loryan percebeu. Disse que eu podia descontar tudo nele.

Sorrio, imaginando a cena.

— Eu batia na altura do abdômen dele — ela gesticula, me mostrando o próprio tamanho na época. — Dei tantos socos que no outro dia ele estava cheio de hematomas naquela pele pálida. Espalhei para todo o acampamento que tinha machucado o famoso Loryan Aki. Ele nem ligou.

Pondero sobre o que ela disse. Talvez sua reação não tenha mesmo a ver comigo.

— Ele passou dois anos fora, sabe — Layla acrescenta, em um tom mais baixo. — Kyo não fala sobre isso e não deixa ninguém tocar no assunto. Mas desde que voltou, ele está estranho. Some de vez em quando, tipo agora. Ele deve ter muita coisa para processar.

— E ninguém sabe por onde ele esteve?

Layla balança a cabeça em negação e não diz mais nada. Não sei se devo falar mais sobre o assunto, então resolvo mudar a direção da conversa.

— Seus pais também moram aqui?

— Eles morreram há alguns anos — responde. — Foram assassinados por Exatores em uma das expedições dos Recolhedores. Eu continuei morando no nosso alojamento, mas não é como morar sozinha. Todo mundo me ajuda um pouco, e Loryan sempre me dá tudo de que eu preciso. Passei a maior parte da infância aqui com ele, treinando, antes de ele sumir. Jeyoke também. Ele foi encontrado na província Artesã quando era criança.

— E Hayur? Há quanto tempo está aqui?

— Ele desertou da província Tecnológica faz quase um ano. Não sabemos muito além disso, ele não é muito de conversa. Mas é um cara legal. E um chefe muito chato quando as coisas não saem do jeito que ele planejou.

Fito o garoto, que desvia dos golpes de Kalyen e constantemente pede pausas. Durante esse tempo, ele se afasta, anda aflitivamente, apertando e mexendo os dedos das mãos. Kalyen espera os intervalos com paciência.

— Sinto muito pelos seus pais.

Layla dá um pequeno sorriso.

— Tudo bem. Acho que todo mundo tem uma história triste, o importante é seguir em frente. Se apegar ao passado é como reler um livro ruim várias vezes. Você desperdiça o tempo que poderia dar para outras histórias, que fariam você sorrir.

— Nunca li um livro — digo.

— Eu já li vários. Bem... Só os que sobraram no ambiente digital. Pelo que pesquisei, antes da pandemia os livros eram impressos em papel. Mal consigo imaginar como deveria ser empolgante ter um em mãos. Eles deviam cheirar tão bem.

Ela fecha os olhos e inspira. Parece tão convicta que me deixa com vontade de ter um livro também. Minha experiência mais próxima foi o caderno de poemas do papai, embora eu nunca mais o tenha lido, desde que ele se foi.

— Meus preferidos são de ficção. Quando estou lendo, consigo sair da realidade caótica, ao menos por um pouco. Só para respirar. Volto com mais força para enfrentar o mundo deste lado — ela prossegue. — Quando você vê um personagem sendo forte, enfrentando os medos e tendo um final feliz, isso dá esperança. Você acha que se alguém feito de caracteres consegue lidar com a vida, você também vai conseguir.

Layla sorri.

— Mas também leio outras coisas, sabe. Artigos científicos. Pesquisas. Documentos históricos. Só parei de ler *webtoons* porque me deixavam estranhamente atraída pelo Jeyoke.

Ela sacode a cabeça com força, fazendo um barulho com a boca, e eu rio.

— Posso perguntar mais uma coisa?

— O que quiser.

— Como vocês sabem que podem confiar em Loryan? Digo... Ele pode ter feito qualquer coisa nesses dois anos. Por que aceitam a liderança dele?

Layla estica as pernas à frente da pedra onde estamos sentadas. Os cadarços do tênis estão encardidos e a parte branca frontal tem alguns desenhos feitos à mão.

— Porque líderes não são perfeitos. Nem sempre são os mais fortes ou inteligentes, mas são aqueles que dariam sua vida pelos liderados. Se submeter a um líder é saber que, se algum dia uma besteira muito grande acontecer e ele sacrificar a si mesmo para que a gente se salve, vamos aceitar isso. Porque confiamos nele.

Layla me encara, e eu tento entender como seria isso. Ter um líder que não abuse de sua autoridade. Mais ainda, que use essa autoridade para o meu bem. Não sei se acredito que isso exista.

— Sabemos que Loryan não hesitaria entre escolher a si mesmo e escolher a nós. Porque ele dá pequenas provas disso todos os dias. É por isso que aceitamos sua liderança.

Antes que Layla termine de falar, Loryan reaparece. Sua expressão está ainda pior do que quando saiu. As sobrancelhas estão franzidas, e seu rosto fechado, como o céu carregado e cinzento de Kyresia, parece contar uma história triste. Fico curiosa para saber que tipo de história seria.

— O treino de hoje está encerrado — ele anuncia, e todos assentem. — Aproveitem o resto do dia. Partiremos ao anoitecer.

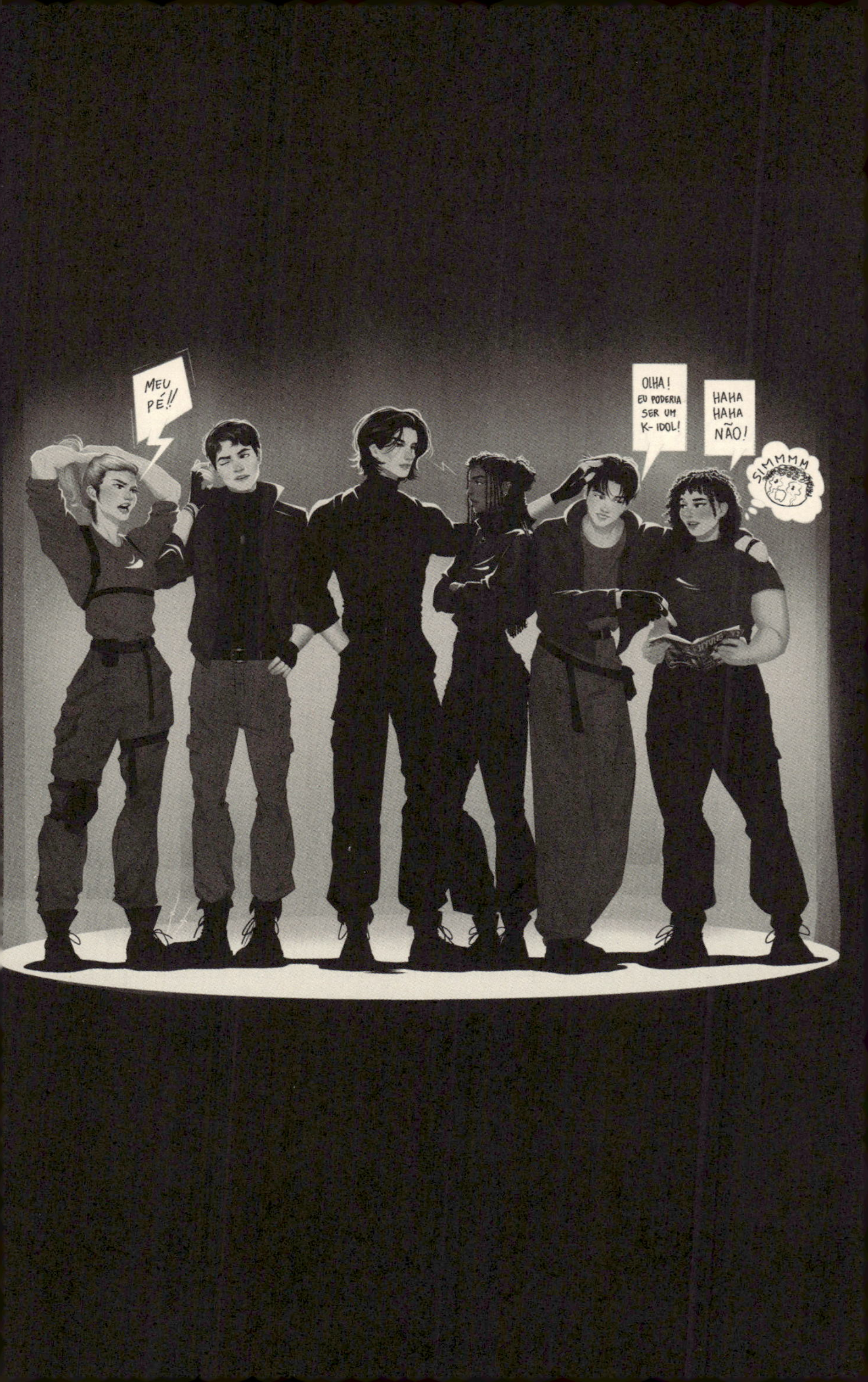
MEU PÉ!!
OLHA! EU PODERIA SER UM K-IDOL!
HAHA HAHA NÃO!
SIMMMM

13

Helsye

Minhas mãos sobem e descem pelas alças da mochila. Fiz um coque com os dreads e deixei dois deles mais frouxos sobre o rosto. A pedido de Loryan, Kalyen me emprestou uma camiseta, uma calça jeans e uma blusa xadrez com mangas compridas.

Ficaram grandes demais. Sou muito mais magra do que a maioria das garotas, mesmo as da província Agrícola. Odiava trabalhar perto dos Exatores-fiscais porque eles se referiam a mim como "esqueleto", e eu precisava ouvir em silêncio se não quisesse apanhar.

Ignoro a lembrança e amarro a blusa na cintura para segurar a calça folgada.

Kalyen me encara enquanto nos arrumamos. O cabelo loiro está preso em um rabo de cavalo alto, e ela coloca armas em um coldre por baixo da jaqueta. Pelo pouco que interagimos, a garota parece não ir muito com a minha cara. Não tenho problema nenhum em mostrar reciprocidade.

Hayur coloca vários equipamentos na mochila. Um retângulo cinza que eles dizem que é um computador portátil, baterias e cabos perfeitamente enrolados e organizados por tamanho. Jeyoke e Loryan estão guardando as munições, e Layla organiza o estoque de enlatados.

— Colocou quantidade suficiente para o Hayur? — Loryan pergunta.

Layla assente. Ela me disse mais cedo que o minigênio só gosta de um tipo de comida e se sente desconfortável com outras. Loryan garante que sempre haja o suficiente para que ele não precise se forçar a comer outra coisa.

— Vamos derrubar o primeiro computador hoje à noite. Sabemos que ele fica na área militar da província Agrícola, na casa de um dos Exatores.

Loryan continua falando enquanto coloca o próprio coldre. Eu me arrependo de não ter pedido um também. Não quero carregar armas nem matar ninguém, mas só agora percebo o quanto um coldre é estiloso. Fico com inveja e... esfrego os olhos me dando conta da minha distração.

Foco, Helsye.

Viro-me para Loryan e procuro me concentrar no que ele diz.

— Não sabemos onde os outros computadores estão, mas talvez a gente consiga informações a partir desse. Hayur disse que só precisa de uma porta...

— *Backdoor* — Hayur corrige.

— Isso — o outro não se incomoda com a interrupção.

— Precisamos disso para entrar em outras partes do sistema. Precisamos ter êxito hoje.

Todas as cabeças assentem ao mesmo tempo. Posso sentir a preocupação na voz de Loryan, mas só porque já entendi qual é a dele: finge ser forte, mas está assustado. Pelo que vejo, ninguém desconfia.

— Cuidem uns dos outros. Nossa jornada será longa — conclui.

A madrugada está silenciosa. Saímos do acampamento Aki por uma trilha que leva à vila militar e já estamos andando há algumas horas, embrenhados na floresta. A província

Agrícola é composta basicamente por vegetação e campos de plantação, com as moradias dos Agris afastadas e a mata tomando conta de todo o resto do território.

A floresta é familiar para mim.

Antes de desaparecer, papai me ensinou a caçar e a abater os animais sem fazê-los sofrer. Foi muito útil. O valor que recebia em quotas de trabalho nunca era suficiente para sustentar mamãe e Heort, então eu os alimentava com o que conseguia na floresta e usava as quotas para trocar por remédios e outros itens básicos no Mercado Provincial. Depois de um tempo, me tornei conhecida de alguns fornecedores e negociava clandestinamente com eles, conseguindo coisas mais interessantes, em troca de carne.

Nem sempre era fácil. A adaga que sempre carrego me custou uma cicatriz na boca e uma promessa de nunca mais me meter com porcos selvagens.

Quando os dias na floresta eram muito estressantes, eu me dava o luxo de comprar algumas coisas idiotas, como os brincos que carrego na orelha ou os dreads coloridos. Ficava péssima depois, mas a verdade é que, após um dia difícil, eu me sentia desesperada por qualquer coisa, por menor que fosse, que parecesse uma recompensa. Com isso, a floresta se tornou mais do que uma necessidade. Era o meu refúgio. Eu sabia que lá, de uma forma ou de outra, eu encontraria tudo de que precisava.

Mesmo assim, eu sabia que não poderia me esconder na floresta para sempre. E talvez seja isso o que estou sentindo agora. Saber que pela primeira vez cruzarei a fronteira Agris, ainda que seja em uma missão suicida, me deixa empolgada. Estou tentando decidir se sou muito corajosa ou completamente maluca.

D̶e̶s̶afortunadas as almas que carregam dentro de si sonhos que não cabem na própria realidade.

— *Shh...* — Loryan estende uma mão para trás, e todo o grupo para. Lamparinas penduradas anunciam que estamos perto da vila. A fileira de moradias iguais e em tons de verde-musgo divide o espaço com pedaços de árvores e muros semidestruídos cobertos de hera, os pedaços do mundo antigo que se recusam a deixar o cenário.

— Hayur, já consegue rastrear o sinal?

Hayur tira o computador da mochila, esticando uma espécie de antena na direção da vila. Alguns minutos de silêncio se seguem. A empolgação começa a dar lugar ao nervosismo. Aqui não é como treinar com meu pai ou me imaginar nas histórias que ele contava. É um perigo real. Isso me deixa animada e com medo.

— Consegui — sussurra Hayur, e vejo uma linha verde se estabilizar na tela preta do computador. — É a segunda casa da esquerda.

Ele aponta, e Loryan se vira para analisar o local.

— Como vamos saber qual é o computador certo?

— Está conectado ao servidor de comunicação. Provavelmente vai estar em uma sala grande e fria. Procurem por um lugar com algum tipo de segurança ou trava diferente.

— Loryan, talvez seja melhor eu ir — Layla intervém, atraindo a atenção de todos. — Sei que é uma questão de agilidade e acho que eu sou a mais adequada para o trabalho. Não sou tão pequena, mas com certeza sou a mais rápida.

Ela alisa o abdômen, como se indicasse que o corpo curvilíneo não vai interferir em sua tarefa de não chamar a atenção. Loryan hesita, mordiscando a bochecha.

— Tudo bem. — Ele solta a respiração pesadamente. — Não. Desgrude. Do. Comunicador. Ouviu bem? Se você não responder, eu vou entrar lá.

Layla assente, coloca o dispositivo no ouvido e desaparece na direção da vila.

14

Loryan

— Ela está arrombando a janela.
Segundos de silêncio.
— Ela conseguiu entrar.
Mais um pouco.
— Ela bateu o cotovelo quando caiu no chão.
— Hayur, será que você pode narrar apenas os fatos mais importantes? — Kalyen pergunta.
E eu não consigo pensar em nada. Por mais que eu saiba que Layla é perfeitamente capaz de se cuidar sozinha, porque eu mesmo a ensinei, meu coração parece ser espremido.
Preciso que ela volte segura.
— Ela encontrou a sala do servidor — Hayur levanta a cabeça sorrindo. — Layla, me diga o que...
Hayur franze o cenho. Meu corpo todo se agita em alerta.
— O quê?
— Perdemos o sinal.
Fecho os olhos. Preciso controlar a angústia e as centenas de hipóteses ruins que passam pela minha cabeça.
— Se ela não voltar em três minutos...
— Três minutos? E se ela estiver em perigo? — interpela a imune.
— Helsye — intervenho. — Precisamos dar um tempo, pode ser apenas uma interferência.

Quero ir imediatamente, mas não posso arriscar a segurança de todos por agir precipitadamente.

Helsye começa a mastigar o canto da unha. Não posso evitar a surpresa ao vê-la tão aflita por alguém que conheceu há menos de vinte e quatro horas, mas me lembro de que, se Layla for pega, todos estaremos em risco, e a ansiedade dela começa a fazer sentido.

Uma voz fraca surge em meios aos chiados do rádio:

— *... Eu estou...*

— Layla? — Hayur chama. — Layla? Está ouvindo?

— *... Consigo...*

— Vou até ela — Helsye se levanta.

— Ei, não! — Tento segurá-la pelo braço, mas além de rápida ela é estranhamente forte, e se desvencilha com facilidade.

Pisando firme, segue em direção à casa. Eu não tenho tempo de pegar o comunicador com Hayur, ou de pensar com calma, como costumo fazer. Acabo seguindo-a enquanto tento manter o silêncio e controlar a irritação.

Helsye segue pelo mesmo caminho que Layla percorreu minutos atrás, encosta-se próximo à janela arrombada e lança um olhar para dentro.

— Você vai acabar nos matando — digo, quando consigo alcançá-la.

Helsye me fita por alguns segundos. Espero que ela não perceba que, no fundo, está fazendo exatamente o que eu queria fazer.

— Vamos.

Ela pula, e caímos em uma cozinha simples e modesta. Tudo está escuro, porque a eletricidade é desligada na província Agrícola depois do toque de recolher. A única coisa que possui energia são os dispositivos de segurança conectados a geradores. Saímos do cômodo e andamos em direção a um corredor que divide a casa em compartimentos.

— Você vai para a direita, e eu para a esquerda — ela ordena, como se fosse a líder e eu, o seu subordinado.

"Não se separe da imune", Kyo disse antes de sairmos. Isso vai me dar mais trabalho do que pensei.

15

Helsye

Layla parece não estar mais aqui.

Depois de vasculhar em busca da garota, ou de uma porta aberta, ou de algo fora do lugar, chego à conclusão de que ela não estava em perigo. Deveríamos ter esperado os três minutos.

Que droga. Loryan estava certo.

Olho ao redor, percebendo que nunca estive na casa de um Exator antes. É tão diferente das casinhas de chão batido dos Agris. Mesmo no escuro, consigo perceber o chão lajotado, o lustre no teto do corredor, os quadros abstratos decorando as paredes. Eles têm forro no teto. Móveis na sala de estar.

Comida na despensa.

Uma lembrança dolorosa da minha casa comprime o meu peito. Queria poder dizer a mamãe e Heort que estou bem. Ou que vou ficar bem. *Vou? Eu nem sei se vou sobreviver a esta noite.* Talvez seja melhor mesmo que eles não saibam que estou viva.

Faço o caminho de volta, procurando por Loryan, e dou uma última olhada pela casa à procura de algum sinal de Layla, quando deparo com uma fresta de luz, que antes passou despercebida.

Uma porta entreaberta.

O quarto de alguém.

Aperto os olhos e consigo ver uma foto na parede, iluminada pelo luar vindo da janela. Um garoto de cabelo castanho e sorriso largo posa ao lado de um homem com uniforme militar. Meu estômago se contorce quando o reconheço.

É o garoto do festival. O culpado por eu ter sido condenada à morte.

Agora eu entendo como ele conseguiu minha sentença. O pai dele deve ser um dos Exatores mais importantes da província. Cerro os punhos, revivendo o momento em que ele apareceu na minha vida, apenas para destruí-la, e a raiva sobe pelo meu corpo, me deixando entorpecida.

Quando é forte assim, não há nada que me faça controlar. Vou acabar com esse miserável. Dou um passo cambaleante em direção à porta, estico a mão para empurrá-la e bato em alguma coisa forte, macia e humana.

— O que você vai fazer, sua louca?

Loryan.

Mal consigo enxergá-lo na escuridão. Mas é o ódio que está quase me cegando. Só sei que Loryan está entre mim e a minha vingança, e não vou sair daqui sem isso.

— O garoto — aponto com a cabeça para a foto. — Preciso me vingar dele.

— Você não vai fazer nada — ele sussurra, me interceptando com o próprio corpo e me levando para longe da porta. — Layla não está aqui e precisamos voltar para junto dos outros. Se alguém acordar e acionar o alarme, estaremos mortos.

— Você não entende... — ofego. — Eu preciso fazer isso.

Tento desviar, mas ele não cede. Então o empurro com força, sentindo a raiva apertar minha garganta. Ouvimos passos vindo do quarto, e Loryan me puxa para trás de uma parede. Uma candeia acesa ilumina o corredor, projetando uma silhueta no cômodo onde estamos.

— Quem está aí?

— Droga, agora ele está no caminho — Loryan fala baixinho. — Temos que achar outra janela.

— Boa sorte com isso. Eu vou socar a fuça desse infeliz.

Ameaço sair, e ele me encosta na parede novamente. Não consigo encará-lo. Não quero que ele veja que estou prestes a chorar.

— Qual o seu problema?

A sombra se aproxima alguns passos. A raiva e a adrenalina pulsam juntas nas minhas têmporas.

— Ele me condenou à morte.

Os olhos de Loryan acendem em compreensão, e ele articula as próximas palavras devagar:

— Mas não teve sucesso. Quer mudar isso agora?

— Você não entende!

— Que você é louca? Não foi você que o agrediu na festa?

— Ele tentou me beijar à força!

Finalmente o encaro. Um feixe da luz da candeia ilumina seu rosto e faz os olhos azuis parecerem vidro. Loryan me fita em silêncio, respirando fundo por alguns segundos, quando vejo um músculo retesar em sua mandíbula. A sombra está tão perto, que se projeta ao nosso lado agora.

Tudo acontece tão rápido que não tenho tempo de reagir. Em um impulso, Loryan sai de trás da parede, atingindo o garoto no queixo com força suficiente para fazê-lo ir ao chão. Assim que o baque do corpo no piso ressoa pelo quarto, ele volta, segura minha mão e desaparecemos no corredor. Meio minuto depois o alarme soa.

Tudo que fazemos é correr.

16

Loryan

— Mas o que...
— Vai, vai, vai!

Grito assim que voltamos à floresta. Não consigo sentir plenamente o alívio de ver Layla com os outros, o som de tiros é intenso atrás de nós. Precisamos ir para longe daqui.

O grupo se agita rapidamente e começa a correr. Olho para trás e consigo distinguir um ou dois homens atirando, mas não acho que chegaram a nos ver.

Por muito pouco, estaríamos todos mortos.

— Por aqui — diz Jeyoke.

Ele conhece bem as florestas e passa a guiar o grupo. Alguns galhos riscam meu rosto enquanto seguimos a passos apressados. Jeyoke nos leva por um caminho mais estreito, e é difícil manter a velocidade tendo que afastar a vegetação.

Consigo sentir o coração bater nos ouvidos enquanto corremos. Depois de alguns minutos, os sons ficam mais distantes. Quando Jey finalmente diz que podemos parar, eu ofego, apoiando-me nos joelhos. Hayur e Layla se jogam no chão à procura da garrafinha de água.

— Já estamos seguros — Jey anuncia.

— Ótimo — respondo ofegante e olho ao redor para analisar o espaço. — É melhor a gente ficar aqui até amanhecer.

Começo a sentir câimbras na perna e também me sento. O vento serpenteia entre as árvores. Mal consigo respirar.

— Deu tudo certo com o sistema Agris, não deu, Layla? — pergunto.
— Já está sob nosso controle.
— Bom. Isso é bom. Era só termos esperado.

Lanço um olhar para Helsye, tão irritado que não consigo encará-la por muito tempo. Ao menos espero que ela saiba a burrice que fez.

— Amanhã continuamos em direção à província Artesã. Vamos seguir por uma trilha antiga para evitar os Exatores que ficam na fronteira. Espero que a notícia do ataque de hoje não prejudique o sigilo da missão.

— Não vai — retruca Layla ao puxar do bolso um broche cor de bronze gravado com um símbolo que conhecemos bem: um sol cujos raios têm forma de chamas. — Joguei isso perto da vila antes de sairmos. Vão achar que foram Chaoses.

Layla dá um sorrisinho. Essa é a minha garota.

— Bom trabalho, Layla. Todos vocês.

Olho para cada um dos rostos cansados e paro, fitando apenas um deles.

Quase todos.

Levanto e pego a mochila, procurando pelo meu saco de dormir. Kal e Layla checam o mapa para traçar nosso caminho até a província Artesã, recalculando a rota depois do imprevisto. Passo uma das mãos no pescoço, sentindo os músculos enrijecidos. A tensão custa a se esvair do meu corpo. Posso sentir quando alguém se aproxima.

— Quase todos?

Franzo o cenho. Achei que não tivesse dito isso em voz alta. Mas não faz diferença, já que é a verdade. Continuo concentrado na minha mochila.

— Eu... — Helsye pigarreia, no que mais parece um sinal de deboche. — Sinto muito pelo que aconteceu hoje.

Não consigo detectar sinceridade no pedido. Mesmo antes de olhar para a garota, sei que está sorrindo. E isso me deixa muito irritado. Na verdade, tudo que ela faz parece ter o intuito de me provocar.

— Você ficou bravo mesmo, hein, gatinho?

— Já disse para não me chamar assim.

— Já disse que foi seu maior erro.

Encaro-a com o rosto sério. Ela continua com uma expressão divertida. Clamo por todo o meu autocontrole.

— Você quase matou a todos nós hoje, sabe disso?

— E você se vingou daquele babaca por mim. — Ela se encosta em uma das árvores e me sonda, o sorriso desmancha devagar. — Obrigada.

Dou uma risada sem humor.

— Você acha mesmo que foi por você? Eu não dou a mínima para quem você beija ou não. Ele estava bloqueando a nossa saída, precisei fazer aquilo.

— É claro.

Mais uma ironia. Vou enlouquecer se ela continuar agindo assim.

— Você se acha muito esperta. Acha que me conhece, não é?

— Estou tentando, gatinho, mas você é muito confuso — Helsye responde enquanto se aproxima. — Isso deixa tudo mais interessante.

Finalmente tiro os olhos da mochila, suspirando pesadamente, e a encaro. Helsye colocou as mãos para trás, inclinando um pouco o rosto, e o jeito que ela sorri desarma minha raiva. Chego à conclusão de que não tenho mais controle sobre os movimentos do meu rosto, porque eles formam um sorriso sem que eu perceba. Viro-me para o lado, evitando que ela note ou vai acabar interpretando de forma errada, embora nem eu mesmo consiga definir como me sinto a respeito da imune.

Kalyen surge logo em seguida.

— Lor... — ela segura o meu braço, aproximando o rosto do meu. — Hayur quer mostrar uma coisa.

Aceno com a cabeça, feliz por ter sido salvo da conversa. Kalyen fita Helsye e continua parada no mesmo lugar, a expressão cada vez mais agressiva e os braços cruzados. Solto um pigarro e, depois de um segundo para recompor a sanidade, dou as costas e me afasto.

Talvez seja melhor eu ficar longe por alguns minutos.

17

Helsye

— Então... — aponto para a minha mochila e dou alguns passos, ignorando o fato de que a garota à minha frente olha para mim como se decidisse qual seria a forma mais dolorosa de acabar com a minha vida. — Preciso arrumar minhas coisas.

— Espera.

Seu tom é grave e autoritário. Não gosto disso, mas resolvo manter a calma. Não posso causar mais de uma confusão por dia. Se ficar repetitivo, perde a graça. Giro nos calcanhares para encontrar seu rosto. Ela dá alguns passos, os braços ainda cruzados.

— Sei bem o que você está fazendo.

Também cruzo os braços e apoio uma das mãos no queixo.

— Me conta, amiga, eu não faço ideia.

— Saiba que eu cuido de tudo que é meu.

— Não é verdade — ergo o indicador. — Achei um buraquinho naquela blusa que você me emprestou.

— Escuta aqui, garota... — Ela se aproxima do meu rosto, como uma lutadora desafiando o oponente. Preciso me segurar para não rir. Já passei da fase de brigar por garotos.

Quero dizer que não tenho nenhum interesse em disputar a atenção de ninguém. Que irritar Loryan é profundamente divertido, mas só porque ele é o mais ranzinza de todos aqui. E que ela pode ficar tranquila, porque agora entendi que tem um lance entre os dois e não vou mais aborrecer o namora...

— Se você partir o coração do meu irmão, eu juro que mato você.

Irmão.

Ok, irmão.

Irmão?!

— O seu... *irmão*... — abro a boca, confusa. — Por que é que você acha que...

— Eu o conheço bem, ouviu? E ele já tem problemas demais. Não precisa de alguém que arrume mais confusão para a vida dele.

Minhas sobrancelhas ainda estão no meio da testa. Namorada ciumenta eu confesso que acho meio ultrapassado. Mas, irmã? *Eu iria até aos confins da terra para me vingar da garota que partisse o coração de Heort.* Não posso odiar Kalyen por isso. Na verdade, acho que minha antipatia por ela até desceu alguns níveis.

— Você se preocupa à toa — respondo, quando finalmente consigo formular uma frase inteira. — Eu e seu irmão não temos nada. Ele nem vai com a minha cara.

Kalyen bate o pé por alguns segundos. Quando me encara, parece estar com um pouco menos de ódio. Mas não sei se acredita no que digo.

— Tanto faz. Mas você já está avisada.

Ela aponta um dedo na direção do meu rosto e depois sai pisando forte. Esfrego os olhos com as mãos, soltando um grunhido em seguida.

— Você é tão sortuda, Helsye Agris — murmuro para mim mesma.

Não acredito que vim parar na floresta com três adolescentes, um cara mal-humorado e uma patricinha temperamental.

18

Loryan

A brisa morna da manhã me aquece antes mesmo que eu abra os olhos.

Ouço o som das folhas farfalhando com o vento e o cheiro de orvalho da floresta. Fico alguns segundos ainda no limbo da inconsciência, até que um dos sons se torna menos reconfortante e mais assustador.

Kamaris.

O zumbido característico dos dispositivos de espionagem do governo me desperta em estado de alerta. Eles parecem grandes insetos, porém carregam sensores de movimento que enviam a localização de qualquer coisa que pareça suspeita para a segurança da província mais próxima.

Kalyen e Hayur também acordam. Hayur tem o sono leve, e Kal conhece muito bem o som dos insetos-espiões. Já lidamos com eles em outras vezes quando saímos com os Recolhedores. Nos encaramos em silêncio por alguns segundos enquanto cinco ou seis dispositivos voam por cima de nossas cabeças.

— O que vamos fazer? — questiona Kal.

— Procedimento padrão — respondo. — Vamos nos separar para despistá-los.

Hayur nos explicou como os kamaris funcionam na primeira vez que os encontramos. Eles reportam movimentos intensos que seguem a mesma direção. Hayur disse que as coisas na natureza nunca são lineares ou padronizadas, e é assim que os dispositivos diferenciam movimentos humanos de animais e árvores, por exemplo. Por isso, precisamos nos dividir.

— Você e Hayur. Layla e Jeyoke. Eu e Helsye.

Não posso me separar da imune, é o que repito para mim mesmo.

Hayur e Kalyen assentem e acordam os dois que estavam próximos a eles. E eu me viro para dizer a uma Helsye confusa e sonolenta que me siga.

Os três grupos caminham em silêncio em direções diferentes. Nosso procedimento padrão é andar por cerca de uma hora, tempo estimado em que os kamaris circulam na mesma área, e depois nos encontrarmos no mesmo ponto onde saímos. Cada grupo tem seu próprio mapa e bússola e eu marco algumas árvores no caminho, só por segurança.

— Qual foi a da separação? — Helsye pergunta depois de um bocejo.

— Os insetos — digo, fazendo x em um dos troncos com o canivete. — São espiões do governo.

Ela solta um murmúrio.

— E por que eu tive que vir justo com você? Por que não fui com os outros? — Ela semicerra os olhos. — Ah... Já sei o que está escondendo.

Paro de respirar por alguns segundos. Viro para ela, tentando sondar se realmente sabe de alguma coisa ou está apenas me provocando, sua atividade favorita.

A expressão dela suaviza.

— Não consegue ficar longe de mim, não é, gatinho?

Solto o ar de uma vez e continuo andando.

— Você vem comigo porque é a única do grupo que dá trabalho. Todo mundo sabe que o que estamos fazendo é sério, mas você se sente em um acampamento de férias.

— Eu sinto muito — ela responde, abaixando a cabeça e colocando uma das mãos sobre o peito. — De verdade, me desculpe. Prometo que de agora em diante vou viver os meus contados dias sendo taciturna e mal-humorada como você, e perder toda a chance de sorrir sendo totalmente fiel à melancolia da droga de vida que vivemos.

Ela beija os dedos em cruz e eu reviro os olhos. Penso em reagir à provocação, mas me lembro do que ela disse no acampamento sobre fazer piadas quando se sente desconfortável. E pensar que talvez ela esteja apenas assustada me dá outra perspectiva da situação, então decido ignorar.

— Quanto tempo mais vamos ter que andar?
— Pareceria mais rápido se você estivesse em silêncio.
— Ei, olha...

Helsye para e eu solto um grunhido. Não faz dez minutos que estamos andando, e eu já pensei em deixá-la para trás mais de três vezes.

— O que foi agora, garo...

Paro de falar quando me viro. Ela sorri, tentando fazer uma borboleta amarela com bordas pretas na ponta das asas pousar no seu dedo indicador.

Uma borboleta.

Acho que não sei mais respirar.

— Será que você, uma criatura tão fofinha, consegue fazer este homem moribundo e sem alegria sorrir, hein?

Solte a borboleta.
Ele vai machucar você.
Vai começar tudo de novo.
— Loryan?
Sua cabeça na parede. Seu grito na minha mente. Vai começar tudo de novo. Tudo de novo.
— S-solte.
— Loryan, está tudo bem?

— Solta ela! — grito de forma abrupta e Helsye dá um salto para trás, inevitavelmente se desvencilhando do inseto.

Fico imóvel por um tempo. Os flashes são intensos e fazem a minha cabeça latejar. Sinto o coração bater forte e sacudir meu tronco. Suor escorre pela minha têmpora direita. Algo parece me sufocar.

Mesmo depois que as lembranças desvanecem, fico congelado onde estou. Trêmulo, enquanto meu peito sobe e desce violentamente. Helsye se aproxima outra vez, segura uma das minhas mãos e a coloca de costas, na altura do próprio coração.

— Inspira a cada quatro batidas — ordena.

Tento obedecer. No compasso, respirar fica mais fácil. Meus batimentos começam a estabilizar e, lentamente, sou trazido de volta à realidade. A mão de Helsye aperta a minha, aquecendo a ponta dos meus dedos que estavam frias pela agitação, e eu envolvo seus dedos nos meus com mais força. Concentro-me em seu rosto por alguns segundos.

— Vem, vamos sair daqui. — Ela me solta quando percebe que estou melhor. Fico esperando a piada ou a enxurrada de perguntas, mas Helsye sai andando tranquilamente, e não sei direito o que pensar.

Ela não pode continuar me tratando desse jeito.

— Helsye...

— Também tenho memórias ruins, gatinho. Não precisa se explicar.

Alguns passarinhos voam curto entre as árvores, murmurando suas próprias canções. A reação dela me deixa aliviado. É bom não ter que falar sobre isso. Estico a mão, segurando seu braço.

— Obrigado.

Ela entorta os lábios em um sorriso compreensivo e seguimos adiante em silêncio. Tento contar os passos, tirando o tempo do imprevisto para voltarmos no tempo marcado. Minha mente vai e volta para o episódio que acabou de acontecer e sei que vou remoê-lo por um bom tempo. Já fazia alguns meses que não acontecia, e eu realmente fui ingênuo demais de achar que poderia ser completamente livre dos fantasmas que me assombram.

Como eu poderia matá-los se eu os alimento todos os dias?

Não demora muito até cumprirmos o procedimento padrão e estarmos de novo no lugar onde passamos a noite. A fogueira de ontem está intacta, no mesmo lugar, e cinzas sobem se misturando ao ar da floresta. As mochilas dos quatro estão no chão, espalhadas.

Mas não há sinal deles.

— Eles não partiriam sem nós, não é? As coisas deles estão aqui — constata Helsye. — E agora?

Encho as mãos com um punhado de fios de cabelo, puxo as raízes e enterro a cabeça no tronco da árvore mais próxima. Solto um grunhido desesperado e imprudente. Doloroso, pelos motivos errados.

As coisas fugiram do controle outra vez, mas talvez seja minha última chance de seguir o plano.

19

Helsye

— Loryan, se acalma. Nós vamos encontrá-los.

Não sei se vamos encontrá-los. Não sei nem se estão vivos. Mas estou tentando ajudar.

— Loryan... — digo, depois que ele continua inerte. — Chega de chilique, gatinho.

Ele solta os fios de cabelo e me encara. Seus olhos aparentam algum tipo de morbidez. Não consigo decifrá-los. Loryan fica em silêncio e me olha fixamente, como se naquele momento estivesse decidindo o meu futuro, e não consigo dizer o quanto isso me deixa desconfortável.

— Nós vamos seguir adiante.

— O quê?

— Pegue a mochila da Kal e da Layla, e eu levo a de Hayur e Jeyoke.

— Mas... Não vamos procurar por eles?

Ele me ignora, colocando as duas mochilas mais pesadas nas costas.

— Puxa, você é um ótimo amigo, viu? — protesto, tentando acompanhar seus passos largos. — Vacilei da última vez, mas agora é diferente. Temos que ir atrás deles!

O insensível continua caminhando, resoluto, sem me dar atenção. Começo a ficar com raiva.

— Loryan!

— O quê?

— Como pode não se importar?

Ele volta alguns passos, me encarando com os lábios apertados em uma cara brava. Não tenho medo disso. Faço uma cara mais brava ainda.

— Você os conhece há dois dias e acha que se importa mais do que eu? Kalyen, Jey e Layla lutam melhor do que qualquer Exator. Sei disso porque eu os treinei. Hayur tem mais cérebro do que você e eu juntos. Se eles estiverem em perigo, sei que vão dar um jeito de sair de lá vivos, mas talvez eles estejam mais seguros agora do que andando comigo e com uma maluca que tem o dom de estragar tudo.

Respiro fundo. Vasculho meu cérebro atrás de uma piadinha ou comentário sarcástico, mas não encontro nada. Chego à conclusão de que fiquei chateada.

Loryan engole em seco e desvia o olhar. Depois se vira e continua andando e eu o sigo em silêncio, alguns passos atrás, lembrando de sua discussão com Kyo quando descobriu que a equipe viria junto. Faz sentido que esteja feliz que nos separamos. Ele nunca os quis perto de mim.

Tento me concentrar na parte boa dos insultos que me dirigiu há pouco. Também desejo muito acreditar que o resto do grupo não está em perigo, embora eu duvide muito disso. Não quero que nada ruim aconteça a eles. Repreendo a mim mesma por me apegar tão rápido.

Mas a verdade é que nunca tive amigos. A vida na província Agrícola é solitária. As casas dos Agris são distantes uma das outras, e durante o trabalho você não pode conversar senão toma uma dura dos Exatores.

Não estou me referindo a sermões.

As cicatrizes no meu corpo garantem.

O pouco tempo que frequentamos o Centro de Ensino Provincial não é suficiente para criar vínculos. Não apenas porque são dois anos voltados basicamente ao aprendizado prático do trabalho na província Agrícola, sob a supervisão de um Exator-Professor, mas porque as interações eram proibidas nas aulas mensais em que estávamos todos juntos. Eram monólogos de cerca de meia hora sobre a história — ou, pelo que estou descobrindo, a pura mentira — de como Kyresia nasceu e a importância da Nova Ordem para a nossa sobrevivência.

O ensino em Kyresia não servia para muita coisa além de nos colocar medo e nos preparar para uma vida de submissão cega. Eu sequer saberia ler e escrever se papai não tivesse me ensinado.

Não faço ideia da direção para a qual estamos andando, quando me dou conta de que já se passou tempo demais. A ignorância sobre o trajeto me deixa inquieta, mas me recuso a falar com Loryan. Nos distanciamos no percurso. Ele caminha na frente e eu o sigo, resignada, torcendo para que tudo acabe bem.

— Droga! — ele murmura ao parar, mas eu estou distante demais para entender por quê.

Loryan chuta alguma coisa no caminho e xinga mais algumas vezes, seguindo adiante. A luz que penetra entre as árvores começa a enfraquecer. Sinto os ombros arderem com o peso das mochilas que estou carregando. Loryan também deve estar cansado, porque já faz algum tempo que diminuiu o ritmo da caminhada. Até parece mancar de uma das pernas.

Bem feito para ele.

— Vamos passar a noite aqui — Loryan desacelera, e eu o alcanço. —Já está escurecendo.

Balanço os ombros e solto as mochilas no chão. Ele olha para mim por alguns segundos, quando finalmente dividimos o mesmo espaço. Não sei o que espera que eu diga ou faça. Já perdi a paciência com ele.

— Tem certeza que está viva? Bateu o recorde do tempo em silêncio.

— Por que você se importa? Tenho certeza que prefere assim.

Ele ergue as sobrancelhas. Em seguida, senta-se, abre a mochila e me lança uma lata de comida.

— Isso deve ser fome — diz, abrindo sua própria lata e colocando um pouco de salsicha em conserva na boca. — Come um pouco.

O cheiro contorce meu estômago. Olho para o que está na minha mão e percebo que é a mesma coisa. Jogo a lata de volta.

— Não estou com fome, obrigada.

Loryan agarra a lata no ar. Procura algo nos meus olhos.

— Qual é o problema?

— Não estou mesmo com fome.

— Qual é o problema, Helsye?

Pelo tom da voz dele, parece irritado, mas não há raiva nos seus olhos. É uma combinação engraçada.

Comida enlatada é raridade na província Agrícola. Lembro que morria de vontade de experimentá-la assim que tive idade suficiente para saber que grãos e legumes não eram os únicos alimentos que existiam. Fui com sede demais ao pote. Na minha primeira Festa dos Sobreviventes, comi o máximo que pude, e vomitei tudo depois. Desde então, nunca mais consegui comer enlatados. Mas não posso me dar o luxo de escolher o que comer aqui. Vou me sentir uma idiota.

— Me dá isso aqui.

Pego a lata de volta, abro e viro um pouco na boca. Começo a mastigar, sentindo a textura processada se espalhar pela minha língua em um sabor azedo e horrivelmente familiar. Preciso de esforço para engolir e garantir que não volte.

Começo a tossir.

Estou para virar a lata outra vez na boca, quando Loryan se levanta e a tira da minha mão.

— Quando eu perguntar qual é o problema, você me diz qual é o problema — fala, e então sai andando.

— Aonde você vai?

— Espere aqui.

Observo enquanto ele desaparece entre as árvores. Estou quase pegando no sono quando ele retorna.

20

Loryan

— Você tem certeza que isso não vai me matar?
— A intenção é matar sua fome e acabar com seu mau-humor — respondo. — Se levar você junto, vai ter superado as minhas expectativas.
Helsye abre e fecha a boca. Franze o cenho. Sorri.
É engraçado vê-la descobrir que não é a única capaz de ser sarcástica.
— Obrigada.
Ela coloca mais cogumelos na boca. Aprendi a diferenciar os venenosos dos comestíveis quando era criança. Isso me salvou muitas vezes quando andei por aí, depois de fugir dos Aki. Sabia que encontraria alguns nessa área e não me custava nada, já que ela parecia ter um problema com a comida.
— Agora estamos quites — concluo e, encostando a cabeça na árvore atrás de mim, fecho os olhos por alguns instantes.
— Não acredito que você é desse tipo.
— Que tipo?
— Do tipo que vive pesando favores na balança, para não dever nada a ninguém.
— Sou exatamente desse tipo.
— E como faz para lidar com a cobrança das coisas que você nunca vai conseguir retribuir?

Abro os olhos e a encaro. Seguro um pouco de terra entre os dedos. Não acredito que ela pôs o dedo na ferida sem nem perceber.

— Aposto que você tem uma lista com o nome de todo mundo que esqueceu seu aniversário — comenta.

— Não ligo para aniversários. — Ainda estou sentindo o peso da pergunta anterior quando respondo.

A verdade é que nunca disse a data a ninguém, nem mesmo no acampamento. Em uma época da minha vida, aprendi a esquecê-la e, depois de um tempo, parei de me importar. Perdi a conta de quantas vezes amaldiçoei esse dia pelo desejo de nunca ter nascido e pelas memórias ruins que ele me traz. Se depender de mim, ninguém nunca vai saber.

— Você está preocupado com eles — ela muda de assunto.

Dou de ombros.

— Ainda acho que estão melhor sem nós.

Helsye assente silenciosamente e encara os últimos cogumelos em suas mãos. Ela morde um lábio, hesitante. Os grilos cantam mais alto, e o cheiro das folhas é trazido com a brisa fria do começo de noite.

— É melhor tentarmos dormir. O dia vai ser longo amanhã — digo.

Pego as coisas na mochila e viro de costas para evitar seguir com a conversa. Além disso, se eu passar mais tempo com ela, não vou conseguir fazer o que precisa ser feito.

21

Helsye

Um gemido rasga o silêncio da madrugada.
Abro os olhos, alerta. Sinto o pulso na minha garganta. Silencio os pensamentos tentando descobrir de onde o som está vindo. Piora quando percebo que é de Loryan.
Levanto em um movimento rápido e olho para a árvore onde ele está encostado. Loryan tem alguns espasmos e suas roupas estão ensopadas. Me aproximo, de repente tão nervosa e preocupada que não sei mais o que estou fazendo. Sinto o vapor que vem de seu corpo antes mesmo de tocar sua pele.
— Loryan... — chamo, mas ele não responde.
Tento virá-lo e, quando sua perna encosta no chão, ele geme de dor. Desvio os olhos ao me lembrar de hoje mais cedo. De que ele estava mancando. De que ele chutou alguma coisa no caminho.
Levanto um pouco a barra da calça, e o inchaço e vermelhidão confirmam a minha suspeita.
Ele foi picado por um animal peçonhento.

Ando pelo vale
Assustado com aquilo
É escuro, grande e forte
Eu não sei se consigo

Mas aí você aparece
E me mostra a verdade
"É apenas uma sombra"
Você diz, eu acredito

Eu me aproximo
Ela se afasta
Quando eu enfrento
Desaparece
Em sua luz ela se vai
E eu não temo o perigo

Pois no vale da sombra da morte
Eu sei, você está comigo

Excertos dos poemas de Ayah, 23

22

Loryan

Dizem que a gente assiste a um filme da própria vida antes de morrer.

Nunca vi um filme, mas gosto da ideia.

No acampamento, meu passatempo favorito era ouvir os Recolhedores mais velhos contarem histórias sobre a vida antes da pandemia. Tentava me imaginar em uma praça ensolarada, andando de bicicleta ou tomando sorvete. Roubava e inventava memórias que nunca seriam minhas.

É confortável sonhar com o passado. Você não pode fazer nada para mudá-lo. Sonhar com o futuro exige muito mais coragem, porque você tem que levantar e fazer alguma coisa para chegar lá.

E eu sou um tremendo covarde. Então, só pensava em como seria ir para uma escola, tirar notas ruins, conversar com amigos...

Conhecer uma garota.

"Por que você gosta tanto desse tipo de história?", era a pergunta que eu ouvia quando pedia a um dos amigos de Kyo que contassem como conheceram suas esposas. Eu só gostava de ouvi-los falar sobre isso. Era como se a sensação tivesse sido roubada de mim, como quando sonhamos que amamos alguém e acordamos com a sensação de vazio, sentindo saudade de quem nunca conhecemos.

"Por acaso você já teve uma namorada? É por isso que sempre carrega esse negócio aí?"

"Não", eu dizia, e segurava o fio escuro com uma pedrinha amarrada em volta do pescoço. Depois disso, passei a usar a pedra por dentro da camisa, para evitar esse tipo de questionamento. "É só curiosidade."

Não podia dizer que não lembrava como ou por que eu tinha aquele objeto, nem saberia explicar por que ele parecia tão importante para mim. Mas eu devia parecer muito melancólico quando respondia a essa pergunta, porque todas as vezes o meu interlocutor se dava por vencido e me contava a história que eu queria ouvir. E eu pensava como seria se eu a estivesse contando. Se ela fosse a minha história. Pensava tanto nisso, que às vezes criava um roteiro.

A garota por quem eu me apaixonaria.

Talvez ela estudasse na mesma faculdade que eu, se pudéssemos escolher uma carreira. Eu me aproximaria e a chamaria para sair. E ela diria um "não" sonoro, porque garotas esquentadas parecem o meu tipo. Mas depois as coisas dariam certo.

E daí em diante eu não tinha mais criatividade para saber o que iria acontecer.

Acho que o Loryan mais jovem sabia que não tinha um depois. Porque não seria capaz de viver nada disso, nem na imaginação nem na vida real.

Quando eu morrer, acho que é a esse pedaço de história inventada que vou assistir.

— Loryan, pode me ouvir?

Tento abrir os olhos, mas não consigo. Eles ardem e lacrimejam. Meu rosto parece estar próximo a uma fogueira, cada vez mais aquecido. Minha perna lateja.

— Eu vou procurar algum remédio nas mochilas.

Ouço a voz de Helsye ficar mais distante e quero pedir que não faça isso. Não procure nenhum antídoto. Apenas me deixe ir.

Apenas fuja.

— Helsye... — digo, e não sei se algum som sai da minha boca.

— Fica quietinho. Vou achar alguma coisa útil. Talvez nas coisas de Kalyen... Só aguenta firme.

— Hel... — Sinto uma pontada na cabeça e um tremor se espalhar pelo meu corpo. — Por favor.

Ela se aproxima. Consigo sentir sua sombra, mesmo com os olhos fechados.

— Você precisa fugir daqui.

Helsye coloca a mão na minha testa.

— Deve estar delirando... Droga, preciso encontrar alguma coisa rápido.

Não. Estou tentando salvar sua vida.

— Você precisa me deixar e fugir... — cerro os dentes, tentando conter a dor que se torna cada vez mais intensa e se espalha por todos os músculos do meu corpo. — Por favor, escute.

Entreabro os olhos com esforço. Helsye balança a cabeça.

— Cala a boca, seu idiota.

Ela volta a mexer nas mochilas. Deixo a cabeça pender para o lado. Não sei mais o que é real e o que não é.

— Encontrei.

Ela toca a minha perna e levanta a barra da calça com cuidado. Aperto os olhos com a dor. Seguro a respiração. Sinto um líquido frio se chocar contra a superfície quente e solto um grunhido.

— Aguenta firme, gatinho. Vai ficar tudo bem.

Não vai.

Nunca fica.

23

Loryan

Abro os olhos depois de um lapso de silêncio.

Não sei se dormi ou desmaiei, só sei que a minha visão não está mais tão escura. A camisa molhada se apega ao meu corpo e sinto a pele pegajosa.

— Ei... Se sente melhor?

Helsye está ao meu lado e me encara, aflita. Não sei o que disse a ela enquanto estava lutando para conseguir me manter acordado. A perna ainda dói, mas parece bem menos pesada. A boca está seca.

Tento levantar, e ela me intercepta com o braço.

— É melhor você esperar mais um pouco. Só faz alguns minutos que coloquei o remédio. Acho que você desmaiou.

Por que você não foi embora?

Por que simplesmente não foi embora?

— Deveria ter dito que foi picado.

— Não achei que fosse peçonhento — respondo.

Achei que fosse a minha chance de fazer a coisa certa.

— Não me assusta mais, tá bem, gatinho? — diz, preparando-se para levantar. — Somos só você e eu agora.

Eu a seguro pelo braço. Ela olha para a minha mão e depois fita meu rosto. Procuro algo que eu possa dizer. Preciso contar que as coisas podem ficar muito mais difíceis a partir de agora, mas não posso mais deixá-las do jeito que estão.

Quero que seja diferente, mesmo que isso custe a minha vida.

— Helsye...

Algo passa velozmente entre nossos rostos. Olhamos ao mesmo tempo para o lado, onde um homem de cabelo escuro e pele parda sorri, abaixando um arco.

— Aqui, Membira!

Em alguns segundos, uma mulher se aproxima, também carregando arco e flecha, e nos encara, abrindo um sorriso em seguida.

— Nem pensem em correr.

24

Helsye

A cada passo que damos Loryan parece mais pesado.

Já faz alguns minutos que estamos caminhando, ao que parece, mais floresta adentro. Loryan ainda está com dores e mal consegue pisar no chão, então passo um dos braços pelas suas costas enquanto ele se apoia no meu ombro.

Não é um sistema muito funcional.

O homem que nos encontrou primeiro vai à frente, conversando em um idioma que não reconheço com a mulher atrás de nós. Ela mantém arco e flecha apontados em nossa direção, como se tivéssemos alguma chance de fugir com Loryan nesse estado.

Eles têm os olhos retesados e a pele levemente avermelhada. O homem, cabelos extremamente lisos caindo sobre o rosto, e a mulher, ondas escuras que descem pelas costas até a cintura. Observo algumas pinturas no corpo dos dois.

Loryan cambaleia, empalidecendo, e os músculos das minhas costas começam a ficar doloridos.

— Olha só, eu não entendo a sua língua — digo, tentando gesticular para a mulher. — Mas meu amigo está machucado. Não podemos parar um pouco?

Ela balança a cabeça.

— Já vamos chegar. Aguente.

Sua insensível.

— Você tá legal? — murmuro para Loryan.

— Estou — diz, com a voz quase sumindo. Sei que está mentindo.

A julgar pela temperatura do corpo dele, ainda está com febre. A picada deve ter infeccionado, mesmo com o anti-inflamatório. A aflição já tomou conta do meu corpo, só estou fingindo tê-la sob controle.

A floresta parece encolher por um momento.

As árvores enfileiradas diminuem a distância, formando uma espécie de corredor. A folhagem entrelaçada acima das nossas cabeças deixa tudo muito escuro, embora ainda seja dia.

Atravessamos o túnel verde em silêncio.

Vou me sentindo um tanto claustrofóbica à medida que percorro o caminho. Minhas mãos começaram a suar, e meu coração bate acelerado.

As folhas fazem barulho sob nossos pés e esbarram no meu corpo enquanto caminho. Isso me dá arrepios. Loryan fica cada vez mais pesado e preciso redobrar a força para apoiá-lo. Mas no fim da trilha, quando achava estar no meu limite, a claridade reapareceu com toda a sua intensidade. E meu queixo desprendeu do rosto.

Surgem, espalhadas pelo local, várias moradias sem paredes, com tetos feitos de palha e sustentados por troncos que sustentam redes para dormir. Entre as casas, há crianças com poucas peças de roupa que correm por todo lado. Sentado em um toco, um idoso exibe um grande alargador na boca. Afrouxo o braço que apoia Loryan por um segundo e ele tropeça. Imediatamente lembro que ainda não consegue ficar de pé sozinho, então aperto mais a sua cintura enquanto olho em volta, boquiaberta.

— Membira! Apinajé! Que bom que estão de volta.

Uma mulher de cabelos extremamente escuros com uma franja na altura dos olhos amendoados se aproxima, caminhando em nossa direção.

— Eles não devem ter sido muito hospitaleiros, mas ainda bem que encontraram vocês.

Pisco algumas vezes, tentando perceber se ela estava mesmo falando conosco.

— Eu sou Juruna. E vocês devem ser Helsye e Loryan — ela disse, apontando para o local em seguida. — Bem-vindos à nossa aldeia.

25

Helsye

Juruna nos conduz a uma instalação não muito distante dali, para que Loryan receba cuidados médicos.

A organização do lugar é encantadora. Algumas senhoras fazem curativos e emplastos com folhas e pedaços do tronco de árvores. Outras cozinham, preparando caldos de aparência brilhante e nutritiva. A movimentação dentro da cabana é intensa, mas coordenada como uma dança, sem nenhuma bagunça.

Passamos pelo corredor principal, onde os pacientes estão enfileirados em esteiras de palha, sendo tratados ou simplesmente descansando, e chegamos a uma parte mais isolada, coberta por uma cortina que os dois homens que carregaram Loryan até aqui afastam antes de deitá-lo em uma rede.

Estremeço quando, ao olhar para uma mesinha de madeira ao lado da rede, vejo uma maleta com ampolas que têm a insígnia dos Tecnis. Sinto uma agitação crescente, desconfiando que talvez tenhamos caído em uma armadilha, até uma voz conhecida chamar a minha atenção.

— Helsye! — Layla me abraça violentamente, sem que eu tenha tempo para processar as informações. Apenas retribuo, mal acreditando, e sinto um alívio imenso por ela estar bem. Aos poucos, consigo voltar ao meu estado de alerta.

— Layla... — checo seu rosto. — Você está machucada? Cadê os outros?

— Por que o... O que aconteceu com ele?
Ela encara a figura pálida e quase adormecida de Loryan. Desconfio que sua expressão confusa não seja diferente da minha.
— Acho que vocês precisam conversar — comenta Juruna, estendendo o braço em direção à saída. — Venham. Vamos deixá-lo se recuperar.
Balanço a cabeça em concordância, mas dou uma última checada em Loryan antes de ir. Talvez a sensação de ser responsável por ele quando ficamos sozinhos na floresta ainda não tenha desaparecido. Ignoro e me viro para ir embora, quando sinto alguém segurar o meu braço.
— Não vai — Loryan implora, ainda de olhos fechados. — Fica comigo.
Layla ergue uma das sobrancelhas, sugestivamente. Finjo não notar que ela está sorrindo.
— Pobre alma, está delirando. — Pinço a mão dele no ar antes de soltá-la novamente. — Vamos logo, estou com fome.
Layla se enrosca em meu braço, e seguimos para fora.
Enquanto caminhamos, eu me permito explorar um pouco o lugar. Passamos por várias moradias, algumas simples como a instalação médica e outras feitas de madeira ou tijolos. Não há um padrão nas construções. Alguns passos adiante, um conjunto de mulheres trabalha em vasos de barro, pintando-os com pastas bem pigmentadas. Uma criança banguelinha para de brincar e sorri quando nos vê.
No meio dos cabelos escuros e corpos robustos, alguns fios dourados reluzem ao longe. Segurando arco e flecha, com sua postura altiva e o cotovelo na altura da orelha, está quase irreconhecível. O rapaz forte e cheio de pinturas corporais que estava ao seu lado apenas sorriu quando ela acertou perfeitamente o centro do alvo que estava diante dos dois e, em seguida, o saudou com uma mesura.

Você pode não gostar de Kalyen, mas não pode negar que ela tem estilo.

— É a Kalyen mesmo? — cutuco Layla.

Ela faz que sim com a cabeça.

— Está treinando com um dos líderes desde que chegamos. Nunca a tinha visto sorrir tanto. Talvez esteja jogando um charminho para ele.

— Interessante.

Damos as costas e continuamos andando. Logo chegamos ao lugar que parece ser a casa de Juruna. Há um móvel baixo e extenso próximo à entrada, o que me faz pensar que devem ser feitas muitas reuniões aqui. Nos sentamos no chão, ao redor dele. Juruna nos oferece uma espécie de caldo servido em uma tigela preta, e Layla me direciona para bebê-lo entornando na boca. Sinto o azedinho doer nos cantos da minha mandíbula assim que o provo, o calor da bebida se espalhando pelo corpo e fazendo cócegas no estômago. É reconfortante.

— Encontramos seus amigos na manhã de ontem — Juruna começa a explicação, sentando-se conosco. — Mas não fomos muito simpáticos no começo.

— Jey e eu estávamos no ponto de encontro depois de despistarmos os kamaris — intervém Layla, deixando sua própria cumbuca sobre a mesa. — Hayur e Kal chegaram em seguida. Acho que vocês se atrasaram um pouco.

Balanço a cabeça, tentando acompanhar a história.

— Esperamos por mais de meia hora. Hayur estava contando, você sabe como ele é — ela revira os olhos. — Ouvimos uma movimentação na floresta e pensamos que eram vocês dois, por isso demorou um tempo até percebermos que estávamos cercados. Quando eles nos encontraram, acharam que fôssemos dos Exatores ou Chaoses, então tinham umas quinze flechas apontadas para o nosso rosto, não tínhamos chance de reagir.

— Eu sinto muito por isso — Juruna se dirige a Layla e me fita em seguida. — Só conseguimos manter tudo aqui funcionando porque estamos escondidos. Ninguém suspeita de nossa existência. O sigilo da aldeia é a garantia que temos de que todos estão seguros.

— Por que mudaram de ideia sobre nós? — pergunto.

— Um dos caras a quem fomos apresentados ao chegar aqui me deu o benefício da dúvida e consegui explicar tudo — Layla encolhe um pouco os ombros. — Mas precisei expor a missão.

— Você deu um grande passo no escuro — digo. — Sem ofensas, Juruna.

— Não foi um passo no escuro — Layla se defende. — Você viu isso aqui, Hel. Tem idosos e crianças. Se eles fossem da Armada, já teriam se livrado da parte mais frágil... Afinal, não é o que eles fazem? E além do mais — ela pega a tigela de volta, depois de balançar os ombros —, sou uma ótima julgadora de caráter, os livros me ensinaram muito.

Até faz sentido. Loryan ficaria orgulhoso.

— Acredite em mim, odeio Buruk tanto quanto qualquer um de vocês — Juruna retoma o discurso. — No começo da pandemia, ele procurou alguns de nós para oferecer recursos em troca de trabalharmos com ele na busca de uma vacina, usando nossos conhecimentos. Mas era tudo mentira. O plano era nos massacrar como fez com os Pesquisadores. Só descobrimos porque um de seus homens o traiu e nos contou tudo.

— O que Buruk ganharia com outro massacre?

— A pergunta certa é o que ele perderia — ela prossegue. — A Armada monopoliza o conhecimento científico, e há pessoas aqui que sabem mais sobre o corpo humano e suas reações aos agentes bioquímicos do que qualquer cientista da Tecnis. É claro que ele não quer dividir isso com ninguém.

— Mas, apesar de os medicamentos serem propriedade exclusiva da Armada, vocês parecem ter acesso, não é? — pergunto com cautela. Quero descobrir até que ponto Juruna está mesmo do nosso lado. — Vi as ampolas lá no quarto onde deixamos o Loryan.

Ela ergue o canto dos lábios em uma espécie de sorriso.

— Não sei se podemos chamar o modo como conseguimos isso de *ter acesso*.

Estreito os olhos, abaixando o tom de voz a um quase sussurro.

— Roubo?

— Eu chamaria de reparação histórica — Juruna se inclina para trás, desviando o olhar. — Buruk e os que vieram antes dele, todos tiraram muito de nós. Digamos que o meu povo apenas retribuiu o favor.

Ela permanece com o rosto voltado para fora e engole em seco. Imagino que, no fundo, saiba que agir como a Armada não nos torna tão diferentes deles. Mas não é como se tivéssemos escolha.

— O seu... povo? — Layla questiona.

— Nós somos indígenas. — Juruna volta a olhar para nós, e sua voz assume um tom ainda mais grave, como se falasse em nome de muitas gerações. — Na verdade, somos o que sobrou de várias etnias, por isso, apesar de chamarmos de aldeia, nossa organização não funciona exatamente como uma. Temos mais de um líder, costumes misturados, gente que simpatiza com as tecnologias enquanto outros são extremamente apegados à tradição... Eu e Tembé fazemos o possível para conciliar todas as diferenças. É um trabalho árduo.

Ela nota nossa expressão confusa e nos lança outro olhar condescendente.

— Sua falta de conhecimento a nosso respeito não me surpreende, estão sempre tentando nos apagar da história. Fomos muitas vezes dizimados, antes mesmo que o Lanula surgisse. Posso dizer que temos mais experiência do que a maioria quando o assunto é resistir e sobreviver.

Juruna bebe da própria cumbuca, nos dando alguns segundos de silêncio. Não preciso mais hesitar. Embora roubar não seja a melhor prova de caráter, não é como se eu estivesse em posição de julgar. Além disso, quero confiar nela.

— Queremos ajudá-los no que precisarem — ela prossegue. — Se você me garantir que o plano de vocês é viável, não me importo de tirar o meu povo das sombras. Arriscaremos tudo, se for preciso. Todos nós merecemos liberdade.

— Eu garanto — respondo, sentindo-me estranhamente pressionada a não desapontá-la. — Vamos fazer de tudo para derrubar o tirano, e seria ótimo contar com a ajuda de vocês. Na hora certa... Vou dar um jeito de entrar em contato.

Juruna concorda com a cabeça. Sorri em seguida. E é a primeira vez que sinto o pleno peso da responsabilidade, como se eu não fosse uma imune por acaso.

Como se tivesse nascido para isso.

— Layla, avise os outros que estamos aqui — ordeno. — Vamos nos arrumar para partir assim que Loryan acordar.

— Ele já acordou — diz uma voz vinda de fora. Nós três nos viramos ao mesmo tempo para um garoto que está na entrada, um pouco ofegante. Parece ter vindo correndo dar a notícia. — Mas não acho que vocês conseguirão partir.

— O quê? — Layla retruca. — Por quê?

— É melhor verem por si mesmas.

26

Loryan

Encaro os raios de luz que escapam pelas brechas do telhado de palha.

Minha cabeça lateja tão intensamente que volto a fechar os olhos. Faz alguns minutos que alguém veio conversar comigo, mas eu estava tão confuso que não me lembro do que disse. Ou talvez tenha sido apenas um sonho. Tento me concentrar em algumas vozes que soam distantes, a fim de entender o que aconteceu.

— O que vocês fizeram com ele?

— Nós apenas tratamos o ferimento e demos um chá para fazê-lo sentir menos dor. Não sabíamos da condição, então não poderíamos prever o efeito colateral. Isso não teria acontecido se você tivesse nos dito que ele já foi torturado pela Armada.

— T-torturado?

— Ah... — replica. — Você também não sabia?

— Kalyen, é melhor você se acalmar — interveio outra voz. — De qualquer forma, o efeito vai durar apenas algumas horas. Logo ele recobra a memória.

Memória.

Percebo que não tenho nenhuma.

Minha cabeça é como um galpão vazio. Varro os pensamentos depressa, como se corresse de um lado para o outro à procura de informações. Meu nome. Onde estou. De quem são essas vozes.

Silêncio.
Meu coração passa a bater com mais violência.
Eu me esforço para abrir os olhos. Viro-me em direção ao grupo de três pessoas conversando, e aperto a visão que entra e sai de foco. Vejo uma garota loira balançar a cabeça enquanto uma senhora mais velha continua a explicação.

— Há um soro usado pela Armada que possui uma tecnologia que apaga memórias selecionadas. Nosso chá anestésico é conflitante com o princípio ativo desse soro, então acaba provocando amnésia temporária para quem já o recebeu.

— Temporária. Então ele vai ficar bem?
— Provavelmente.
— Como assim?
— Bem, quando o efeito colateral passa, as memórias são restauradas. Todas elas.

— Entendo — ela assente em concordância, embora esteja com o semblante confuso. — E quanto demora?

— Isso depende do organismo... — A idosa reflete. — Pode ser imediato ou levar até meses para a restauração ser completa. De qualquer forma, ele pode ficar confuso, e é bom ter alguém que saiba explicar os detalhes das memórias recuperadas, contar o que aconteceu de verdade.

— Isso é impossível — a garota responde mais para si mesma, e solta um suspiro. — Por favor, não comente sobre isso com ninguém.

— Isso não vai sair daqui. Fique tranquila — afirma o rapaz ao lado dela, apertando seu ombro em um gesto de conforto.

Os três se afastam e, enquanto a mulher mais velha começa a se ocupar em seus trabalhos, a garota vem em minha direção. Consigo me levantar, zonzo, e percebo minha perna enfaixada. Meu estômago está embrulhado, e um aroma inebriante de ervas e fumaça me faz pigarrear. Antes que a escuridão nas minhas vistas se dissipe totalmente, ela se dirige a mim.

— Loryan, como você se sente?

Loryan.

É um nome familiar.

— O que... — pergunto com um gosto amargo na boca.
— O que aconteceu?

— Você se machucou e acabou tomando um remédio que provocou uma amnésia temporária — ela responde rapidamente, tentando me tranquilizar, embora sua respiração acelerada demonstre que está nervosa. — Logo tudo volta ao normal.

Estou organizando minha série de perguntas, a começar por qual é a relação entre nós dois, quando a serenidade da conversa é interrompida pela entrada barulhenta de alguém:

— Que droga é essa do nosso líder estar *lelé* das ideias?

Uma garota marcha com força na minha direção e olha de mim para a que está ao meu lado, esperando por uma resposta. Em seguida chega outra menina, bem mais nova, parando na entrada.

— Não faz escândalo, Helsye — a que já estava comigo a repreende, como se estivesse lidando com uma criança birrenta. — Ele só precisa de algumas horas para se recuperar.

— Ótimo, então. Até lá eu assumo a missão.

— Mas é claro que não — intervém a outra.

— Por quê? — pergunta a tal Helsye. *Helsye*. Não é tão estranho.

O rosto da primeira assume um tom avermelhado. Ela respira tão fundo que o tronco se expande, como se estivesse prestes a explodir.

— Você só quer um pretexto para mandar em todos nós e continuar fazendo besteira. Você é tão baixa!
— O quê? Olha só, Kalyen... — De repente, Helsye se interrompe e se vira para mim. — Gatinho, você não se lembra de nada mesmo? Conte a ela que eu venci você numa batalha e dei um *tchan* no seu cabelo. Olha só — finaliza.
Então se aproxima subitamente e vira minha cabeça com força na direção da outra. Tiro as mãos dela do meu rosto e a fito por alguns segundos.
Ela tem olhos bonitos.
—Você é minha namorada?
— O quê?
O fato de ter ficado pasma me faz imaginar que a resposta possivelmente seja não. Esfrego os olhos, confuso.
— Por que está me chamando de gatinho?
Ela ergue as sobrancelhas, surpresa, e em seguida dá um sorrisinho.
— Hum, então você flerta assim com quem acabou de conhecer? Interessante. Você só deve ser ranzinza quando está perto de mim — ela solta outra risada e se vira para a garota que chamou de Kalyen em seguida. — Pode ir, eu fico aqui até ele se recuperar, sou a namorada.
Kalyen abre a boca lentamente, até formar um sorriso de escárnio. Ela balança a cabeça em negação e usa um tom autoritário em seguida.
— De jeito nenhum.
— Ah, deixa de ser chata. Quero ver se faço ele se apaixonar por mim antes de lembrar que não vai com a minha cara. Vai ser divertido.
— Talvez um estímulo ajude — diz o rapaz que estava na casa, junto com Kalyen, antes de a garota raivosa chegar.
— Não confio nela.
Helsye revira os olhos.

— Você acha que eu faria algo de ruim para o meu *chuchuzinho*? — ela diz, e se senta ao meu lado — Só quero ver se ele ama a namorada mesmo estando *birublé*.

Kalyen está prestes a revidar, quando o rapaz ao seu lado a impede.

— Vem, Kal. Ficar aqui não vai ajudar — ela bufa de raiva, enquanto ele a conduz para fora. A menina que estava na porta vai com eles, mas Helsye continua ao meu lado.

— Você também pode ir. Sei que não é minha namorada.

Ela franze o cenho.

— Ah, não acredito que o efeito passou tão rápido. Nem teve graça.

— Não passou. Ainda não me lembro de nada, mas tenho certeza de que você não é nada para mim.

O sorriso se desfaz um pouco, e ela pisca algumas vezes em minha direção.

— Se fosse, estaria preocupada comigo. E não zombando da minha condição.

— Só estou tentando fazer você sorrir, ok? É o melhor que posso oferecer agora.

A frase ecoa algumas vezes, e sinto uma pontada repentina na cabeça. Minhas têmporas latejam com tanta força que levo as duas mãos até elas.

— É melhor você descansar — ela acrescenta, em um tom mais sério. — Nossa conversa não está ajudando, gatinho.

A garota empurra meu peito, me obrigando a deitar novamente, enquanto improvisa um travesseiro de tecidos e o coloca sob minha cabeça. Eu me viro e fecho os olhos a tempo de ter um lapso de memória confuso e enevoado. Mas não parece recente.

Parece ser de muito tempo atrás.

27

Kalyen

— Vamos por aqui — diz ele, apontando no mapa.

Aproximo o rosto para ver também. Uma mecha loira escapa para a frente dos meus olhos, e eu a afasto com um sopro.

— Posso levá-los de carro até este ponto da trilha e daqui vocês seguem a pé. Vão chegar a uma parte isolada da província Artesã, distante do centro, por isso é bom terem cuidado. Pelo outro caminho, vão demorar uns três dias na estrada, sem contar que a minha rota é desconhecida dos kamaris, então é a melhor opção.

— Você tem certeza?

— Você tem problemas de confiança.

Quando ergo a cabeça, ele está sorrindo. Continua fazendo marcações no mapa e pergunta o que eu acho de cada sugestão. Tembé prendeu metade do cabelo extremamente liso em um rabo de cavalo e alguns fios se soltaram, me deixando com vontade de colocá-los atrás de sua orelha. Sorrio com o pensamento intrusivo.

— Obrigada pela ajuda. — Meu comentário o faz levantar o olhar. — E por nos levar até lá.

Loryan recobrou a memória, mas está meio zonzo desde então. Ele atrasaria todos nós, se tivéssemos que ir a pé. E nosso plano de conseguir um carro foi por água abaixo depois do desvio de rota.

— Não se engane. Não sou tão altruísta. Só quero passar mais tempo com você.

Não consigo segurar a risada. Conheço Tembé há dois dias, mas ele é tão transparente no que diz e em como se comporta, que nos tornamos amigos em poucas horas de conversa. Aprendi que é preciso esconder as emoções, para parecer indiferente, mas a liberdade de dizer o que penso me parece tentadora quando estou com ele.

Tembé foi o primeiro a ouvir o que tínhamos a dizer sem apontar uma flecha para nossos rostos. Foi por causa dele que Layla e eu conseguimos explicar que não éramos inimigos, e se ele não tivesse nos dado um voto de confiança, talvez estivéssemos todos mortos.

Uma sensação esquisita, ser ouvida. Na liderança de Kyo, isso não existe.

Meu pai é bastante cético quanto à minha capacidade de ser útil para os Aki. Vê-lo liderar, dividir tarefas, resolver conflitos, me deixava fascinada desde criança. Eu cresci tentando aprender um pouco de tudo, tentando chamar a atenção de Kyo e convencê-lo de que na sua ausência eu seria uma boa líder.

Além dos treinos ao lado de Loryan, eu sempre passava tempo na enfermaria aprendendo primeiros socorros, checava os progressos de Layla e Hayur na inteligência (e foi assim que descobri que ela lia as tais *fanfics*), estudava o orçamento dos Aki e conversava com os Recolhedores mais velhos sobre a vida antes da pandemia para fazer pesquisas.

Mas nada foi o suficiente.

Mesmo que a relação dele com Loryan fosse extremamente delicada e ele nunca demonstrasse interesse pela liderança dos Aki, meu pai sempre confiou mais no meu irmão. Ele fazia questão de dizer como Loryan era parecido com ele. Eu temia que isso prejudicasse a minha relação com o Lor, mas, no fundo, sabia que ele não tinha culpa. Eu o amava demais para deixar os erros do meu pai mudarem a forma como eu o via.

— Então, vamos?

Tembé é diferente de Kyo. Só o fato de dividir a liderança com Juruna, de escolher consultá-la para que tomem decisões juntos, de entender que suas percepções são diferentes e, por isso, se complementam antes de se sobreporem, me deixa fascinada.

Imagino como seria se todos os homens fossem assim.

— Vamos.

Balanço a cabeça, seguindo-o em direção à caminhonete. Juruna se despede do resto do grupo a alguns metros, e eles também se acomodam no carro. Ela acena com a cabeça antes de partirmos.

Apesar de ter sido uma experiência rápida, acho que vou ficar com saudades desse lugar. A aldeia me lembra o acampamento dos Recolhedores, mas a simplicidade com que as pessoas vivem e o jeito que se comportam umas com as outras é algo que nunca tinha presenciado. Levo a mão até a orelha, onde coloquei o brinco de pena que recebi de uma senhora simpática. Ela disse que combinava comigo e que eu ficava bonita quando não estava carrancuda. Sorrio com a lembrança.

Quando eu nasci, a humanidade já havia sido atingida pelo Lanula. E por humanidade, não me refiro apenas aos humanos. Mas a nossa *humanidade*. A capacidade que temos de pensar no outro. De sentir empatia. De colocar os interesses de alguém acima dos nossos.

Durante minhas pesquisas, aprendi um pouco sobre a transição dos migrantes de todas as partes do mundo para o novo país. Não importa quais condições desumanas de transporte enfrentariam para chegar até Kyresia. As pessoas estavam desesperadas. Fariam qualquer coisa para entrar. Mas muitas delas eram barradas na fronteira porque um dos viajantes tinha suspeita de contaminação.

Quando a notícia se espalhou, as pessoas ficaram paranoicas. Por todo o mundo, além dos mortos pelos vírus, muitos morreram pelas mãos dos próprios parentes e vizinhos. A qualquer sinal de sintoma, casas com famílias inteiras eram incendiadas. O pavor suprimiu a compaixão. E isso durou muito tempo, até as coisas se estabilizarem no novo país.

Imagino o que aconteceu dentro de cada um de nós para chegarmos a esse ponto. O que crianças presenciaram. E que tipo de adultos elas se tornaram. Minha geração só sabe o que é existir no modo sobrevivência. Meu veredito é que nossa *humanidade*, sem prática, acabou enferrujando.

— Onde aprendeu a usar o arco e flecha tão bem?

— O quê? — pergunto, perdida demais nos próprios pensamentos para ouvir o que Tembé estava dizendo.

— Lá na aldeia, você pegou o arco da minha mão e me humilhou. Mesmo de olhos fechados, sempre no alvo — ele tira uma das mãos do volante e atira uma flecha invisível, fazendo um som com a boca. — Aquilo foi incrível.

— Ah... — encosto o cotovelo na janela, encarando a paisagem da trilha no meio da floresta. —Aprendi sozinha.

— Você poderia me dar algumas dicas quando voltar à aldeia.

— Eu nunca disse que voltaria.

— Estou pedindo a você que volte.

Viro-me para encarar Tembé. Seus olhos retesados nas extremidades ostentam um tipo de esperança divertida. É uma sensação boa. Parece incrível como algumas pessoas enxergam suas qualidades facilmente, enquanto outras não notam mesmo que você as esfregue diante de seus olhos.

— Enfim, a escolha é sua. Estarei esperando.

Ele sorri e continua dirigindo tranquilamente pelas próximas horas. Não faço nenhum esforço para pensar numa resposta.

Tembé parece ser do primeiro tipo.

Seria maravilhoso vê-lo outra vez.

28

Helsye

O líder indígena nos deixou no fim da trilha até onde o carro alcançava.

Achei que ele fosse se despedir da Kalyen com um joelho flexionado e uma mão sobre o peito, com juras de amor eterno, considerando que os dois estavam na maior conversinha durante todo o trajeto. Mas ele só fez uma espécie de mesura e partiu.

Decepcionante. Não vou ter nada concreto para provocá-la.

Depois de caminharmos até o escurecer, passamos outra noite na floresta e desta vez o café da manhã foi o estoque de frutas silvestres e oleaginosas que Juruna nos deu antes de sairmos da aldeia. É ótimo ter mais tempo livre de enlatados. Todos, menos Hayur, precisavam de um novo tipo de comida. Só que agora, depois de um dia inteiro caminhando, começo a sentir fome outra vez.

— Isso são nozes? — pergunto a Jeyoke, que aparece ao meu lado, mastigando ruidosamente.

Ele dá de ombros.

— Qual é... Ainda tem medo de mim?

— Não gosto de você e não confio em você.

— Você não está errado.

Jeyoke funga.

— É uma irresponsável. Colocou a vida de Layla em risco.

— Ai, quanto rancor... Mas quer saber? Você não precisa gostar de mim para negociar umas nozes. Posso dar alguns conselhos em troca. Tipo — pigarreio, mudando o tom de voz —, "Como conquistar uma garota de cabelo cacheado com o dobro da sua inteligência".

Ele arregala os olhos. Abre a boca. Para de andar.

Coloca o saco inteiro de nozes na minha mão.

— C-como você...

— É tão óbvio — digo, jogando algumas na boca.

Jeyoke solta o ar devagar. Diminui o ritmo da caminhada, e eu o acompanho, até estarmos ao menos cinco passos atrás do resto do grupo.

— Ela me acha um idiota.

— Isso não é um problema para as garotas. A gente pode gostar de um idiota — respondo. — Desde que ele não seja um idiota com a gente.

Ele pisca e encara Layla, que discute algo com Hayur mais adiante. A crocância das nozes na minha boca é o único som que ouço durante alguns segundos.

— Tenha um pouco de paciência — continuo, cuspindo algumas cascas e percebendo que ele só me deu o saquinho porque as nozes estavam quase acabando. — E esteja sempre lá por ela. Vai dar certo.

— Caramba, você é mesmo boa nisso — resmunga.

— Nisso o quê?

— Em dar conselhos.

— Comi muitos cérebros na minha vida de zumbi. Ajuda a entender o pensamento humano.

Ele dá uma risada silenciosa.

— Mas ainda não confio em você.

O grupo para de andar e percebo que finalmente chegamos ao fim da floresta. Nos espalhamos em uma espécie de penhasco, tendo a visão panorâmica da entrada da cidade lá embaixo. Prédios abandonados, edifícios pela metade, pichações e carimbos do sol Chaose aparecem aqui e ali junto com os muros destruídos e cobertos pela vegetação irregular. Há um carro carbonizado, ferragens e roupas no caminho. Há fios de energia pendurados em postes inclinados. Há um vazio cinzento de uma cidade que desapareceu.

Sinto um aperto no peito. De ansiedade e expectativa.

Chegamos à província Artesã.

29

Loryan

Não precisamos ir muito longe para chegar ao nosso esconderijo.

A província Artesã tem menos vegetação e mais moradias que a Agrícola, mas elas se concentram na parte mais central. Os Recolhedores sempre deixam armas e mantimentos em lugares estratégicos e desertos, e a conveniência é um deles, porque fica bem perto da área de fronteira.

O posto de gasolina destoa do resto do ambiente. As bombas quebradas e enferrujadas estão no mesmo lugar de quando estivemos aqui da última vez. Boa parte da entrada está coberta de vegetação, mas a porta de vidro da loja adjacente ainda carrega a placa com letras esmaecidas dizendo "EMPURRE".

Coloco a arma em uma mão, a lanterna em outra e as cruzo na altura do peito. Dou um chute de leve na porta, entrando em seguida, e os outros vêm atrás de mim.

As gôndolas vazias estão mais enferrujadas. No chão, há embalagens de industrializados abertas e outras intactas, provavelmente fora da validade há muito tempo. O chão empoeirado e sem pegadas mostra que ninguém passou por aqui recentemente. De repente, ouço um barulho de vidro sendo quebrado e aponto a arma na direção do som.

— Desculpe — Layla diz, depois de pegar um chaveiro de pelúcia da máquina cuja lateral ela acabou de estilhaçar. Balanço a cabeça. Coisas fofas sempre foram a fraqueza dela.

Caminho até o fundo do local, para a máquina de refrigerantes vazia. Checo o fundo falso e vejo que as roupas e armas que deixamos na última vez ainda estão lá. Finalmente, baixo a guarda.

— Tudo limpo.

— Lá fora também — Kalyen diz, depois de checar os arredores.

Faço sinal para que todos se acomodem. Começamos a preparar os próximos passos.

— Hayur, o que conseguiu descobrir?

— O sinal do servidor daqui vem de um lugar remoto, depois da vila de oficinas. Sei que não é a direção das moradias militares, nem da casa do Chefe de Província, porque vocês me disseram a localização. Só não faço ideia do que existe nessa área.

Hayur balança a cabeça frustrado. Jeyoke intervém.

— Eu sei. — Todos os olhos se voltam em sua direção. — Contrabandistas de arte.

Ele engole em seco. Parece lutar com as memórias.

Há anos o encontramos na província Artesã, tão assustado que mal conseguia ficar de pé sem tremer. Não sabíamos se ele era um Artis ou se foi apenas abandonado aqui, porque ele não tinha identidade provincial. Eu sabia que tínhamos que levar aquela criança para casa, ou ele não sobreviveria. Artis ou não, ele se tornou um Aki.

Jeyoke me contou depois que morava nas ruas. Ficava escondido e fazia pequenos furtos para ter o que comer. Em uma das vezes ele foi pego, e foi assim que perdeu a mão esquerda. Faria qualquer coisa para que ele não tivesse que voltar aqui.

— Os Artis vivem em condições tão subumanas quanto os Agris — explica, olhando para Helsye. — Seu trabalho em geral é completamente explorado e subvalorizado, mas existe uma exceção.

— Artis dourados — Layla completa.

Jeyoke assente.

— Músicos, escultores, pintores... Qualquer atividade que alimente a vaidade dos cidadãos da Armada são as únicas pelas quais estão dispostos a pagar um pouco a mais. Mas é difícil negociar diretamente com os compradores, então muitos Artis tentam vender suas obras aos contrabandistas.

— Mas eles sonegam impostos, não é? — Helsye pergunta. — Não são os melhores amigos do governo. Por que o dispositivo de comunicação oficial estaria na casa de um deles?

Jeyoke abaixa a cabeça. Quando levanta o olhar, solta uma risada desesperada.

— Porque é simplesmente o lugar mais temido de toda a província.

O silêncio pesa entre todos nós. Mastigo o canto da boca, tentando pensar em um plano.

— E se a gente fingisse ser um dos Artis dourados? — Helsye questiona, e a ideia não é descartável. — Quer dizer... Não deve ser difícil. Só precisamos de uma obra de arte.

— Juruna me deu alguns pigmentos quando estávamos na aldeia. Pedi porque achei que pudéssemos negociar em troca de informações ou algo assim, mas talvez possa ser útil — Kalyen diz, olhando para o grupo em seguida. — Se alguém tiver um talento escondido, a hora de mostrá-lo é agora.

— Eu tenho — Jeyoke levanta a mão.

— A única arte que você faz é me irritar — Layla repreende.

— E você, Layla? — pergunto.

— Nem vem, chefe. Meu negócio é pancadaria.

— Eu posso fazer — a voz de Hayur soa monótona, ele desvia o olhar. — Fica pronto antes do amanhecer.

Balanço a cabeça, satisfeito.

— Mas não sou bom em mentiras — acrescenta. — Precisamos de alguém que seja convincente no papel de Artis dourado.

— E alguém que seja convincente no papel de assistente, porque todo Artis dourado tem um — Jey completa.

Começo a eliminar as opções.

Não quero fazer Jeyoke andar pela província outra vez. Layla quase me matou do coração na última missão. Hayur está fora de cogitação, e Kalyen é correta demais para lidar com contrabandistas sem colocar o disfarce em risco.

— Seremos Helsye e eu — anuncio.

Ela levanta o olhar. Penso que vai protestar, mas apenas assente. Desde que saímos da aldeia, Helsye está diferente. Não sei o que aconteceu, mas enfim parece ter entendido que estamos em uma missão séria.

— No nosso esconderijo de suprimentos ainda tem disfarces — Kalyen acrescenta. — Vamos preparar vocês para o show.

30

Helsye

Completamente ridícula.

É assim que me sinto com esse vestido florido que vai até os meus pés e está grande demais no meu corpo. O turbante eu até que achei legal. Vai esconder bem a minha adaga e as bugigangas tecnológicas que recebi de Hayur.

A única coisa que me consola é saber que Loryan está pior.

Layla o está arrumando, e ele fulmina com o olhar qualquer alma vivente que passa a menos de dois metros do espetáculo à parte que é o seu visual. Camisa listrada amarela e branca. Calças roxas com elástico nas pernas. O cabelo está preso em um coque pequenininho, e a mecha disforme que cortei no acampamento cai sobre seu rosto. Layla o obrigou a usar óculos redondos com lentes rosadas.

E eu estou quase engolindo os lábios para não rir.

— Por que eu tenho que parecer um pavão? — pergunta.

— Porque você é um artista — responde Layla. — Tem que parecer... *artístico*.

Ele xinga baixinho. Enquanto isso, me aproximo e sento ao lado de Hayur, fitando nossa obra de arte falsa. Ele parece ignorar minha presença.

— É uma pena termos que entregar sua arte. Gostei dela — digo. — Me lembrou o meu pai.

Hayur pintou um nascer do sol em uma peça de cerâmica. Não sei como ele conseguiu fazer isso usando apenas dois tons de tinta emprestados por Juruna. Os cacos, que encontramos espalhados pela conveniência, ele juntou com uma cola especial e fios de cobre, que carrega por causa dos equipamentos, e montou o vaso. Parecia improvável, mas ficou lindo.

Observar a pintura me traz uma sensação estranhamente familiar. É como se estivesse outra vez na província Agrícola, subindo a ladeira íngreme que nos levava ao ponto mais alto, onde papai e eu costumávamos ir para assistir ao dia amanhecer.

É uma boa lembrança.

— Posso fazer outra para você, quando tudo isso acabar — replica. — Se vocês voltarem vivos.

Balanço a cabeça.

Muito reconfortante.

— Você é muito bom nisso — comento, e Hayur vira um pouco a cabeça na minha direção, sem fazer contato visual.

— Como aprendeu? Kyresia é bastante rígida quanto à divisão de províncias. Tecnis não têm licença para estudar ou praticar arte.

— Não é difícil — ele rebate. — Para ser um artista, você precisa ser um bom observador. E sobra bastante tempo para só observar quando te excluem de tudo.

Fixo o olhar nele. Sua expressão permanece indiferente enquanto ele coloca mais pinceladas em uma parte da cerâmica, dando os últimos retoques.

— Quem excluiu você foi um bando de idiotas. Se algum desses miseráveis passar por mim quando estivermos na província Tecnológica, me avisa. Vou amar arrebentar a cara deles.

Um vislumbre de sorriso desponta em seu rosto.

— Hayur, tem certeza que consegue monitorar tudo daqui? — Loryan pergunta, se aproximando. Dá um tapa na

mão de Layla, que tentava colocar uma miçanga em seu cabelo.
— Sim.
— Ótimo. Não desgrude da sua arma, ouviu bem? Tenha cuidado. Todos vocês.
— Tem certeza de que não quer levar o comunicador? — Kalyen pergunta.
Loryan balança a cabeça.
— Provavelmente seremos revistados. Quando colocarmos o dispositivo no computador, Hayur vai receber o sinal, e vocês vão saber que conseguimos. Se depois disso não voltarmos...
A frase paira no ar. Todos sabemos o que significa. Loryan se vira para mim, mudando de assunto.
— Já decorou seu nome novo?
— Birdie Artis, e você é o meu assistente, Cage... Artis.
Levanto a cabeça para olhar para ele e preciso fingir uma tosse quando fica difícil segurar o riso.
— Você acha isso engraçado, não é?
— O roxo te cai bem, gatinho.
— Eu já disse para não...
Loryan desiste de falar. Enche os pulmões de ar, irritado. Vira a cabeça.
— Layla, o que as pessoas dos seus livros falam quando querem xingar aqueles que odeiam?
Ela ergue a cabeça. Arregala os olhos.
— Quê?
Loryan arqueia as sobrancelhas, exigindo uma resposta. Layla desvia o olhar e pigarreia. Fita o chão e reflete por um momento, então levanta o rosto com um brilho estranho no olhar antes de responder:
— *A... hã... mor.*
— *A-mor?*

— *Amor*.
— Que idioma é esse?
— Isso não importa — ela dá de ombros. — Português antigo, talvez. Sei que é um dos originais.
— Quantos originais você aprendeu? — pergunto.
— Uns oito. Na verdade, sete. Eu não posso dizer que *aprendi* coreano antigo, só porque sei como perguntar "você quer morrer?" — ela se vira para Jeyoke. — *Ya! Jugeullae?*
— Incrível — arfo.
— Incríííível... — Jeyoke suspira, apoiando o queixo nas duas mãos.
Tenho que segurar para não revirar os olhos. Ele é tão óbvio.
— *Amor* — repete Loryan, experimentando a palavra nos lábios. — Tem certeza que é ruim o suficiente?
— Nossa, terrível — ela abana o ar com uma das mãos. — Os personagens vivem se xingando usando essa palavra, especialmente quando não gostam de nada um no outro, assim como vocês.
Ela aponta para nós dois com um floreio e um sorrisinho discreto no canto dos lábios. Não entendo por que acha a situação engraçada. Mas não entendo quase nada do que ela diz mesmo.
— Mas, olha, eles só usam quando estão com muita raiva mesmo, porque significa algo odioso, detestável e repulsivo.
— Ótimo — Loryan esboça um meio sorriso torto. — É melhor dar tudo certo enquanto você for minha dupla na missão — diz, e me olha por cima dos óculos. — Ou acabo com você, *amor*.

31

Loryan

Nunca me acostumo com a província Artesã.

As mais variadas formas de trabalhos manuais dividem espaço na rua cinzenta em uma energia frenética, que deixa qualquer um aflito. Em uma das oficinas, um homem solda um pedaço de ferro e as faíscas sobem, obrigando-me a desviar o olhar. Em outra, um moveleiro coloca peças de madeira recém-lustradas para secar, e o cheiro de verniz me deixa nauseado.

É um excesso de estímulos. Fico feliz por Hayur não ter vindo conosco.

— Temos que parecer um tanto desesperados — digo para Helsye, enquanto caminhamos disfarçados pela vila. — Pelo que Jeyoke contou, ir até um contrabandista é o último recurso de um provinciano. Geralmente fazem isso quando alguém em casa está morrendo de fome ou de alguma doença.

Helsye dá um sorriso melancólico. Sua voz rouca quase some quando responde.

— Parecer desesperada porque alguém da sua família pode estar morrendo de fome? Juro, não faço ideia de como seria uma coisa assim.

Ela balança a cabeça e vira o rosto para o outro lado. Repreendo a mim mesmo pelo que disse. Às vezes, esqueço que ela viveu coisas muito piores do que eu. Comparado à vida na província mais pobre de Kyresia, o acampamento Aki é seguro e confortável. Nunca mereci nada daquilo. Nem antes, muito menos agora.

Continuamos andando e viramos em uma esquina que leva à localização indicada por Hayur. Depois das horas de caminhada do esconderijo até o centro da província, já está anoitecendo. Sei que o toque de recolher vai soar em breve, por isso precisamos nos apressar.

Entre duas casas, descobrimos um corredor estreito e mal iluminado, onde só é possível passar andando de lado. Helsye me acompanha, e nos esgueiramos pelo beco até que ele se abre em uma espécie de vilarejo escondido.

— Eles realmente sabem se entocar — comenta. — Quem mora aqui mesmo?

É gente fora da lei. Mas é gente *rica* fora da lei. E considerando que quase todo mundo tem um preço em Kyresia, não me surpreende que vivam tranquilos e protegidos em suas mansões.

— Além dos contrabandistas, criminosos sob anistia e vendedores de biogésicos — respondo.

Helsye desvia o olhar, desconfortável. Pigarreia antes de falar:

— Você já...

— Nunca.

— Mas já teve vontade? — ela indaga.

Pisco algumas vezes. Se eu já tive vontade de tomar umas pílulas e sumir da realidade por alguns instantes? De fugir de mim mesmo? De ter um pouco de paz?

Sei que é tudo ilusão.

Depois que o efeito passa, você se sente ainda mais fraco e vazio, precisando de mais e entregando sua vida nas mãos desses idiotas que constroem um império sobre a desgraça de muitos. Meu desejo de estar alheio à minha vida não é maior do que o ódio que sinto por eles.

— *Identidades provinciais.*

Fico tão imerso nesses pensamentos que não percebo o homem alto e forte até que ele esteja parado à nossa frente. Seu tom de voz é grave e ameaçador e sei que se trata de um Exator por causa da tatuagem — três linhas no braço esquerdo —, mas ele não usa uniforme.

— Aqui está, senhor — entrego as identidades falsas que Hayur fez para nós. — Somos meros Artis à procura de alguém que esteja interessado em nosso trabalho. Um amigo me indicou esse lugar — dou um sorriso idiota. — Imagina só ver algo nosso na casa de um cidadão da Armada, como aconteceu com ele... Seria um sonho!

Cutuco Helsye, me certificando de que ela também pareça empolgada. É o nosso melhor disfarce. Ela assente com o olhar.

— Ah... Claro, sim... E se o senhor puder nos mostrar o caminho, tenho certeza de que será recompensado.

Não era exatamente a frase que deveria ser dita.

O homem nos encara de cima a baixo. Coloca o cigarro que estava na boca entre os dedos e nos estende as identidades novamente.

— No final da rua à direita. Vocês vão saber qual é a casa.

Ele encara Helsye de um jeito tão imundo que eu sinto vontade de quebrar todos os seus dentes.

— Vou mesmo exigir uma recompensa.

Sinto-a estremecer quando ele dá um meio sorriso. Pego seu braço e a puxo para longe. Sempre odiei assediadores, mas aparentemente é pior quando se trata de Helsye. Como no incidente na província Agrícola, em que fui impelido por uma profunda urgência a machucar quem tentou beijá-la à força.

Ao menos fui bem-sucedido em fazê-la acreditar que não foi para defendê-la.

Percorremos o caminho ladeado de imóveis elegantes até o fim da rua. Ainda estava segurando sua mão quando chegamos ao lugar. Engoli em seco diante da visão.

— Não dá mesmo para passar despercebida — Helsye diz, depois de soltar o ar em um assovio.

É uma casa gigantesca, com pé direito alto e colunas de mármore. Atravessamos o jardim, subimos a escadaria e, diante da porta, aperto a campainha, sentindo o coração bater na garganta. Assim que alguém aparece para atender, a luz de dentro quase me cega.

— Olá, senhora — digo, e de repente preciso semicerrar os olhos.

A casa é assustadoramente branca. Paredes. Móveis. Decoração. Tudo sem cor. Esperava encontrar obras de arte na parede, uma ostentação do que se faz aqui, mas as únicas peças que decoram o ambiente são esculturas frias como o gelo e tão realistas que parecem pessoas engessadas. Sinto um arrepio percorrer o corpo, mas tento me manter calmo.

— Sou Cage Artis e estou aqui para...

— Vá embora — a criada murmura sem som, balançando nervosamente a cabeça em negação. Tenta fechar a porta, mas eu intercepto com o braço.

— Me desculpe, mas...

Ela continua tentando fechar a porta. Parece tão aflita. A expressão me parte o coração.

— Por favor, precisamos...

— Quem está aí? — uma voz vinda de dentro ressoa, parando ao nos ver. É uma mulher alta e esguia e combina com a casa. Seu pescoço comprido é adornado por um cabelo curto tão branco que parece mais uma peruca. Um rosa intenso nas pálpebras, bochechas e lábios contrasta com o rosto pálido.

Ela arregala os olhos, abrindo um sorriso assustador.

— Ah... convidados! Sinto muito, mas Pronya não é muito boa em receber visitas... Entrem! Vejo que trouxeram alguma coisa para mim.

A voz é aguda e melodiosa. Ela sibila o "s" com o sotaque da Armada. Preciso reunir minha coragem para atravessar a soleira e segui-la para dentro da casa. Pronya me lança um olhar penoso antes de desaparecer pelos corredores.

E a porta é trancada.

32

Helsye

Sempre acreditei que o frio tivesse um som.

É aquela sensação de caminhar contra o vento e ouvi-lo soprar nos ouvidos como um fantasma quase silencioso. Sempre chamei isso de som gelado. Não faz sentido para mais ninguém.

É esse som que estou ouvindo agora.

Não está ventando, nem fazendo frio, mas consigo sentir uma melodia incômoda apertando meus tímpanos, eletrizando meus nervos, ativando meus músculos com a intensa vontade de sair correndo.

A mulher caminha à nossa frente, abrindo uma porta. Ela nos revista com um detector de metais e sorri ao ver que estamos desarmados. Procuro algum vestígio de medo no rosto de Loryan, mas ele parece impassível. Eu me pergunto se também estou escondendo bem o quanto estou apavorada.

— Sentem-se — ela diz, apontando para cadeiras sem cor no escritório totalmente branco. Seus olhos se demoram no meu companheiro por um instante. — Aqui ninguém vai nos incomodar.

Acho que até sairmos daqui, vou ter esquecido como são as cores.

— Eu sou Cage Artis, assistente da grande pintora Birdie — diz Loryan, apontando para mim.

— Irmã ou namorada?

— Oh, céus. Será que no lugar da arte eu deveria negociar *ele*? — pergunto, arregalando os olhos. — Você parece bem mais interessada.

Termino a frase com um sorrisinho. Cruzo as mãos atrás do corpo a fim de esconder o quanto estão trêmulas e sinto um calor se espalhar por elas quando Loryan passa um dos braços pelas minhas costas.

— Perdoe a minha esposa, ela pode ser meio hostil quando está nervosa — Loryan responde, beliscando meu braço em seguida. Não sei se é uma reprimenda ou um gesto reconfortante, talvez um pouco dos dois. A informação nova faz a mulher recuar um pouco.

Só estamos tentando evitar a perda de tempo.

Não é óbvio?

— Mas é claro — ela assente, parecendo menos *atirada*. Estende os braços e balança os dedos como cobrinhas em direção ao embrulho nas minhas mãos. — O que trouxeram para mim?

— É uma peça única, feita manualmente, sem qualquer interferência mecânica. Uma verdadeira representação da província Artesã — apresento a obra, mas a minha voz sai trêmula.

— E as imperfeições que parecem rachaduras são propositais, demonstra a vulnerabilidade das nossas emoções — acrescenta Loryan, me lançando um olhar tranquilizador. — Birdie é uma artista muito sensível.

— Hum... — A mulher pega a peça das minhas mãos. As unhas enormes em um degradê de branco me deixam tonta. Consigo imaginá-las em volta da minha garganta. Levo a mão ao pescoço sem perceber.

Ela esfrega os dedos sobre o pigmento e coloca na ponta da língua, parecendo surpresa com o que quer que tenha descoberto. Semicerra os olhos em nossa direção e solta uma risada estridente.

— Não é bom o suficiente para ir para a Armada.

Ela ri mais alto e mais forte. Aperto os dentes com força, para que a pressão na minha mandíbula anestesie o meu nervosismo. E de repente penso em tudo que está em jogo. Em tudo que fizemos para chegar até aqui. Em tudo que ainda precisamos enfrentar. Na promessa que não fiz a Juruna, mas a mim mesma, secretamente, de que a missão daria certo.

Olho para Loryan ao meu lado, que franze o cenho ao notar minha expressão resoluta. Deixo a brancura cegar minha sanidade torcendo, implorando silenciosamente, para que ele confie em mim.

Começo a chorar.

— Mas e-eu... Me dediquei tanto a essa peça... Eu sempre achei que não fosse uma artista boa o suficiente, mas... Minha família tem muitas dívidas, e eu achei que se fosse... se fosse possível...

Irrompo em lágrimas outra vez.

— *Pare* — a mulher diz.

Estou soluçando. Esfrego o nariz. Faço um som grave e muitas caretas enquanto as lágrimas descem.

— Pare... Você... — ela segura o ar, visivelmente perturbada. — Você não fica bonita quando chora. Preciso de coisas bonitas aqui. Só coisas bonitas.

Sua expressão está aterrorizada. Há urgência na sua voz quando se dirige a mim. Não faço ideia se Loryan entendeu o que precisa fazer, mas ele intervém.

— Está tudo bem, querida. — Ele passa a mão nas minhas costas e se vira em direção à mulher novamente. — Peço mil perdões à senhora, mas a minha esposa não lida muito bem com críticas. Será que ela pode ir ao banheiro, lavar o rosto e se recompor? Enquanto isso, poderíamos discutir outra vez a venda da obra e...

— Segunda porta à esquerda. Saia da minha frente e só volte quando seu rosto estiver limpo e seco.

A mulher respira com dificuldade. Já cheguei à conclusão de que ela é uma psicopata. Balanço a cabeça em concordância e saio pela porta, torcendo para que encontre logo a sala do servidor.

E para que Loryan consiga distrair a louca por tempo suficiente.

33

Helsye

Enxugo as lágrimas falsas com as costas das mãos e começo a andar rapidamente. Meu coração bate acelerado. Sei que não tenho muito tempo.

Mesmo assim é impossível não olhar para os lados. Não sei que tipo de loucura faz essa mulher ter tantas estátuas de gesso em posições tão esquisitas. Quase desmaio ao esbarrar em um homem de meia-idade congelado em um grito desesperado. Seus olhos parecem vivos. Começo a sentir náuseas.

A casa é imensa e cheia de salas. Tudo é branco, tornando quase impossível diferenciar um cômodo do outro. Engulo em seco e começo a procurar por uma área que pareça diferente.

No fim do corredor, chego até uma escada espiralada e a subo cautelosamente. Tento ser silenciosa e, ao mesmo tempo, estou praticamente correndo. Meus sapatos deixam marcas de poeira no piso de mármore branco.

Ouço um murmúrio assim que chego ao andar de cima e me escondo, de costas, em uma das paredes alvas, ouvindo alguns passos. Seguro a respiração e aperto os olhos quando alguns criados passam no outro corredor, mas sem me ver.

Respiro.

Começo a olhar as portas, uma por uma, quase perdendo a esperança, até encontrar, na penúltima, um sistema de abertura por impressão digital.

Ouço mais algumas vozes, e então corro de volta para a parede, mas desta vez ninguém aparece. Talvez tenha vindo de baixo. Talvez Loryan esteja em apuros.

Preciso ser mais rápida.

Volto para diante da porta, tirando a prótese de um material semelhante a silicone que escondi no meu turbante. Layla disse que ela e Hayur desenvolveram o dispositivo usando um elemento que capta impressões digitais. Coloco-a no polegar, como eles me ensinaram, e então pressiono o identificador na porta.

A primeira tentativa falha. Tiro o dedo do local, aguardando alguns segundos, e então coloco novamente. Desta vez a tela é preenchida com um aviso em azul e a porta é destravada.

Sinto o frio da temperatura atingir meus pés assim que ela se abre. Enormes estruturas de metal, parecendo grandes estantes, com vários cabos e luzes piscantes preenchem quase toda a extensão da sala.

Esse é o servidor.

Caminho com urgência, me sentindo observada. Procuro no meio das prateleiras por uma espécie de maleta com um computador portátil e, depois de encontrá-la, coloco o dispositivo de Hayur em uma das entradas. Um aviso aparece na tela, pedindo a senha para conceder permissão.

Escuto mais vozes, agora parecendo mais próximas. O computador começou a carregar algum tipo de código na tela preta com letras verdes.

Vamos, Hayur. Espero que seja você.

Tamborilo os dedos sobre a prateleira, nervosa, sentindo cada pelo do meu corpo se arrepiar. Escuto vozes novamente e não sei se é real ou apenas o medo. Preciso lembrar de respirar. Meu coração palpita nos ouvidos.

Assim que os códigos param de aparecer, retiro o dispositivo do computador, que retorna à tela inicial, do jeito que encontrei. Fecho a porta, desço as escadas quase correndo e esbarro na mulher louca e em Loryan, que vem atrás dela, tentando impedi-la.

— Hum... Você não deveria estar aqui, queridinha.
— Eu... M-me perdi.

Ela estreita os olhos na minha direção e inclina a cabeça. Sinto um calor atrás de mim e percebo dois homens, como o que vimos na entrada, me cercarem.

— Acho que ganharemos mais dois para coleção — ela ri alto, e então fica séria de repente. — Matem-nos.

34

Loryan

Não acho que Helsye pensou muito antes de pular o corrimão e começar a correr.

Enquanto ainda estávamos no escritório, tentei segurar a mulher o máximo que pude, mas ela insistiu ter ouvido algo no andar de cima. Não tive escolha além de segui-la, torcendo para que Helsye tivesse encontrado o servidor a tempo.

Assim que a vejo no topo da escada, sinto alívio por uma fração de segundo, logo seguido pela urgência de que precisamos fugir. Helsye é rápida. Acerta o Exator da direita com uma cotovelada no estômago e enquanto ele arfa, lança-se no andar de baixo.

Antes que eu consiga acompanhá-la, o Exator atrás de mim atinge meu rosto e me empurra contra uma parede. Sinto as costas arderem. Ele arma um chute, então seguro sua perna no ar, derrubando-o. Caio por cima dele, golpeando seu rosto, quando sinto alguém montar nas minhas costas. O outro Exator me tira de cima do primeiro e me levanta preso pela garganta. Jogo-o de costas contra um dos pilares, piso para pegar impulso e passo o soldado por cima da minha cabeça, mas ele não chega a cair. Avança em minha direção com a arma e eu seguro seu braço no ar, enquanto tento chutar seu estômago, ouvindo os disparos em seguida.

— Não atirem dentro da casa! — grita a mulher, e durante o embate ouço o som de esculturas sendo despedaçadas.

Vejo vermelho manchar o piso alvo, mas não sei qual de nós está sangrando. Não consigo tomar a arma dele, então dou um jeito de lançá-la para longe, fazendo-o desmaiar com o próximo golpe. Enquanto ele e o outro estão atordoados o bastante, começo a correr.

Aproveito a ordem de não atirar e corro sem olhar para trás. A dificuldade para respirar me faz levar a mão às costelas, só espero não ter fraturado nenhuma. Paro no fim do corredor, incerto de se devo ir para a direita ou para a esquerda, quando Helsye reaparece e segura a minha mão, me puxando para um dos lados.

— Como a gente sai daqui? — Helsye ofega, com o cenho franzido.

Não faz muito tempo que entramos, mas não sei mais o caminho de volta. Tudo é tão branco e muito parecido. Ouvimos a voz de mais Exatores chegando e continuamos percorrendo a casa-labirinto, até chegarmos a um cômodo idêntico à entrada, porém falso. Olho ao redor, procurando algo reconhecível, e o que encontro afugenta todo o sangue do meu corpo.

Uma das estátuas é de um Artis que conheci anos atrás.

São pessoas de verdade.

— Temos que dar o fora daqui, Hel.

Seguro a mão dela e voltamos pelo corredor de onde viemos. Nos escondemos em um dos cômodos cheios de estátuas, esperando os seguranças passarem por nós, e então atravessamos para o outro lado, desta vez dispostos a fazer as escolhas opostas.

Tento me lembrar do caminho que fizemos, direita onde escolhemos esquerda, esquerda onde escolhemos direita, e acabo me perdendo outra vez. Mesmo assim, continuo andando, contando com a sorte, até que uma fresta de luz enche meu coração de esperança.

Suspiro, aliviado.

— Vou tentar quebrar a janela — digo, depois de encontrar um cômodo parcialmente iluminado por um poste da rua. Neste, há somente bustos. Helsye se assusta com um deles, e eu aperto os olhos, tentando não pensar demais no que significam. — Assim que sairmos, eles vão atirar, então fique perto de mim.

Ela balança a cabeça, assentindo. Odeio o fato de não termos trazido armas.

Dou algumas cotoveladas na janela, sentindo o braço arder com cada impacto, quando finalmente o vidro se quebra. Ajudo Helsye a pular e então corremos para fora, com toda a força que temos. É quase impossível ver alguma coisa na rua escura e molhada, porque começou a chover alguns minutos atrás. Estou puxando Helsye com força, quase arrancando o seu braço, com medo de me perder dela.

— Abaixa! — grito, quando começamos a ouvir o som dos disparos em nossa direção.

Conseguimos dobrar no fim da vila e estamos quase chegando ao beco estreito por onde entramos quando dois homens surgem à nossa frente. O campo de visão deles deve estar tão ruim quanto o nosso, porque hesitam em atirar. Me aproveito disso.

Corro na direção de um deles e consigo derrubar a arma com um chute. Acerto-o com um soco, e ele me atinge no estômago. Arfo. Olho para o lado e vejo que Helsye também está lutando. Recebo um golpe no olho e o homem me encosta em um muro, segurando meu pescoço. Sinto o gosto de sangue escorrendo pela boca enquanto luto para respirar.

Dou uma cabeçada nele, consigo correr até sua arma e atiro. Helsye também consegue escapar e corre na minha direção.

— Loryan!

— Vamos, corre!

Passamos pelo beco estreito, quase chegando do outro lado quando ela cai. Tento levantá-la, mas Helsye está sendo arrastada, e tudo acontece tão rápido que eu não tenho tempo de fazer nada além de observar.

O homem a segura pelo pé. Ela arranca o próprio turbante. Empunha a adaga, se inclina na direção dele, e a encrava no meio do peito.

35

Helsye

Corremos até que eu não sinta mais as minhas pernas.

Elas ardem e tremem pelo esforço extremo. Minhas roupas ensopadas parecem ter dobrado de peso por causa da chuva, e ela se tornou tão intensa que resolvemos parar sob uma ponte parcialmente destruída assim que alcançamos uma distância segura.

Concentro minha visão em um carro enferrujado e sem teto enquanto tento processar tudo que aconteceu. Um gosto ácido faz a minha garganta arder. Acho que vou vomitar.

— Você tá legal? Tá machucada?

Loryan checa se tenho algum ferimento. Ouço a voz dele, mas não consigo responder. Cada parte do meu corpo treme, e uma imagem de momentos atrás parece ter congelado diante dos meus olhos.

Matei uma pessoa.

Sou uma assassina.

— Helsye...

Uma fraqueza se espalha pelos meus músculos. Quero me entregar a ela. Parar o esforço imenso que estou fazendo para sustentar o corpo de pé e a cabeça sobre o pescoço. Por isso, sinto um alívio quando Loryan encaixa as duas mãos no meu rosto.

— Helsye, olha para mim.

— Eu matei ele, Loryan.

— Você não teve escolha.

Sinto o calor de suas mãos aquecer minhas bochechas. Seguro-o pelos pulsos, garantindo que não me solte. Não consigo respirar direito.

— Eu não queria...

— Olha para mim — repete. — Ele ia matar você. Ia matar nós dois. Você só se defendeu.

Loryan esfrega o polegar no meu rosto para secar uma lágrima. Sei que estamos em guerra e que isso iria acontecer mais cedo ou mais tarde, mas sinto medo.

A consciência humana é como uma tela em branco, a cada pincelada sendo manchada e se distanciando do que era originalmente. Tenho medo de fazer tantas escolhas erradas a ponto de não reconhecer mais quem sou. Medo de expandir os meus limites de tal forma que coisas horríveis me pareçam normais.

É assim que vilões nascem, não é?

Perdendo sua humanidade aos poucos. Deixando os escrúpulos escorrerem por entre os dedos, enquanto convencem a si mesmos de que têm um bom motivo, até que não sobre mais nada de quem eles eram antes.

Prefiro morrer a deixar isso acontecer.

— Hel — o tom baixo e macio de Loryan interrompe meus pensamentos. — Você não é um monstro, ouviu bem?

Suas palavras me atingem com força, como o trovão que acabamos de ouvir.

Balanço a cabeça, querendo desesperadamente acreditar que isso é verdade, e o choro irrompe sem que eu seja capaz de me controlar. Loryan ainda segura meu rosto, mas enterra minha cabeça em seu peito e me envolve em um abraço apertado. Seu tronco sobe e desce, lentamente, e imito sua respiração para retomar a minha. Posso ouvir o coração dele bater acelerado. Me agarro ao seu braço como se pudesse cair caso não o fizesse.

— Vai ficar tudo bem — ele fala, quase como um sussurro. — A primeira vez é horrível, mas é bem pior quando se está sozinho.

Me pergunto como foi a primeira vez para ele.

Talvez eu não queira descobrir.

36

Loryan

Caminhamos em silêncio até a conveniência. O começo da madrugada faz meus ossos doerem por causa das roupas ensopadas. Helsye vai adiante, arrastando os pés, enquanto sigo atrás tentando dar a ela um pouco de espaço. Assim que chegamos, todos estão tão satisfeitos por termos completado a missão e voltado inteiros que quase ninguém percebe como ela está abalada.

Quase ninguém.

— O que aconteceu lá? Vocês se machucaram?

Layla me segue até um canto, depois puxa o meu rosto com as duas mãos e me examina de perto. A costela dói quando me inclino para ficar na mesma altura do seu rosto, mas me contenho, para não preocupá-la. Quando Layla aperta uma área inchada perto do meu olho, me encolho um pouco em reflexo.

Ai.

Mesmo assim, balanço a cabeça em negação.

— Nada demais — respondo.

— Hum — ela murmura e semicerra os olhos, fitando-me em silêncio por alguns segundos antes de finalmente concluir: — Foi do lado de dentro, não é?

Deixo um sorriso escapar. A sensibilidade de Layla sempre me deixa fascinado.

Lembro de quando ela era bem pequena e comecei seu treinamento no acampamento Aki, logo depois de Kyo ordenar que eu assumisse essa tarefa. Layla sempre reclamava por ter que se esforçar muito mais do que os outros para ter agilidade. Passava horas resmungando de cara feia porque queria ter superpoderes para não precisar praticar. Imagino se ela sabe que tem o superpoder mais raro de todos.

Empatia.

— Ela vai ficar bem, Petúnia. Só precisa de um tempo.

Layla estreita mais ainda os olhos na minha direção. Há anos não a chamo por esse apelido. Mas agora, ao me lembrar de quando ela era pequenininha, sinto a falta dele. Layla sempre fica rosada quando se irrita, e como esse basicamente é o seu estado natural, achei apropriado. Agora mesmo suas bochechas estão começando a enrubescer.

Não deveria crescer tão rápido.

— Qual é, chefe. Achei que tivéssemos superado isso.

— Jamais. — Eu a puxo para um abraço, apertando-a do lado que não está machucado. — Fique feliz por seu apelido não ser tão ruim quanto o que demos a Helsye.

Ela solta uma risada abafada, e eu a conheço bem o bastante para saber que é o tipo de risada de quem aprontou alguma coisa. Tenho medo de saber o que foi.

— Olha isso — Hayur chama a nossa atenção, do outro lado da sala. — Está vendo?

Ele vira o computador em minha direção, e me aproximo para examiná-lo. São vários códigos e arquivos com nomes e extensões estranhas, cheias de caracteres desconhecidos. Sei que caso pergunte o que significam, Hayur vai levar horas explicando e, mais ainda do que em outros momentos, agora não serei capaz de acompanhar o raciocínio. Apenas assinto.

— Depois de me conectar a dois sistemas de comunicação, acabei encontrando o caminho para alguns bancos de dados. Teremos acesso a mais informações.

Hayur sorri, satisfeito, voltando a se concentrar no computador. Jeyoke e Layla sentam-se ao lado dele, ouvindo as explicações intermináveis. Enquanto isso, minha atenção desvia para onde ela esteve desde que chegamos.

Do outro lado do ambiente, Kal arruma as mochilas para adiantar nossa partida e grita para Helsye ajudá-la. Ela a segue sem questionar. Enquanto minha irmã tagarela sobre os procedimentos, ela encara o vazio parando algumas vezes e deixa os braços caírem ao lado do corpo, como se estivesse anestesiada.

Aperto os lábios, consciente de que ela nunca mais será a mesma.

E de que talvez este seja apenas o começo.

37

Helsye

Consigo contar todos os buraquinhos no forro destruído.

Todos dormem silenciosamente no que é nossa última noite na província Artesã. Graças à conexão aos sistemas da Armada, Hayur programou o computador para emitir um alerta caso alguém usando o rastreador se aproxime do lugar onde estamos, o que dispensou a necessidade de um guarda.

Ele definitivamente é a pessoa mais inteligente que conheço.

Tateio o chão gelado da conveniência, procurando por um impulso para me levantar sem acordar ninguém. Eu me sento, jogando os braços sobre os joelhos, e aperto os olhos na escuridão para tentar enxergar ao redor.

A insônia me incute uma solidão absurda.

Quando era criança e não conseguia dormir, sempre acordava papai. Ficar sozinha depois que o sono ia embora era aterrorizante, cada vento na porta parecia um fantasma, cada árvore balançando parecia um monstro. Mas olhar para o lado e ouvi-lo balbuciar "estou bem aqui" me enchia de coragem para voltar a fechar os olhos. Depois que cresci um pouco, percebi como devia ser egoísta interromper o sono de alguém por causa de um problema que era só meu.

Resolvo sair do meio deles.

Talvez seja loucura, mas confio no programa de Hayur o suficiente para abrir a porta. A brisa gelada da madrugada sopra, me envolvendo como um lençol, fazendo minha pele arrepiar. A parte da província em que estamos é como o resto do mundo agora. Vazio. Dá a sensação de que estamos sozinhos, como quando acordamos em um momento em que não há ninguém em casa. Sento de frente para a entrada, olhando para fora, para o céu enevoado, esperando que ele me dê algum conforto.

"Olhe para cima. Olhe para o lar. Esperança e socorro irão te encontrar."

Penso no que papai me diria agora. Às vezes fico simplesmente imaginando suas respostas. Se seriam enigmáticas, se ele contaria uma das suas histórias sem sentido. De qualquer forma, nunca era algo que eu esperava. Papai não seguia ordens, nem atendia às expectativas das pessoas. Ayah não era um leão domesticado.

Lembro de quando ele falava aos nossos vizinhos sobre liberdade. Muitos acreditavam que ele iria encabeçar uma revolução, por causa da autoridade em suas palavras. Mas então ele dizia coisas como amar os inimigos e perdoar injúrias e ninguém entendia mais nada. Eu chamava de "o paradoxo de Ayah".

Sinto um vazio imenso com sua ausência.

Eu me pergunto se fiz errado ao evitar qualquer coisa que me lembrasse dele. Se deveria ter lido o livro em vez de deixá-lo escondido embaixo do meu colchão. Não... Eu *com certeza* fiz algo errado, porque nunca me senti tão distante de tudo que ele me ensinou. De tudo que me criou para ser. E quando me pergunto o que ele pensaria de mim agora, me sinto um caso perdido.

— Perdeu o sono?

A voz de Loryan soa rouca e sonolenta. Quando me viro para ele, sinto a culpa familiar por ter acordado alguém, como quando eu era criança. Prometo a mim mesma que isso não vai se repetir.

— Só precisava de ar fresco.

Ele concorda com a cabeça e se senta ao meu lado. Boceja e passa uma das mãos no pescoço. O olho tem um enorme círculo roxo. Percebo que estive tão reclusa na minha confusão que sequer percebi que ele tinha se machucado.

— Digerindo o dia de hoje? — pergunta.

— Por incrível que pareça, não — a resposta o faz erguer uma sobrancelha. — Estava pensando no meu pai.

Loryan engole em seco. Não sei se foi algo que eu disse ou a lufada gélida que soprou em nossa direção no momento que o fez estremecer.

— Conta algo sobre ele — pede, encarando o vazio.

Também desvio o olhar e as imagens surgem na minha mente. Pesco a primeira delas, sentindo o amargor das lembranças se acumularem na minha boca como um gole de chá sem açúcar.

— Eu amava ouvi-lo falar ou explicar qualquer coisa. Amava seu silêncio. Amava suas histórias sem sentido: um garoto engolido por um peixe que achava estar sendo castigado, mas que na verdade apenas recebia uma carona até o lugar para onde precisava ir. Um pirralho que matou um leão e um urso. Um rapaz que sacrificou a vida pela noiva sabendo que ela o trairia.

Loryan apoia o rosto em uma das mãos e me olha com um interesse que me encoraja a prosseguir:

— Eu não fazia ideia se as histórias eram verdadeiras, mas elas despertavam algo em mim. As aventuras me deslumbravam. Por isso não hesitei quando papai perguntou se eu queria aprender a lutar e comecei a treinar com ele.

— Foi assim que você ficou tão...

Ergo uma sobrancelha e o encaro.

— Cuidado com as suas próximas palavras.

Loryan prende os lábios e faz um sinal com a cabeça.

— Só continue contando.

— Ele me ensinou luta corporal, a caçar na floresta e a me manter escondida. Depois, me ensinou a ler as intenções no rosto das pessoas enquanto falam, a criar estratégias para levar um propósito adiante e a cuidar de machucados. Não sabia por que ele ensinava tantas coisas talvez inúteis para alguém que iria plantar e colher a vida toda, mas não me importava. Faria qualquer coisa para passar mais tempo com a minha pessoa favorita. Qualquer atividade era perfeita, desde que estivéssemos juntos... — faço uma pausa para suspirar. — Uma vez perguntei se ele era um rebelde. Se estava aqui para fazer uma revolução.

A memória faz meu coração doer. Eu tinha uns oito anos e depois de um longo dia aprendendo luta, defesa e estratégia, a possibilidade simplesmente invadiu a minha imaginação. Precisava de uma resposta clara ou não ia parar de pensar nisso.

— E o que ele disse? — Loryan pergunta, e seus olhos parecem azul-marinho na luz noturna.

Meus pulmões se enchem de ar.

— "Uma revolução é fazer o que ninguém tem coragem de fazer, Helsye. É remar contra a maré. Se você ama e perdoa e se importa com as pessoas em um mundo em que cada um só enxerga a si mesmo, você é, genuinamente, um dos mais loucos revolucionários."

Recito as palavras sem dificuldade e fico surpresa. Estavam adormecidas em algum canto da minha mente, esperando o momento certo de entrar em cena, bem quando eu achava que não havia sobrado nada da filha de Ayah em mim. Pelo jeito, as palavras dele não se desfazem facilmente, mesmo que você não as ouça há muito tempo.

Loryan dá um meio sorriso.

— Ele era um poeta.

— Bem mais do que isso — acrescento, sentindo um nó se formar na garganta. — Meu pai me ensinou a ser nobre e gentil, mas também me ensinou a lutar e a me defender. Me ensinou a ser humilde e também a me impor. Sei que parecem lições contraditórias, mas a verdade é que ele me deu tudo que eu preciso saber para cada situação que aparecer na minha vida. O problema é que nunca sei qual lição usar em cada momento.

Seria tão mais fácil se ele estivesse aqui.

— Não acho que ele queria te ensinar comportamentos — Loryan diz, e de repente até seu timbre se torna diferente. Como se tivesse emprestado a boca para outra pessoa. Alguém que me conhece bem e sabe exatamente o que preciso ouvir.

Isso faz com que ele detenha toda a minha atenção.

— O que quer dizer?

— Acho que ele estava criando em você um caráter. Parecido com o dele. É a parte do seu pai que vive em você. Quando se sentir perdida, pergunte a essa parte o que deve fazer.

Ele se vira e nossos olhos se encontram. Seus ombros relaxam, a expressão suaviza, e ele volta a ser o mesmo de antes, como se não estivesse tão diferente minutos atrás. Bem... Talvez eu só esteja imaginando coisas.

— Acho que faz sentido — digo, fazendo uma pausa por alguns segundos. — Você até que dá uma boa conversa, gatinho.

Loryan ri.

— Talvez você desperte o pior de mim.

Franzo o cenho, confusa. Tamborilo os dedos sobre os joelhos flexionados. Tudo isso é esquisito e, ao mesmo tempo, meio engraçado. Não sei se ele quis dizer o que disse ou se o avanço da madrugada está deixando as coisas um tanto enevoadas e fazendo as palavras mudarem de sentido.

Só sei que a conversa tirou um peso do meu peito.

— Obrigada — pigarreio. — Por isso e pelo que fez na ponte mais cedo. Não sei o que teria acontecido se você não me acalmasse.

Um vislumbre de confusão passa pelos olhos de Loryan. Ele abre e fecha a boca algumas vezes antes de responder.

38

Loryan

— Eu teria feito por qualquer pessoa — minto.

Conversas com Helsye me intrigam. Consigo entendê-la e sinto que ela também me entende, uma identificação que não faz sentido algum, já que temos histórias completamente diferentes. Ainda assim, quando estamos sozinhos, esqueço os personagens que criei para aplicar em cada situação e posso ser eu mesmo. Posso falar o que penso sem medo. Isso é reconfortante e assustador.

Talvez ela não esteja preparada para conhecer quem eu sou de verdade. Por isso, tento fazê-la pensar que não desperta em mim nenhum sentimento especial. Ela é a minha missão. Faz parte da minha equipe. Protegê-la é apenas um dever.

Só isso.

— Não importa — ela prossegue, colocando os dreads de um lado só do pescoço. — Foi por mim que fez. Então, obrigada.

Balanço a cabeça.

— É melhor a gente tentar dormir um pouco. Logo o dia amanhece e não posso garantir que será mais fácil daqui em diante. Você tem que estar preparada para o que pode acontecer.

Helsye assente, e ofereço a mão para que ela se levante.

— Pode colocar seu saco de dormir perto do meu, caso te ajude saber que tem alguém acordado.

Ela esboça um sorriso e voltamos aos fundos da conveniência. Ninguém ao menos se mexeu. O momento fica guardado em uma dimensão do espaço-tempo que só nós dois dividimos. Gosto de pensar nisso.

Helsye arrasta silenciosamente o tecido grosso que separa o chão frio do seu corpo para o meu lado e se deita. Encaro o teto e fecho os olhos. Mas sei que não vou conseguir dormir.

— Loryan — ela diz, depois de alguns minutos, virando-se em minha direção.

Meus olhos encontram os dela.

— Pode me prometer uma coisa?

Ergo as sobrancelhas, ansioso pelo que vem em seguida. Meu coração palpita com um tipo estranho de medo e expectativa. A intensidade das emoções que estou sentindo me deixa confuso.

— Acho que, em anos, você foi a primeira pessoa que me viu chorar e com quem eu fui totalmente vulnerável, então... — ela conclui, com a voz um pouco trêmula. — Seja sempre honesto comigo também. Por favor. Acho que agora você meio que me deve isso.

Ela sorri, como se fosse algo trivial, mas não consigo encarar da mesma forma. Sinto as palpitações no peito diminuírem a quase um estado de inércia.

Porque ela está me pedindo a única coisa que não posso dar.

— E então?

Balanço a cabeça várias vezes, para compensar a falta de verdade na minha promessa. Helsye dá um sorriso fraco, coloca as duas mãos embaixo da bochecha e fecha os olhos. Não me mexo. Continuo observando o seu rosto. Inspiro e expiro.

Não posso ser totalmente sincero.

Não faria aquilo por qualquer pessoa.
Acho que gosto de você.
— Hel...
Falo baixinho, com medo de ela já ter adormecido. Helsye abre os olhos lentamente, deixando as pálpebras entreabertas e fixando as íris em mim.
— Quatro de junho.
Ela sorri, semicerrando os olhos. Quase me divirto com a expressão confusa.
— O quê?
— Meu aniversário.

39

Helsye

O novo dia começa com um sol preguiçoso.

O céu ainda está cinzento, em um azul esbranquiçado e nebuloso. Os olhos pesam e a cabeça está zonza por causa da noite de ontem.

Depois da conversa com Loryan, não demorou muito até todos se levantarem para partirmos. Hayur descobriu que o trem que transporta mercadorias entre as províncias estaria com menos Exatores do que de costume. Se dermos sorte, podemos viajar escondidos e chegar à província Comercial sem precisar caminhar dias até lá.

Kyresia tem um grande problema com a quantidade de soldados. Além da população extremamente reduzida, existem vários critérios para se tornar Exator. Não sei ao certo sobre todos, mas um deles é passar pela escola de treinamento, porque conheci uma garota certa vez na província Agrícola que me disse que estava indo para lá.

Não consigo imaginar o que fazem com eles nesse tempo, mas sei que ela estava irreconhecível quando voltou.

O trem passa na parte desértica do território Artis. Caminhamos por umas duas horas até chegar ao local onde só há montanhas e areia, e estamos escondidos atrás de uma das formações rochosas. Se o trem não chegar antes do sol brilhar de verdade, vamos morrer derretidos.

— Não estamos esperando há muito tempo?

— Faltam mais alguns minutos, Jey — responde Loryan.

— Três minutos e vinte e sete segundos, pela minha estimativa — corrige Hayur. — Acho melhor ficarmos prontos para correr.

Loryan assente.

Ele parece tão indiferente que me pergunto se conversei com um clone ontem à noite.

Há uma espécie de padrão que me deixa curiosa a respeito do Loryan. Está de um jeito em um momento, e logo em seguida, de outro, como se usasse muitas máscaras. Quando conversa comigo, não sei se está sendo ele mesmo ou se está usando a máscara de que mais gosto. Mas não tenho muito tempo para continuar esboçando minha teoria.

— É agora. Vamos! — ele grita, e começamos a correr.

O barulho do trem começa distante, mas se intensifica à medida que os vagões passam pelos trilhos de ferro. Não há maquinista. Sabemos que o trem é controlado pela Armada e só ela decide quando para e quanto tempo demora em cada província. Mesmo assim, não dá para confiar que não encontraremos resistência ou que o sistema anti-invasão que Hayur desativou ontem era o único dispositivo de proteção.

O trem se aproxima enquanto já estamos correndo, a poeira vermelha que sobe dos trilhos faz meus olhos lacrimejarem. Só temos uma tentativa e o tempo precisa ser perfeito para todos nós conseguirmos subir, então tento me manter focada e não tropeçar. Loryan é o primeiro a pular na cabine, seguido por Kalyen e Layla, e se ocupa imediatamente em arrombar a abertura. Está indo rápido demais, é o que consigo pensar. Não sei se a corrida de ontem deixou meus músculos exaustos, mas perco velocidade. Jeyoke e Hayur correm um pouco mais e também conseguem subir, agarrando-se às grades de ferro, enquanto eu tento imaginar por que estou ficando para trás.

Minhas pernas começam a arder e coloco todas as minhas forças a fim de me aproximar da cabine, onde os demais estão me esperando. Então, eles gritam sem que eu entenda por quê. Até que sinto algo escorrer pelo meu braço.

Fui atingida por uma bala.

— Desvia! — grita Jeyoke, como se isso fosse possível.

Pressiono a mandíbula e coloco mais força nas pernas. Ouço mais disparos e inclino o corpo para a frente, tentando, de alguma maneira, proteger a cabeça da mira do atirador. Loryan tenta içar o corpo para a parte superior do vagão, onde está o Exator. O trem balança e ele desequilibra, dando uma trégua nos tiros. Mas Loryan também cai e mais soldados surgem de dentro do trem, impedindo-o.

Começo a sentir o fôlego se esvair. Minhas pernas doem tanto que sinto que não estou mais correndo. Sinto o corpo sendo empurrado, completamente por inércia, tentando sobreviver.

Eu apenas sobrevivo no modo automático.

As palavras que disse a Loryan surgem na minha mente e vejo que ele se levantou, atirando. Jey e Layla estão lutando corporalmente e Hayur está dando alguns golpes desajeitados. O Exator se aproxima da borda do trem e de repente tenho uma arma na frente do meu rosto. Paro de tentar confundi-lo. Reduzo a velocidade. Aceito o meu destino e me entrego.

Até que alguém o acerta com uma rasteira, fazendo-o cair.

O homem perde o equilíbrio e a arma, e Kalyen o joga para fora do trem com uma força fora do comum.

— Corre, Helsye! — ela grita, e eu sou invadida por uma onda de ânimo, como se meus sentidos adormecidos despertassem outra vez. Inclino mais o corpo, dobrando-o quase em dois, e me esforço para alcançar o trem. Kalyen pula para baixo, atirando em alguns Exatores, e quando estou próxima o suficiente ela estende a mão e me puxa para cima.

Entro no trem em modo de ataque, derrubando qualquer um que esteja à minha frente. Kalyen e eu estamos dividindo o mesmo espaço, lutando juntas, de costas uma para a outra.

Pelos minutos seguintes não consigo pensar. A adrenalina anestesiou a dor no meu braço, mas ele está ensopado. Apenas reajo aos borrões que surgem diante de mim até que o silêncio se estabeleça, os Exatores estejam no chão e todos estejamos exaustos.

— Estão todos bem? — pergunta Loryan, ofegante. Sua mão está sangrando e há um corte na sobrancelha direita.

— Estamos vivos, se é o que quer saber — Jeyoke responde ao se jogar em meio à pilha de uniformes que compõe o carregamento — Hayur, você não disse que haveria menos soldados hoje?

— Havia. Só não contava que estivessem todos no último vagão.

— Pelo menos acho que limpamos o trem — Layla constata. — Ele é só nosso agora.

Também me sento, arfando, e não tenho forças nem mesmo para procurar minha mochila ou minha garrafinha de água. Meu peito está dolorido, e não sei se é por causa da corrida ou por causa dos chutes que recebi. Amarro a jaqueta no braço para conter o sangramento.

— Obrigada — murmuro para Kalyen, que também está ofegante ao meu lado, com o cabelo loiro grudado no rosto e um corte na bochecha.

Ela encosta a cabeça na lataria, virando em minha direção. Aperta os lábios e sei que está evitando um sorriso. Talvez sorrisos sejam proibidos para os filhos de Kyo.

— Não se empolga — ela murmura. — Não somos amigas.

Eu discordo, loirinha.

40

Loryan

Três voltas de atadura parecem suficientes para diminuir a dor na minha mão.

Enquanto faço o curativo, meu ombro reclama. Estamos a caminho da terceira província de Kyresia e parece não ter uma parte sã em todo o meu corpo. Não sei como vou durar até a Armada.

Layla e Jeyoke conversam, um tanto eufóricos. Não sei como conseguem, depois de tudo pelo que passamos. Mas talvez, na idade deles, ainda seja possível ter esperança. Hayur está à minha esquerda, mexendo aflitivamente no computador com bateria portátil em estado de hiperfoco. Não ouso interrompê-lo quando está assim, sei como pode ficar irritado.

Na minha frente, Kalyen tenta tirar um cochilo e Helsye encara a paisagem deserta, depois de pedir para deixarmos a lateral aberta, a cabeça pendendo na parede de metal do vagão. Olho para o local onde ela foi baleada. O tecido da camisa amarrada no braço tem uma mancha vermelha escura e, do jeito que ela é descuidada, começo a duvidar de que vai durar até o fim da missão também.

— Como está o seu braço? — pergunto, indicando com a cabeça.

Ela me encara, despertando do que quer que esteja ocupando seus pensamentos. Ainda não me acostumei ao jeito que ela me olha. Desde o primeiro dia. Aquele bendito primeiro dia em que a encontrei no galpão e ela colocou uma faca no meu pescoço.

Encontro raiva em tons de vermelho, faíscas amarelas de esperança, um medo cinzento e uma coragem laranja que culmina no par de órbitas cor de âmbar.

Não sei como reagir a isso.

Não sei como reagir a ela.

— Tudo bem. Foi só de raspão.

— Ainda bem que o trem balançava.

— Ainda bem que Kalyen apareceu.

As palavras não deviam machucar, mas machucam. Ainda não tinha parado para pensar como seria se Kal não tivesse derrubado aquele Exator. Hel estaria morta. E eu estaria revivendo a dor de ver alguém com quem me importo se ferir sem que eu pudesse fazer alguma coisa.

O pensamento me aflige e fecho os olhos com força, sentindo-os arder como se estivessem sendo esfregados por uma mão suja e empoeirada.

— Vou fazer um curativo — anuncio, e me aproximo com a mochila onde estão os remédios. Sento-me ao lado dela, desamarrando a camisa e vendo o estrago que a bala fez no seu corpo. Amarelo e roxo circulam o vermelho, formando uma combinação dolorosa.

— Acho que vai ficar cicatriz.

— Mais uma para a coleção — ela responde, e estou perto do seu rosto para ver que é verdade. Além das que ganhamos nos últimos dias, Helsye já tinha algumas marcas quando a encontrei. Não sei se são dos treinos com o pai, das caças na floresta ou dos Exatores que certamente não eram educados com ela enquanto trabalhava nos campos Agris.

Imaginar isso é doloroso. Pigarreio, tentando me concentrar no curativo.

— Vocês vão gostar de saber o que eu descobri — Hayur quebra o silêncio, fazendo alguns dos que estavam cochilando despertarem.

Ele vira a tela em nossa direção. O balanço do trem desfoca a minha visão, mas consigo ver o que parece um convite em formato digital, enviado pelo correio eletrônico.

— Consegui interceptar mensagens automáticas da Armada. Essa aqui é sobre uma festa que vai acontecer na província Comercial.

— Que tipo de festa? — perguntou Kalyen.

— O que você espera? — respondo. — É a província Comercial.

Kalyen assente com as sobrancelhas, entendendo o que digo. Os Comercis estão no meio da esteira kyresiana, ricos demais para serem da metade pobre e pobres demais para serem da metade rica. Ostentação é a forma que usam para tentar alcançar o primeiro estado.

— Todos os chefes de província vão estar lá, inclusive o chefe da Comercial. Mas ele não é o nosso cara. Quem realmente precisamos encontrar é o braço direito dele. O Exator-capitão, ou simplesmente Capitão, como é conhecido. Ele é quem realmente manda na província e é o único que deve saber onde o servidor de comunicação está.

— Temos alguma foto dele?

— Ah, ele nunca mostra o rosto — Hayur comenta. — Essa é a parte difícil. Só sabemos que ele é perigoso. As execuções por injeção letal foram ideia dele. Dizem que ele é um sádico que se diverte com a tortura alheia.

Balanço a cabeça, tentando acompanhar o raciocínio.

— Por que eles se reúnem justo na província Comercial?
— Jey questiona, depois de alguns segundos. — Não faria mais sentido se reunirem na Armada?

— Por dois motivos — responde Kal. — Várias pessoas moralmente questionáveis são convidadas. Há negociação de armas e até encomenda de assassinatos. Muita gente perigosa reunida na Armada mancharia a imagem de governo perfeito que eles tentam passar.

— E o segundo?

— O segundo é que não importa quanto tempo passe, Comercis sempre serão Comercis — digo, porque fica bastante óbvio para mim. — Eles são a primeira província que não vende só matéria-prima e quase todo tipo de produto passa por aqui. Essa gente age, fala e se veste como gente da Armada — continuo. — Vivem de tentar parecer ser o que nunca serão. Festas fazem parte da cultura exibicionista, e ter tanta gente que eles consideram importante no próprio território ajuda a sustentar as aparências.

Helsye me encara e percebo que estou apertando seu braço forte demais. Volto a me concentrar no curativo.

— São os piores tipos de provincianos, porque fazem mal ao próprio povo, tentando se parecer com os opressores.

Estendo a mão para o rolo de esparadrapo, cortando uma tira com os dentes para finalizar o curativo. Helsye recolhe o braço, agradecendo. Kalyen se dirige a Hayur em seguida:

— Consegue colocar alguém de nós na lista de convidados?

Ele dá um sorrisinho. A falta de contato visual não impede que eu veja como seus olhos brilham.

— Eu já consegui — afirma. — Um casal de sócios Tecnis enviou um RSVP dizendo que não poderá comparecer, mas sequestrei a mensagem. E os dados deles também.

— Tudo bem. Vamos nos dividir — anuncio. — Dois de nós entram na festa enquanto o resto fica à espreita. Vamos descobrir quem é o Capitão e o sequestramos, para tentar extrair informações. Jeyoke e Kalyen, acham que conseguem uma van, como da última vez que estivemos aqui?

— Com certeza — Jey responde.

— Bom. Muito bom. Hayur, qual o perfil dos convidados que vamos substituir?

— São dois traficantes de armas. O homem tem vinte e três, e a mulher vinte e um.

— Vou entrar lá, então. Kal vem comigo.

— De jeito nenhum — minha irmã dispara.

Eu me viro para ela, perplexo.

— Por quê?

— Vê se eu tenho cara de traficante de armas, Loryan. Precisa ser alguém um tanto estropiado. A garota aqui tem mais chances.

Ela aponta para Helsye, que abre a boca para protestar, mas então desiste. Sei porque Kalyen fez isso e começo a ficar irritado. Ela está sempre tentando se meter na minha vida. Sempre tentando me fazer enxergar o que não tenho coragem de admitir.

— Você está enganada — diz Hayur, olhando para ela por um milésimo de segundo. — Traficantes de armas são os Tecnis mais ricos. Além de serem temidos e respeitados por todos os chefes de província, por causa da influência que têm. Vocês vão ter que melhorar muito a aparência acabada para parecer com eles.

É a minha vez de amarrar a cara.

— Por acaso você não acha que somos bonitos o suficiente? — Helsye pergunta.

— Não acho, não.

— Ah, pelo menos vocês já têm alguma experiência em fingir — Layla comenta. — Deu certo da última vez.

O problema é que "dar certo" teve um preço muito alto para Helsye. Queria dar a ela um pouco mais de tempo, depois do último choque. Mas não tenho mais argumentos para protestar sem ficar evidente que estou tentando poupá-la. Resolvo aceitar.

— De qualquer forma — Kalyen diz, um pouco animada —, se vocês vão a uma festa, precisamos ir às compras.

Olho para fora, onde as barracas começam a surgir ao longe. A grande feira a céu aberto da província Comercial, explodindo em cores e movimento. Embora eu odeie tudo isso, reconheço que precisamos nos misturar.

— Definitivamente, estamos no lugar certo.

41

Loryan

— Jeyoke! Jeyoke! Vem ver isso aqui.

Layla arrasta Jey de barraca em barraca cada vez que algo chama a atenção dela. É engraçado vê-la tão empolgada. Ainda podemos ver escombros e prédios abandonados na província, mas, próximo à feira aberta, ela realmente parece uma cidade comum. Deixo que eles aproveitem um pouco da farsa de uma vida normal.

Ainda não usamos as quotas de trabalho que trouxe conosco. E provavelmente não vamos comprar muita coisa nas próximas províncias. O cerco está se fechando e o fim da missão se aproxima. Por isso, assinto quando Layla balança algumas pulseiras coloridas diante de mim com os olhos brilhantes.

— Quanto custa? — pergunto à mulher que está atrás da mesa, forçando um pouco para imitar o sotaque local.

— Duzentas quotas.

Pago, e ela entrega o produto a Layla, que já está puxando Jey pelo braço para uma mesa onde um homem vende colares feitos de miçangas.

Ela vai me falir hoje.

Kalyen e Helsye estão mais à frente, em uma barraca onde há vestidos pendurados. Kal os estica diante de Helsye, que torce o nariz para quase todos. A visão é engraçada. Quase anestesia o meu peito da dor que é saber como as coisas são mais complicadas do que parecem.

Um grupo de Exatores passa por nós em um carro militar e percebo Helsye estremecer.

— Aonde será que estão indo? — Kalyen pergunta.

— Para a província Agrícola — intervém a Comercis responsável pela barraca. — Houve um ataque Chaose lá mais cedo. Pediram reforços.

Helsye engole em seco. Não precisa dizer nada para que eu saiba que ela está com medo pela mãe e pelo irmão.

— Não sei qual é a desses caras. Fazem tanto alarde para nada — Kalyen comenta, pegando alguns acessórios. — Nem precisa de tantos soldados, eles nem chegam a ser uma ameaça.

— O problema é que eles acabam incitando alguns provincianos — digo. — Toda vez que há um ataque Chaose, dois ou três motins de civis também acontecem. Às vezes são apenas greves ou recusa a pagar impostos, mas a Armada não tolera oposição. Eles sabem que as pessoas se apegam a qualquer fagulha de esperança.

Encaro Helsye, que permanece em silêncio, e penso que as pessoas não sabem que a verdadeira esperança está no meio deles, a caminho de encontrá-los.

A ignorância é uma coisa bastante travessa.

— *Cidadãos de Kyresia e amigos da Nova Ordem...* — O alto-falante da esquina reverbera o som mecânico e levemente chiado. Mais adiante, vinda da Praça Central, a imagem do presidente se projeta no alto, em um holograma.

— *Nosso governo tem mantido a paz em nossa sociedade por todos esses anos. Desta vez, não será diferente.*

O som da voz de Buruk faz o meu queixo tremer de leve. Aperto o maxilar para que as meninas não percebam. Crio coragem e levanto os olhos, até então desviados, para focar o holograma.

O cabelo grisalho, parecendo acinzentado, está penteado para trás. O terno roxo por cima da camisa preta permanece perfeitamente alinhado enquanto ele fala, com certo ar de desprezo, sobre as rebeliões.

Buruk é um covarde, essa é a verdade. Mas passar a imagem de um governante soberano é tudo de que ele precisa. Bastam algumas palavras eloquentes — sim, nisso ele é muito bom — e todos os kyresianos seguirão suas ordens. É como ele tem mantido este país sob sua opressão. É como ele convence qualquer um que coisas horríveis são justificáveis se praticadas em troca de um "bem maior".

— *Os motins já estão sendo contidos e logo cessarão, sem maiores danos. Porém, em situações como essa devemos nos lembrar que este país só funciona se cada um respeitar a própria posição.* — Algumas pessoas param a fim de prestar atenção no discurso. O tom do presidente é amável e sereno. Inebriante. Sinto vontade de vomitar. — *Não se deixem levar pelas promessas irracionais dos rebeldes, saindo de suas províncias e comprando uma causa obviamente perdida. Nós já prendemos os líderes do ataque e em breve todos os envolvidos estarão sob custódia. Em vez de se juntarem a esses jovens arruaceiros, ajudem-nos a encontrá-los, denunciando.* — Ele dá um leve sorriso, e em seguida completa. — *Para o nosso próprio bem, não devemos olhar para cima. Uma avalanche vinda do alto pode fazer tudo ruir.*

O holograma pisca algumas vezes e o pronunciamento oficial se encerra, até a próxima repetição em trinta minutos.

— Eu disse que esses moleques não iam conseguir nada — comenta um homem, gargalhando para o amigo ao seu lado. — Guydo, você me deve cinquenta quotas pela aposta!

— Vamos indo, antes que escureça — falo, e as meninas concordam.

Longe da agitação da feira, entramos em uma espécie de loja abandonada. Letras neon que não acendem mais formam a palavra *Blockbuster*, resquícios dos idiomas originais. Checo o local, e então entramos para descansar. Não há hotéis em um país onde é crime ser um viajante.

— O que será que era aqui? — Jeyoke pergunta.

Um som brilhante ressoa cada vez que Layla se mexe.

— Acho que já li sobre isso antes — responde, balançando as pulseiras. Ela também colocou o colar e uma tiara com pedrinhas. Quase não consigo vê-la debaixo de tantos apetrechos. — Deve ser uma locadora de filmes.

— Filme?

— Uma narrativa contada por imagens — responde Hayur.

— Então é tipo um registro da história?

— Não exatamente. Pode ser ficção.

Jeyoke abre a boca, inclinando a cabeça em uma expressão confusa.

— Por que alguém vai querer contar uma história que não é verdade?

— Porque as histórias, mesmo as inventadas, têm poder sobre a mente humana — Helsye diz, enquanto se aproxima de uma prateleira empoeirada. — Meu pai me contava histórias. Algumas eram verdadeiras. Outras, ele dizia que eram apenas simbolismos, e eu precisava interpretar. Mas não havia palavra que saía da boca de Ayah que não transformasse tudo dentro de mim.

Todos se calam. É a primeira vez que ela fala do próprio pai para todos nós, juntos. Ela tem o olhar fixo e distante, como se viajasse ao passado:

— Elas podem fazer você sentir coisas que nunca sentiu. Viver o que nunca viveu. Podem fazer você ter um julgamento imparcial sobre uma situação que não envolve você, até perceber que aquela também é sua história. Elas fazem você refletir, fazem você querer ser mais do que é. Enchem sua vida de possibilidades. As histórias que você consome podem impactar todas as suas escolhas.

Ela nos encara e, percebendo que todos estamos imóveis, dá um meio sorriso.

— Se não tivesse sido criada com as histórias do meu pai, jamais teria aceitado vir nessa loucura com vocês.

Helsye caminha, explorando o local e dando a conversa por encerrada. Todos se dispersam, mas eu estou preso ao que ela disse.

Parando para pensar, nossa vida se parece bastante com uma história. E chega um ponto em que você se questiona quem a está escrevendo. Alguns podem acreditar que a existência é algo que apenas acontece, sem nenhum motivo especial. Mas acho que se isso fosse verdade, não sentiríamos falta de um propósito, assim como se a luz não existisse, nunca nos incomodaríamos com o escuro.

Talvez eu queira acreditar que, se há uma história, alguém a está contando.

Quero acreditar que não estou à mercê do acaso.

— Hayur, quanto tempo temos até a festa? — indago, tentando me concentrar em coisas mais práticas.

— Seis horas e dezessete minutos.

— Ótimo. Separe todas as informações que precisamos saber antes de chegarmos lá. Descansem e se alimentem bem, porque... Mas o que...

Um cachorro cor de caramelo e pelo baixinho passa por entre as minhas pernas, tirando a minha concentração.

— Como é que você entrou aqui? — pergunto, como se o bichinho pudesse me entender.

— Loryan! Vai assustar o Leopoldo!

— Leo... Quem? — Ergo uma sobrancelha para Layla, que se levanta para pegar o cachorro no colo.

— Leopoldo. O membro mais nobre da missão. Ele está conosco desde que chegamos na província, você não reparou? Nos seguiu da feira até aqui.

— E você realmente acha que vamos ficar com ele?

— Não, *ele* vai ficar com a gente.

Layla encosta o nariz no focinho do cão, sacudindo-o como um bebê. Solto um suspiro.

— É melhor você soltá-lo enquanto é dia.

— Mas Loryan!

— Layla, não podemos ter um cachorro de estimação na situação em que estamos.

— Por favor... — ela diz, e seus olhos começam a se encher de água.

Não posso ver Layla chorar.

Não podemos ter um cachorro.

Mas não posso fazer Layla chorar.

Droga.

— Que coisinha mais bonitinha — Helsye se junta a ela, fazendo um carinho no animal. — Vamos ficar com ele pelo menos enquanto estamos na província. Quando partirmos, o deixamos ir.

"E isso vai ser ainda mais doloroso para ela", digo, com o olhar.

"Quer mesmo piorar as coisas agora?", ela responde, franzindo o cenho.

Suspiro. Ninguém me respeita nessa droga de missão.

— Se ele fizer xixi na minha mochila, eu o jogo pela janela.

42

Helsye

— Para de piscar! — Kalyen ordena entredentes.

— Não consigo!

— Eu é que não consigo terminar se você não ficar quieta.

— Mas isso está fazendo meu olho arder, você vai me deixar cega.

— Você reclama demais!

— E você é grossa demais!

Kalyen e eu não conseguimos ficar dois minutos sem gritar uma com a outra enquanto ela tenta finalizar a minha maquiagem. Nunca usei isso antes. Sinto como se estivesse com uma máscara que vai derreter a qualquer momento.

— Você ao menos sabe se isso não é tóxico? — pergunto depois de tossir por causa da nuvem de pó sobre o meu rosto.

— Claro que não é. Usei algumas vezes, quando fomos à Armada, porque lá todo mundo usa, e precisávamos nos misturar — respondeu. — Não morri, como pode ver.

— Por que não usa mais vezes?

Ela balança a cabeça.

— O pó sempre acumula nos pelinhos do meu rosto, prefiro as maquiagens de olho. Mas não é muito animador sem uma ocasião especial.

Kalyen vira meu queixo com força e abre um sorriso.

— Ficou ótimo — diz. — Olha.

Ela me estende um pedaço de espelho quebrado que encontramos numa parte da locadora. Eu o seguro com cuidado e encaro meu reflexo.

E quase caio para trás.

— As minhas... cicatrizes...

Não consigo dizer mais nada. Ela cobriu tudo. Pareço outra pessoa.

— Só as cobri porque você está disfarçada. Quando tudo isso acabar, lembre-se de se vestir como você mesma, e nunca mais as esconda. Suas cicatrizes são seu lembrete de que, em um mundo louco desses, você sobreviveu.

Abro um sorriso, vendo o osso abaixo da maçã do meu rosto ainda mais marcado e o vermelho contornando perfeitamente a minha boca como se ela fosse uma pintura.

— Você é muito boa nisso — elogio.

— Ah, eu sei — Kalyen dá de ombros.

— Ei, meninas. Olha só o que eu encontrei.

Layla aparece, carregando uma caixa desgastada. Senta-se no chão dobrando os joelhos sobre os tornozelos, e nos aproximamos.

— Onde você achou isso?

— No depósito lá nos fundos.

Ela remexe a caixa, tirando alguns retângulos com bordas arredondadas de dentro dela. Estão sujos e cheios de buraquinhos, mas ainda consigo ver as imagens da capa nitidamente. Do lado de dentro há pequenos discos com um furo no meio, ainda mais deteriorados. Me concentro na parte de fora.

O que está nas minhas mãos tem a foto de uma mulher com vestido florido, mascando um chiclete enquanto segura uma bolsa rosa na frente do corpo. Um título grande está ilegível por causa de uma mancha, e mesmo assim me parece ser um idioma original que não conheço.

Viro o retângulo para olhar o outro lado e, bem no cantinho, deparo com uma data.

Dois mil e quatro.

Acho que esse lugar é mais antigo do que imaginamos.

— O que são essas coisas?

— Acho que são onde os filmes ficam. Pena que não temos como assistir.

— Também não acho que ainda funcionem — diz Kalyen, pegando nas mãos outro retângulo onde uma mulher usa um vestido branco e cheio de detalhes. — Olhem, este é sobre casamento.

Passamos as horas seguintes olhando as capas e fazendo comentários sobre as imagens. É o máximo que conseguimos dessas histórias. Encontro outro retângulo parecido com o de Kalyen, mas com um vestido mais bonito, e mostro a ela.

— Acho que prefiro este aqui.

— Vocês acham que um dia vamos ter uma festa de casamento? — Layla pergunta, de repente.

Um silêncio recai sobre nós três.

— Ah, é besteira pensar nisso na realidade em que vivemos...

— Talvez, se tudo der certo no fim da missão e a gente achar bons partidos, podemos ter uma festa de casamento — Kalyen interrompe. — Como você imagina a sua?

Layla abre um sorriso e fico surpresa como Kalyen conseguiu ser tão gentil com ela. Talvez ela só seja grosseira quando quer.

— Com petúnias. Loryan me chamou tantas vezes por esse nome que acabei me apegando à flor. Quero uma festa cheia de petúnias. Se você pudesse escolher uma flor, qual seria?

— Tulipas — Kal diz. — Definitivamente, tulipas. Alinhadas. Elegantes. Combinam comigo.

— E você, Helsye? — Layla questiona.

— Eu o quê?

— Qual flor escolheria para o seu casamento?

— Eu? Ah... Não sou do tipo que pensa nessas coisas.

Kalyen dá uma risada debochada.

— Não acredito que você é dessas.

— Como assim?

— Você acredita que gostar de coisas bobas e românticas te faz mais fraca, não é? Faça-me o favor, Helsye.

Balanço a cabeça em protesto. Mas, pensando bem, não posso negar que talvez faça sentido.

— Você pode dar um soco em alguém e querer um casamento com flores. Pode ser valente e sensível ao mesmo tempo. Feminilidade não é um estereótipo. E você não tem que provar nada a ninguém — ela fala, devolvendo os retângulos para a caixa. — Não importa o quanto sejamos boas em alguma coisa, sempre vão nos subestimar por sermos mulheres, então deixe que pensem o que quiserem. Acredite em mim, sei bem como é isso.

Layla estende a mão para ela, e embora ela tenha me contado sobre a relação delicada de Kyo com a filha, não ouso dizer alguma coisa. Nunca me senti subestimada. Meu pai nunca me disse que eu poderia ser quem eu quisesse, mas sempre fez questão de me dizer quem eu era. E isso era muito melhor, porque possibilidades podem deixar você perdida, enquanto identidade sempre lhe dará um norte.

Tudo que importava era que ele acreditava em mim.

— E então? — Kal ergue as sobrancelhas, esperando pela minha resposta. Sorrio para as duas, sentindo uma pontinha de melancolia se espalhar pelo meu peito. Só consigo pensar que nunca tive ninguém com quem conversar sobre essas coisas. Nunca tive amigas. Agora eu tenho.

Chego à conclusão de que ser sozinha exige bem menos coragem, porque no momento em que você se liga a uma pessoa, ganha de brinde um medo aterrorizante de perdê-la.

— Margaridas. — *E eu me sinto feliz e apavorada.* — Se eu me casar um dia, quero muitas margaridas.

43

Loryan

Estou arrumando uma gravata no pescoço quando ouço passos se aproximarem.

— Conseguiram a van?

Kal se encosta na parede e me olha de cima a baixo.

— Hayur está arrumando a estação de trabalho nela. Foi mais rápido que da outra vez, Jeyoke foi bastante ágil — ela abre um meio sorriso. — Você tá lindo, irmão.

Eu a encaro. Meu queixo parece pesar mais do que uma tonelada.

— Eu ouvi direito?

— O quê? Não posso elogiar você?

Ela se aproxima, percebendo minha dificuldade com a gravata borboleta, e assume a tarefa.

— Só não faz o seu tipo.

Os cantos da sua boca se entortam.

— Deve ser a convivência com a Helsye. Ela sempre fala o que pensa.

Kalyen tira alguns fios invisíveis do meu terno e coloca uma mecha de cabelo para trás da minha orelha.

— Bem melhor — diz com um olhar satisfeito.

— Ela já está pronta?

— Terminando de colocar o vestido — responde. — Vai estar pronta em alguns minutos.

Kal respira fundo e fixa os olhos em mim.

— Vai, pergunta logo.

— O que há entre você e ela?
— Você não é minha irmã mais velha, sabia?
— Isso importa? — ela questiona.

Sustento o olhar no dela por alguns segundos. Kalyen levanta as sobrancelhas. Nunca vou admitir que às vezes ela me dá medo.

— Não há nada — digo, concentrando-me no botão no meu pulso. — Ela é uma imune e precisamos levá-la até os Pesquisadores. Só isso.

— Só isso?
— Ela é basicamente uma carga.

Engulo em seco, evitando contato visual. Ela sabe que estou mentindo.

Kalyen descruza os braços e solta um suspiro.

— Disse a ela para não partir seu coração.

Abro a boca em protesto, mas Kalyen estende a mão, pedindo que eu espere.

— Foi há um tempo, quando ainda estávamos na floresta e eu notei o clima entre vocês dois. Mas agora me arrependo. Estou torcendo para que isso aconteça.

Kalyen tem uma expressão divertida. Ela sempre foi a mais brava, a mais séria, mas a pessoa com quem eu sempre soube que podia contar naquela casa, depois que nossa mãe adoeceu. Sem ela, eu não teria aguentado o tempo que aguentei antes de fugir e passar dois anos fora.

Seria melhor para ela se eu nunca tivesse voltado.

Seria melhor para todo mundo.

— Se ela derrubar seus muros, deixo ela partir o seu coração — Kal continua. — Tomara que ela faça picadinho dele, e depois o conserte, e depois vocês tenham uma garotinha que vai me achar o máximo, porque vou ser o tipo de tia que vai falar mal de vocês e deixar que ela faça tudo que quiser.

Eu rio. Mas não estou mais ouvindo o que ela diz.

— Obrigado — respondo, meu pensamento se distanciando do assunto principal.

Não há muita conversa em casa desde que nossa mãe morreu. De repente me dou conta de que às vezes esqueço como o óbvio também precisa ser dito.

— Sabe, Kal — ela levanta os olhos já distraídos em outra coisa. — Sou muito grato por ter você como irmã.

Ela sorri, mas franze o cenho, confusa.

— Que foi, não posso agradecer?

— Não faz o seu tipo.

Solto uma risada.

— Acho que nós dois não somos mais os mesmos.

Kalyen ri e logo em seguida seu rosto se contorce em uma careta chorosa. Ela me puxa para um abraço.

— Amo você, irmão.

Ela enterra a cabeça no meu ombro e eu a cubro com uma das mãos.

— Também amo você.

44

Helsye

Me parece um pouco demais.

Além da maquiagem que me faz parecer mais velha e mais bonita do que realmente sou, Kal me fez um penteado com os dreads, prendendo-os em um rabo de cavalo baixo que deixa as argolas douradas nas minhas orelhas bastante visíveis.

Passo as mãos cobertas com luvas pretas que vão até o cotovelo no vestido sem mangas de mesma cor. Ele marca a minha cintura e tem um decote reto que vem até às estrias do meu peito. Segundo Hayur, o curativo do tiro recente vai contribuir para o meu disfarce de Tecnis perigosa.

Caminho até onde Loryan está para avisar que estou pronta, mas me arrependo. Eles estão em um tipo de conversa pessoal.

E ele acabou de dizer que sou apenas uma carga.

Não sei o que esperava, mas sinto a raiva crescer no meu peito. Apressada, caminho para o outro cômodo da locadora, onde os demais estão. Leopoldo é o primeiro a notar minha presença e balança o rabinho com uma cara feliz. Abaixo-me para acariciá-lo, e o cetim do vestido pressiona meus músculos.

— Ei, Helsye... — Jeyoke levanta a cabeça para me encarar e se interrompe no meio da frase. — *Uau*.

Layla também levanta o rosto e parece ainda mais chocada. Estou prestes a pedir uma explicação quando Hayur intervém, em um tom bastante monótono.

— Você está muito mais atraente do que de costume.

Sorrio. Gosto da sinceridade dele.

— Obrigada, hum... Eu acho.

Layla sorri satisfeita e levanta os dois polegares, erguendo o lábio inferior em aprovação. Logo em seguida Loryan surge, vindo dos fundos.

— Vamos logo, porque Jey vai dirigir bastante até... *Uau.*

Ele para a mão no meio de um gesto quando me vê. Abre e fecha a boca. Pigarreia. Toda a raiva que sinto me faz ter vontade de socá-lo. Jogo o impulso para o fundo da minha alma. Cerro os punhos e viro de costas.

— Vamos. Temos trabalho a fazer — digo, ignorando-o, e caminho até a van.

Basicamente uma carga.

Vamos ver o que uma carga pode fazer.

45

Helsye

Estonteante.
 Algo tão bonito que atordoa.
 A beleza desse lugar me dá náuseas.
 Enquanto estamos na entrada, esperando para sermos identificados, consigo espiar lá dentro, onde a festa está acontecendo. Pessoas riem e conversam, balançando taças de vinho e jogando canapés no lixo depois de prová-los. Penso na província Agrícola, em todos que morreram de fome bem diante dos meus olhos, e meu estômago se contorce como uma toalha.
 — Identificação provincial — diz o homem, quando finalmente chega a nossa vez.
 Loryan e eu entregamos os cartões que Hayur nos deu com novas identidades e o homem empalidece. Estamos mesmo fingindo ser pessoas importantes.
 — F-fiquem à vontade, senhores.
 Ele se curva quase em dois, apontando para o salão. Loryan me estende o braço e me encaixo nele apenas pela atuação. Esse vai ser o menor dos incômodos desta noite.
 Caminhamos sob o lustre de cristal imponente no meio do lugar. As janelas possuem vitrais dourados, pincelando feixes coloridos por toda a abóbada. No canto esquerdo há um pequeno palanque com instrumentos de cordas e um homem ensaia melodias no violino. Parecem se preparar para uma performance.

— Vamos nos misturar e ver o que descobrimos. — Loryan cochicha entredentes.

Balanço a cabeça.

— Ei — ele segura meu braço quando desfaço o encaixe.

— Tome cuidado.

Eu o encaro. Ele vê algo nos meus olhos que o faz me soltar de imediato. Sigo na direção oposta.

Nunca estive em meio a tanta gente.

Dou apenas alguns passos, sondando o lugar, e vejo os rostos muito mais carregados de maquiagem do que o meu. Todos estão enturmados, e alguns parecem tão assustadores que tenho calafrios. De repente, o lugar parece me espremer, as pessoas, maiores, como se estivessem se inclinando para cima de mim.

Lembro da cabine de metal.

A câmara de extermínio onde pensei viver meus últimos minutos volta à minha memória, o que me deixa sem ar. Chego mais perto de uma mesa de petiscos e o cheiro me deixa enjoada. De uma hora para outra, meu vestido está incrivelmente apertado, minhas mãos suam sob as luvas e não consigo respirar direito.

Apoio as mãos espalmadas na mesa, tentando retomar o ritmo da minha respiração, quando uma voz despreocupada surge ao meu lado.

— Quer uma bebida?

Viro a cabeça para encontrar um sorriso largo e brilhante de um rapaz que parece ter a minha idade. Ele é alto e segura uma taça com líquido borbulhante. O cabelo loiro está perfeitamente arrumado para trás e ele tem olhos escuros e profundos.

Aceito a taça, arrumando minha postura e tentando manter em mente o fato de que tenho uma reputação, ainda que falsa, pela qual zelar.

— É energético — diz. — Talvez ajude você a aguentar a noite. Ficar no meio de muitas pessoas também me deixa exausto.

Ele aponta para o lugar com um floreio. Aproximo o líquido do nariz, sentindo um cheiro cítrico e azedo. Provo um gole e faço uma careta.

— É horrível.

Ele dá uma pequena gargalhada. Sorrio de volta, imaginando se devo perguntar seu nome ou se devia conhecê-lo e vou acabar entregando que não pertenço ao lugar. Não tenho tempo de pensar muito nisso. A banda começa a tocar uma melodia dançante e as pessoas se aproximam do centro do salão em pares. Estreito os olhos para os lados, procurando entender o que está acontecendo, quando uma mão estendida torna tudo claro como a bebida na minha taça.

— Quer dançar?

O jeito como ele prolonga o "r" me deixa animada com a proposta. Certamente, é alguém da Armada. Talvez eu consiga descobrir alguma coisa com ele.

Aceito sua mão e ele me conduz para as fileiras onde uma espécie de coreografia sincronizada está sendo apresentada. Faço um esforço imenso para não deixar transparecer o quanto estou confusa com tudo isso. Depois do que os meninos falaram sobre os Comercis, eu esperava algo patético, mas isso é ridículo de uma forma que eu jamais conseguiria imaginar.

— Você aprende rápido — ele diz, quando imito os movimentos dos demais.

— Qual será a punição para pessoas que se recusam a dançar? — pergunto, enquanto trocamos de posição, segurando as mãos. — Porque ninguém faria isso espontaneamente. Alguma autoridade certamente os força.

Dou um sorriso inocente, torcendo para que ele morda a isca.

O garoto balança a cabeça.

— Esperava que você perguntasse algo mais agradável, especialmente sobre mim.

Sinto vontade de revirar os olhos.

Não tenho o mínimo interesse em você, loirinho. Pare de me enrolar.

— Não quer saber o meu nome?

— Você não perguntou o meu. Achei que o anonimato deixasse as coisas mais interessantes para os dois lados.

Ele ergue e abaixa as sobrancelhas.

— Justo.

— Vai responder a minha pergunta? Ou prefere que eu pergunte o que você come no café da manhã?

Ele ergue o meu braço e me gira. Há uma troca de pares, mas ele pede desculpas ao meu futuro companheiro e continua comigo.

— Não acho que não dançantes sejam punidos. O Capitão tem mais coisas com o que se preocupar.

Finalmente.

— Ele é cruel como dizem?

— Não acho que me seja apropriado dizer algo a respeito.

— Por quê?

— Devo minha vida a ele.

Franzo o cenho.

— Ele *salvou* sua vida?

— Não, só me trouxe ao mundo.

Uma nova troca de casais acontece. Ele acena com a cabeça, dispensando.

— Você é filho de um cara famoso pela crueldade — respondo, achando a conversa um tanto intrigante. — Talvez eu o admire um pouco mais por isso.

Ele estufa o peito. Damos um passo para a frente e outro para trás, nos aproximando e afastando, acompanhando a melodia.

É só então que vejo algo que deixa a cena ainda mais satisfatória.

Loryan está a alguns metros dali, encarando-nos. Uma das sobrancelhas está levemente arqueada e ele tem os braços cruzados sobre o peito, o ombro encostado em uma das colunas do salão.

A *carga* vai descobrir algo antes dele. E isso vai deixá-lo furioso.

— O seu pai... — digo, e o garoto me encara com seus olhos escuros. — Como ele é?

— É obcecada por ele, não?

— Talvez só esteja tentando descobrir mais sobre você.

— Não poderia simplesmente perguntar?

— Não teria graça. No meu trabalho, você descobre as coisas nas entrelinhas. É perigoso demais revelar qualquer informação diretamente, as paredes podem ouvir.

Dou um sorrisinho e ele abre a boca, surpreso. Talvez tenha se dado conta de que sou perigosa.

Pelo menos estou fingindo que sou.

— Ele é parecido comigo, mas com as marcas da impiedade no rosto. Está sempre cercado de muitas pessoas que fazem tudo que ele manda — enumera o garoto, e começo a fazer anotações mentais. — E sempre está um passo à frente de seus inimigos.

— Então, você quer ser como ele? — interpelo, disfarçando que meu único interesse é o Capitão.

— Jamais — ele pisca e, de repente, o olhar fica distante. — Preferia morrer do que ser como ele.

Paro de sorrir. Não era a resposta que eu esperava. E estou ficando sem tempo para perguntas.

— Pode nos apresentar?

— Por que você iria querer conhecê-lo?

— Porque talvez possamos tratar de negócios. Marcar um almoço. Coisas cotidianas.

A hesitação no seu rosto não me intimida.

— Ou talvez eu queira uma desculpa para te ver de novo.

Ergo uma das sobrancelhas, sugestivamente, e a melodia desvanece. O garoto se aproxima, um sorriso travesso tomando seus lábios. Ele está tão perto, prestes a dizer ou fazer algo, quando um braço o intercepta.

— Posso roubá-la de você na próxima música?

Loryan tem uma expressão neutra, mas seu rosto está vermelho e os punhos cerrados. O garoto se afasta, parecendo frustrado, e deixo a raiva no meu rosto transparecer, embora o motivo seja diferente.

— É só o meu sócio — digo.

— Claro — diz ele, ignorando o braço de Loryan ainda entre nós. Então se aproxima do meu ouvido e sussurra: — Meu nome é Aster. Procure por mim depois.

O garoto se afasta novamente, e sequer olha para Loryan antes de me lançar uma última frase.

— O anonimato não é mais interessante para nenhum de nós dois.

Aster sorri, ainda com os olhos fitos em mim, e sai.

Uma nova melodia começa.

Desta vez o violino soa agudo e cheio de nuances, como uma corrida de alguém sem fôlego que está prestes a cair e se levanta novamente. Loryan segura uma das minhas mãos no ar e encaixa a outra na minha cintura, olhando por cima da minha cabeça e imitando os pares ao nosso redor.

Começamos a girar.

— Você estragou tudo.

— Ele parecia perigoso, *amor*.

— E você parece um idiota. Espera... Você é um idiota.

Ele me gira duas vezes e, então, giramos juntos.

— Pelo menos eu não estava flertando com ninguém.

— Eu estava dançando com o *filho* do cara que estamos procurando e prestes a ser apresentada a ele antes de você aparecer como um babaca porque queria ser o primeiro a descobrir alguma coisa.

Loryan pisca algumas vezes.

— Não... Não foi por isso.

— Ah, e foi o quê? Ciúmes? — disparo com uma risada irônica.

Loryan engole em seco e fixa os olhos azuis em mim. E permanece em silêncio. Começo a ficar confusa.

Que droga. Por que ele não está negando?

— D-de qualquer forma, você está atrapalhando a missão — gaguejo.

A dança me afasta do seu corpo por alguns segundos. Fico ligada a ele apenas por uma das mãos, e então sou trazida de volta. Quando isso acontece, nossos rostos ficam a centímetros de distância.

— É só com a missão que você se importa? — pergunta ele.

— Se existir alguma coisa além da missão com a qual eu deva me importar, por favor, me avise.

A melodia cessa. Ele ainda me segura firme pela cintura. Sinto uma corrente elétrica percorrer o meu corpo e não sei mais se é apenas adrenalina. Alguma coisa nos olhos dele me prende onde estou.

As pessoas se dispersam, e eu me desvencilho do meu par e me afasto.

— Ei, espera.

Caminho com pressa, tentando escapar de Loryan ou do que quer que tenha acontecido há alguns minutos. Sigo pelo corredor, entro em um cômodo vazio, onde há apenas um piano, mas ele me segue.

— Para... — diz.

— Qual é o seu problema?

— Você é o meu problema!

Balanço a cabeça. Será que não estamos enrolados demais para que ele queira conversar agora?

— Eu? Vai me dizer que sou uma carga ou... Como foi mesmo que você disse da outra vez? Que eu desperto o pior em você?

Eu me sinto infantil demais por dizer isso agora, mas estou tão sufocada e tão confusa.

Não sei de mais nada.

— Você entendeu tudo errado.

Loryan vira o rosto com as mãos na cintura, encosta a língua em um dos caninos e volta a falar.

— Qualquer pessoa desperta coisas boas em mim. Sou um ótimo rapaz quando estou usando os disfarces de bom líder, bom filho e bom irmão. Mas você me faz ter vontade de te mostrar as minhas partes feias. De ser cem por cento sincero. De arrancar meus monstros do escuro e trazê-los para a luz, onde posso lutar contra eles.

Ele se aproxima. Passa uma das mãos no cabelo. Coloca-as diante de mim enquanto continua:

— Porque, embora eu não saiba por quê, você me faz acreditar que posso ser melhor. Mas a verdade é que não posso. Eu já tentei, Helsye. Estou preso a isso e nunca vou conseguir me libertar, mas o que estou tentando dizer é que...

Não o deixo terminar de falar. Ele está perto demais. E meu coração está batendo rápido demais. E de repente meu rosto está colado ao dele e sinto que não pode ser em outro momento ou em outro lugar, tem que ser aqui e agora.

Ele só precisava calar a boca.

E eu só precisava beijá-lo.

46

Loryan

Fico tão surpreso com a reação de Helsye que por um momento esqueço o que estava tentando dizer.

Esqueço que ela precisa saber a verdade. Que não posso deixá-la ir atrás do cara que estamos procurando. Que estava tentando cumprir a minha promessa de ser honesto, como ela me pediu.

Esqueço tudo, porque ela me beija, e é como se eu estivesse esperando por isso há muito tempo. Como se eu pertencesse a ela. Como se tudo do lado de fora não estivesse errado como um sistema matemático com mais incógnitas do que sentenças.

Eu apenas a seguro contra o meu corpo, deixando os argumentos pairarem no ar, quando seus lábios se desprendem dos meus e ela segura o meu rosto com as duas mãos, encostando a testa na minha por alguns segundos.

— Você é muito complicado, gatinho.

Helsye sorri. Sua respiração se condensa à minha. Sinto seu cheiro familiar e ela tem cheiro de casa.

Acho que ela é a minha casa.

— Vamos encontrar nosso cara e dar o fora daqui.

Hel sai andando e enfim desperto, abrindo a boca para falar. Quando o efeito do que acabou de acontecer passa, percebo que esse foi o pior momento para entender o que ela significa para mim, mas não tenho outra saída. A urgência do que estava dizendo me atinge com toda a intensidade, como um estrondo.

Bam.

Ouço realmente um estrondo.

— Helsye!

Bam. Bam. Bam.

O chão estremece.

As luzes enfraquecem.

As pessoas começam a gritar e a correr, e ouço algo desmoronando em meio à escuridão antes de um estrondo mais forte e mais alto ressoar.

Estamos sendo bombardeados.

47

Helsye

Respirar é como engolir pedras pontiagudas.

Começo a tossir por causa da fumaça. Sinto meus pulmões queimarem e tento enxergar alguma coisa na escuridão enevoada. Apoio-me em uma das mãos para levantar e sinto algo pressionar a minha perna. Tento mexê-la e uma dor aguda rasga a minha pele.

Há um corte profundo. Levanto, sentindo uma dor excruciante, e o vestido engata em algo, rasgando-se. Aperto o comunicador no meu ouvido, procurando por algum sinal.

— Hayur... Você está aí?

Pressiono as duas orelhas, tentando abafar os gritos e uivos de dor das pessoas que há pouco sorriam e dançavam. Há uma correria dos que não estão sob escombros, e muitas pessoas esbarram em mim no processo. Não há resposta do outro lado, e eu já esperava que o dispositivo não sobrevivesse depois da força com que fui derrubada no chão.

Estreito os olhos ao redor, procurando uma saída, mas as pessoas correm como loucas e o cheiro de pólvora, sangue e suor se misturam. Perco as forças.

Penso em chamar por Loryan, que estava bem ao meu lado quando tudo aconteceu, mas acho que foi levado pela multidão. No meio do caos, uma chama brilhante e vermelha se acende e resolvo segui-la, ignorando a dor dilacerante na minha perna.

Abro caminho entre a multidão, me choco contra pessoas e móveis e, perseguindo o que acho ser um sinalizador, sou guiada até o lado de fora. Uma movimentação frenética daqueles que conseguiram escapar deixa a rua em completo estado de caos. Um senhor alto, usando um sobretudo grande e pesado, está sendo escoltado por outros homens. Decido segui-lo. Ele parece uma versão mais velha de Aster.

Deve ser o Capitão.

Estou alguns metros atrás, então corro, tentando não perdê-lo de vista. Outras pessoas também correm de um lado para o outro e preciso me desviar delas e ignorar a dor na perna e o desejo de simplesmente me deitar e me entregar à morte.

— Helsye!

Viro-me e vejo Kalyen correndo. Está vindo da direção oposta ao salão que agora está em ruínas. Nunca fiquei tão feliz por ver o seu rosto.

— Que bom que encontrei você, vamos...

— Espera, talvez seja o cara que estamos procurando — aponto, diminuindo o ritmo, mas seguindo para a direção em que ele desapareceu. — Para onde acha que ele está indo?

— Eu não sei... Talvez se proteger em algum bunker. Mas... — ela vê o ferimento na minha perna. — Ei, você está ferida! Aqueles malditos Chaoses e suas bombas... Precisamos voltar.

— Kal. Eu preciso ir atrás dele.

Depois do bombardeio, a segurança vai ser reforçada e não teremos outra chance de conseguir chegar até o computador da Comercis. Preciso fazer isso. Preciso que esse inferno acabe logo. Nada vai me fazer mudar de ideia.

— Eu vou com você.

Kalyen me acompanha e seguimos no encalço do Capitão, que entra em uma espécie de celeiro, onde é deixado pelos homens que o escoltavam. Burrice, na minha opinião.

— Por que raios ele vai sozinho?

— Talvez não confie em ninguém para ver o que tem lá dentro.

Esperamos até que os soldados voltem para o resgate de civis e então entramos no lugar. Seguro minha faca na posição invertida, apertando-a no meu punho, e Kalyen engatilha a própria arma.

Entramos a tempo de ver um alçapão que ocupa quase todo o piso do celeiro se fechando lentamente. Corremos para passar por ele e deparamos com uma escada em que não é possível enxergar nada. Descemos em silêncio pela escuridão. A faca treme na minha mão pela força que eu a aperto, e posso sentir o amargo do medo na minha boca.

Descemos os degraus e seguimos pelo corredor subterrâneo. Não percebo quão fundo estamos até que o lugar se alarga e o homem se posiciona, procurando nos bolsos algo para destrancar a porta que surge à frente.

— É agora — digo.

— Espe...

Não ouço mais o que Kalyen está dizendo. Apenas corro para o homem e o derrubo no chão com um chute. Ele procura a arma e eu o imobilizo, colocando o meu peso contra o seu corpo e a minha faca no seu pescoço. Ele olha para mim e dá um leve sorriso, e eu sinto tanto ódio que o faço desmaiar com um soco.

— Vamos amarrá-lo — diz Kalyen, se aproximando, e eu começo a achar que algo está profundamente errado.

Tudo isso está fácil demais.

48

Loryan

— Estou à esquerda da multidão — Arrasto meu corpo exausto e machucado para um lugar mais afastado. — Consegue me pegar aqui?

Hayur assente no comunicador.

Não sei qual a explicação lógica para ter conseguido chegar do lado de fora em meio à multidão que quase me pisoteou. A confusão está generalizada. Nunca senti tanto ódio dos Chaoses como hoje.

— Você está bem? — Kalyen diz assim que entro na van, procurando por ferimentos no meu corpo.

— Não exatamente — digo, esfregando a mistura de poeira de escombro, sangue e suor no meu rosto. — Cadê a Helsye?

— Achamos que estivesse com ela — Layla replica.

Por alguns segundos, minha mente desliga. E depois, meu coração aperta, bombeando o sangue com tanta intensidade, que sacode todo o meu tronco.

— Vou atrás dela.

— Eu vou, você mal consegue andar.

— Não, Kal... Eu...

— Gente, vocês têm que ver isso — Hayur vira a tela do computador em nossa direção, balançando as mãos aflitivamente. — Quem bombardeou o salão não foram os Chaoses.

Ele fecha os olhos, diminuindo o excesso de estímulo, e recomeça.

— Foi a Armada. Acabei de interceptar o sinal enviado para o servidor de comunicação. — Ele faz contato visual por um milésimo de segundo. — E consegui descobrir o endereço IP para o qual está sendo enviado.

— Isso quer dizer que... — Jey interpela.

— Ele sabe onde o servidor está — Layla completa.

Hesito. Preciso encontrar Helsye.

Mas precisamos hackear o servidor.

Mas preciso encontrar Helsye.

— Loryan... — Hayur chama a minha atenção. — Temos que ir *agora* ou vou perder o sinal.

— Tudo bem, mas eu preciso encontrar Helsye primeiro, então Kal, você...

Viro-me para minha irmã.

Mas ela não está mais lá.

49

Loryan

Estamos diante de um grande prédio de metal, em formato de paralelepípedo. Talvez seja a maior construção da província Comercial. Depois de dirigirmos por algumas horas, chegamos ao local, que fica em uma área próxima da locadora onde passamos a noite.

Nos escondemos atrás de contêineres de carregamento, bem diante de uma das entradas, onde dois Exatores fazem a guarda, cada um junto a um enorme Dobermann. A dor física no meu corpo não se compara em nada ao peso esmagador que dilacera o meu peito. *Helsye vai ficar bem*, repito para mim mesmo, *Kal vai encontrá-la*. Mas não tenho certeza do quanto de verdade há nisso. Imagens dela soterrada, carbonizada ou pisoteada torturam a minha mente exausta. Meu coração bate forte, mas espaçado. *Tum. Tum. Tum.*

— Vamos nos separar. Eu vou na frente e você e Layla me dão cobertura — digo para Jey, que segura a arma na vertical. Hayur ficou na van, aguardando o acesso ao servidor. — Ao meu sinal, nós vamos pela esquerda, entenderam? No três.

Layla balança a cabeça. Jeyoke está concentrado no alvo à nossa frente, mas também assente.

— Tudo bem — digo, baixinho. — Um. Dois...

Ouvimos um latido reverberar pelo galpão. Layla estremece ao som, saindo da posição, e eu respiro fundo, esperando para recomeçar a contagem. Ouço os Exatores mumurarem algo, inaudível pela distância, e então me inclino para checar a entrada.

Um dos cachorros está latindo em nossa direção.

— Eles vão soltá-los — Jeyoke sussurra. — O que vamos fazer?

— Vamos esperar — respondo. Jeyoke balança a cabeça e eu olho novamente, a tempo de ver um dos Exatores desatando a coleira. A garganta seca rapidamente, os pulmões ainda ardendo pela poeira e fumaça da explosão.

— Deve ser outro gato idiota... — Ouço a voz do Exator, agora mais perto, crescente como os latidos cada vez mais próximos. Olho para Jey e Layla e sei que estão pensando o mesmo que eu. Assim que formos descobertos, não teremos muito tempo para reagir. Se ao menos houvesse alguma distração...

Os latidos ficam mais fortes. Ouço o som de patas cada vez mais alto e engatilho a arma, prestes a encarar a ameaça. Meu coração ainda bate forte e descompassado. *Tum. Tum.* Então outro latido ressoa no ambiente.

— Leopoldo? Leopoldo! — Layla sussurra, espiando.

— O quê? — Jey pergunta. — Como ele veio parar aqui?

O vira-lata atravessa o lugar, atraindo a atenção dos dois cachorros para longe de onde estamos. Eles seguem o encalço, encurtando a distância em poucos segundos.

— Vão pegar ele, Loryan — Layla sacode a perna, quase chorando.

— Layla, se acalma — digo.

— Eles vão... NÃO!

Layla cobre os olhos quando os dois o alcançam. Acaba tropeçando pelo susto, bate em uma das caixas e cai diante do campo de visão do Exator mais próximo. Os próximos segundos são um borrão.

Ele puxa a arma. Layla ergue o rosto. Jeyoke corre para protegê-la. E eu corro para fazer qualquer coisa que me garanta que ninguém que amo vai morrer esta noite.

Um tiro se ouve.

E o meu coração para.

50

Helsye

— Por que você tinha que fazer o cara desmaiar? Agora vamos ter que esperá-lo acordar para interrogar.

Kalyen e eu levamos o homem para dentro, onde arranjamos uma corda para amarrá-lo, mas ele ainda está inconsciente. Sei que não deveria tê-lo deixado desacordado. Mas lembrei do que Aster tinha dito: "Ele está sempre um passo à frente...". Tive medo do que poderia fazer.

— Vamos ver se o servidor está aqui — digo, tentando trazer uma solução à minha atitude precipitada. — Não me parece ter mais gente, podemos procurar enquanto ele acorda.

— Tem uma arma? — pergunta ela. Balanço a minha faca. — Isso aí não é suficiente.

Não quero matar mais ninguém. Não enquanto eu puder evitar.

— Eu sei me cuidar, acredite.

Kalyen dá de ombros.

— É melhor sermos rápidas. Se ouvir alguma coisa, grite.

Acendo com a cabeça e vou em direção ao corredor.

Todas as salas parecem ser um tipo de depósito de arquivos. Grandes prateleiras com pastas e caixas se estendem em cada porta que abro em busca do computador responsável pela comunicação. É tão frustrante. A urgência, o medo e o cansaço latejam nas têmporas, fazendo minhas pernas tremerem e a minha visão embaçar.

Tenho uma sensação muito ruim apertando meu peito a cada minuto que se passa. A única coisa que me alivia é saber que Loryan e os outros estão bem, porque Kalyen me disse que ele apareceu um pouco antes de ela vir até mim.

Entro em uma sala diferente.

É cheia de prateleiras e papéis como as outras, mas nesta há um armário isolado, encostado na parede. Cada gaveta possui uma etiqueta, e a primeira chama a minha atenção.

"Antiga Ordem."

Passo os dedos pela plaquinha antes de abrir a gaveta. Sei que não temos tempo. Sei que Kalyen está esperando. Sei que devo procurar o servidor, mas a mesma mania de agir sem pensar que me fez ser condenada à morte, que me trouxe até aqui, me impele a abrir a gaveta e folhear os arquivos.

Há muita coisa sobre a vida antes de Kyresia surgir. Documentos e registros sobre o começo da pandemia e sobre cada uma das ondas. Contabilização de mortos, hospitais de emergência e até scripts do pronunciamento oficial que foi transmitido em todas as estações de rádio e TV a fim de convocar os sobreviventes para o novo país.

No meio da pilha começam a aparecer as pesquisas para o desenvolvimento de uma vacina, a ficha dos imunes que se voluntariaram e que, segundo Loryan, foram assassinados por Buruk. E, então, a última pasta transparente com uma foto na primeira página faz meu coração bater tão forte que posso senti-lo empurrar minha pele e minhas costelas, querendo expandir-se, incapaz de se conter.

Certidão de óbito de Ayah-Besar.

De repente, percebo como é difícil respirar. Preciso fazer um esforço imenso para colocar ar em meus pulmões. Inspiro e expiro, como se cada movimento pesasse uma tonelada.

Meu pai parece jovem na foto. Está sorrindo. Sinto a garganta arder, a visão escurece. Aperto a pasta, distorcendo a folha que constata que seu sorriso não existe mais, e uma dor atravessa o meu peito, como um buraco negro crescendo e se espalhando até que não haja mais nada em mim, até que a minha existência seja apenas um erro, uma falha na história de outra pessoa.

A voz de Kalyen desperta os meus sentidos desvanecidos.

— Ele acordou, Hel! Onde você se meteu?

Ando cambaleante para fora da sala, fazendo o caminho de volta para onde deixamos o homem, como se estivesse em uma realidade paralela. Como se estivesse fora do meu corpo, assistindo ao desenrolar das coisas ao meu redor. Nada mais faz sentido. Nada mais tem propósito. Se me matarem hoje, vão descobrir que já estou morta.

— Onde é que você estava, hein? — Kalyen pergunta, mas não espera uma resposta. Ela se aproxima do homem, tira a corda da boca dele e se apoia nos braços da cadeira, obrigando-o a encará-la.

— Cadê o servidor de comunicação?

Ele tem uma expressão divertida. O lábio sangra por causa do soco.

— Onde está a droga do servidor? — Kal aponta a arma para a cabeça dele. — Não me faça explodir o seu cérebro.

Ele ri. Sinto tudo estremecer ao som estridente. Kalyen se mantém firme.

— Você tem cinco segundos para falar ou começo pela perna — ela posiciona a arma na coxa do homem. — E não vou parar por aí. Um...

— São mesmo amadoras.

Kalyen recua um pouco ao perceber a tranquilidade na voz do homem. Me encara em seguida e não ofereço nada além da mesma expressão confusa.

— O que quer dizer?

Minha voz sai mais trêmula do que eu pretendia.

— É claro. Não sou idiota como os chefes de províncias. Eles acreditaram mesmo que, por causa de alguns broches, eram os Chaoses que estavam atacando. Mas eu sabia que não era. Chaoses são imprevisíveis, nunca agem sob um padrão, mas vocês estavam indo de província em província e eu tinha certeza de que a Comercial seria a próxima.

Ele soltou outra gargalhada.

— Mas aqueles malditos da Armada... — balançou a cabeça. — Ouviram meu aviso e mandaram matar todos nós.

— Sabia que eu viria... — digo, quase sem força.

— Sinceramente, contei com a sorte. Depois da confusão das bombas, achei que não fosse morder a isca — ri. — Mas você foi estúpida o suficiente para me seguir. E agora, eu estou intrigado. A que grupo pertence? O que pretende fazer?

Kalyen dá um chute, derrubando-o da cadeira. Mas ele parece estar se divertindo. É um sádico louco, como o filho confirmou.

— Por que acha que responderíamos?

— Ah, vocês irão...

Sinto um clique vindo detrás de onde estamos. Outro. E outro.

Armas sendo engatilhadas.

Estamos cercadas.

51

Helsye

É a primeira vez que noto o quanto Kalyen é rápida.
    Também noto o quanto ela é leal. O quanto se arrisca por aqueles que ama. Ou por aqueles que ao menos suporta — o que penso ser o meu caso. Sinto falta do meu pai. Da minha antiga vida, antes de saber o que tinha acontecido com ele. Sinto falta da vida que foi tirada de mim. Da realidade onde Kal e eu talvez fôssemos rivais de escola, disputando as melhores notas. Ou melhores amigas, tirando notas ruins juntas e fazendo piada disso. Nunca vou saber.
    Ela se vira atirando e consegue derrubar três dos cinco homens que bloqueavam nosso caminho. Agarra o meu braço, recusando-se a deixar para trás a responsável por toda essa confusão. Corremos o mais rápido que conseguimos.
    A ferida na minha perna parece piorar e o sangue escorre violentamente. Não tenho tempo para sentir a dor. Atravessamos o caminho subterrâneo, indo em direção ao túnel por onde viemos, procurando a escada na escuridão densa.
    — Vamos, Hel!
    Mais homens surgem à nossa frente, e Kal atira. Quando as balas acabam, ela parte para o embate corporal. Sou atingida por um soco. O homem que está perto demais tenta sacar a arma quando eu me afasto, mas o derrubo no chão com um chute, pegando a arma, por puro instinto de sobrevivência. Jogo-a para Kalyen, que atira nos demais e

fica livre. Corremos mais até chegar à escada que nos leva à superfície.

Meu peito arde. Tateio a escada na escuridão e urro de dor ao levantar a perna para subir. Finalmente um feixe fraco de luz artificial. Voltamos ao chão do celeiro. Um peso imenso me puxa para baixo, esmagando meus ossos. Sinto os músculos arderem a cada movimento. Sinto tanto, tanto. É tudo culpa minha.

— É melhor você ir na frente, Kal... — digo, e a urgência na minha voz é desesperadora. Espero sua reação por alguns segundos. Espero que ela me repreenda ou me empurre e assuma o controle.

Não há resposta.

— Kal?

Há um baque surdo. Um gemido. E seu corpo está no chão.

— Kalyen!

Aperto os olhos na escuridão, tentando enxergá-la, mas só consigo ver uma sombra luminosa do que devem ser os seus olhos.

— Kalyen... O quê...

Ela retira a mão de um ponto próximo ao abdômen e a estende na fresta de luz. Está ensopada. Kal aperta os dentes, quase sem força. Sua voz é tão fraca que mais parece um sussurro.

— Foi na sala, logo quando comecei a atirar.

Ela tosse um pouco e eu começo a me desesperar. Sinto algumas gotas caírem e percebo que são lágrimas. Minhas lágrimas. A angústia se aloja na minha garganta com um nó.

— Vou carregar você — fico de joelhos. — Se apoia em mim. Temos que sair daqui.

— Helsye, não...

Ela segura o meu braço. Procura meus olhos na escuridão.
— Por favor — imploro.
— Escuta... Eu vou ficar aqui. Vou ficar bem. E você vai lá salvar o mundo, tá bem?
Balanço a cabeça negativamente. Não quero ouvir o que ela diz. Não quero entender o que está acontecendo. Uma voz ecoa na minha mente, dizendo que tudo isso é culpa minha e ela está certa. Tudo isso é culpa minha.
— Eu estou tranquila — ela diz, e por um milagre consigo ver que sorri. — Está tudo bem. Vai ficar tudo bem.
Kalyen se esforça para manter os olhos abertos. Passos se aproximam de onde estamos, mas não tenho forças para prestar atenção em mais nada. Seu sorriso desvanece um pouco quando ela diz a última frase:
— Pode se empolgar. Somos amigas agora.
E finalmente fecha os olhos.
— Kalyen! Kalyen!
Estou sacudindo o seu corpo sem vida em um ato de puro desespero. Toda a minha força se esvai. Estou gritando, mas não sei se algum som é ouvido. Tudo parece tão irreal, tão ilusório. A realidade parece rir da minha angústia. Estou sentindo dor. Muita dor. Sentindo o peito destruído e uma raiva dilacerante de absolutamente tudo. Fecho os olhos por alguns segundos, ofegando até que a respiração estabilize, e quando os abro outra vez, não há mais resquícios de quem eu era em mim.
O vazio que eu sentia foi preenchido por profundo e desenfreado ódio. Ele está pulsando nas minhas têmporas, sacudindo o meu peito, me fazendo perder a noção de quem sou.
Levanto e pego a arma que estava no chão. Fico surpresa como se encaixa na minha mão. Como sei exatamente o que fazer com ela. Antes mesmo de me virar, derrubo os

três Exatores mais próximos e eles desabam no chão com um baque surdo. Caminho para fora, encontro mais dois no caminho e atiro, anestesiada pela dor e pela culpa.

Quando encontro a saída, a noite está fria, assustadora e mortal.

Que engraçado.

É exatamente como eu me descreveria agora.

52

Loryan

— Nem sinal delas? — pergunto a Hayur.
— Não.
Ando de um lado para o outro, esfregando as mãos na cabeça.

Hayur está procurando por Helsye e Kalyen desde que voltamos para a locadora. No outro canto, Layla está sentada ao lado de Jey, e pergunta a cada dois minutos se ele precisa de alguma coisa, depois de ter recebido um tiro ao tentar protegê-la.

Passada a confusão no prédio do servidor, conseguimos contornar a situação, invadir o prédio e hackear o servidor. Leopoldo se foi, tentando nos proteger, Jey está pálido e fraco, e Layla, envergonhada. Eu estou completamente desnorteado pela falta de notícias das meninas.

— Procure mais uma vez, Hayur. Tente rastrear o comunicador pela milésima vez, mas as encontre, por favor.

— As encontre, por favor — ele ecoa, como faz sempre que está nervoso.

Esfrego as mãos no rosto, sentindo a aspereza das luvas. Esfrego os olhos, as bochechas, de cima para baixo, de baixo para cima. Estou prestes a rasgar o rosto, como se a tensão sobre a minha pele pudesse me impedir de enlouquecer.

— Helsye!

Layla grita quando ela aparece na porta do alojamento. Está completamente irreconhecível. O vestido rasgado.

O rosto sujo e os olhos vazios. Há sangue seco nas mãos e no ferimento exposto na perna.

Dou alguns passos em sua direção, totalmente destruído por vê-la nesse estado, mas então encaro seus olhos vazios e percebo que algo muito pior aconteceu.

— Ótimo, agora só preciso encontrar Kalyen — Hayur diz.

— Não... — a voz de Helsye falha. Leve como um sussurro, mas pesa uma tonelada quando paira no ar. A percepção se choca contra o meu peito, me fazendo dar um passo para trás. Sinto um frio se espalhando pelo corpo, concentrando-se na ponta dos dedos, como se parte de mim tivesse desistido da vida. As crianças se entreolham, e eu não preciso que ela diga mais nada para entender.

— Helsye...

Ela não me deixa continuar.

Apenas segue mancando pelo corredor, entra em uma das salas, e sei que ela precisa de um tempo. Layla começa a chorar.

A dor se enrosca em mim como arame farpado.

Fiquei ali por alguns minutos, esperando as crianças se acalmarem. Uma parte de mim, bem lá no fundo, torcia para que eu abrisse os olhos em uma manhã comum e xingasse a mim mesmo por outro pesadelo horrível. Eu iria até Kal e a abraçaria, ainda lembrando da sensação de perdê-la. E ela faria com que eu lhe obedecesse pelo resto do dia, só para me torturar.

Mas eu não acordo.

— Cuide de todo mundo — digo para Jeyoke, enquanto ele consola Layla, que agora sofre um choro silencioso.

Hayur está em um canto, balançando para a frente e para trás, repetindo o que aconteceu em voz alta. Jey assente em silêncio. Pego minha arma e passo pela porta, na direção da saída.

Caminho por alguns minutos, esperando estar longe o suficiente para finalmente deixar de segurar o choro. Mas não consigo. Talvez não haja nada, nem mesmo lágrimas dentro de mim, e por isso me sinto tão vazio. Não percebo para onde estou indo até levantar a cabeça, e me dou conta de que vim parar em um galpão alto e vazio, com o vidro imundo acima da minha cabeça.

Uma antiga estufa.

Sento no chão alagado e levo as mãos até o rosto, apoiando-me nos joelhos. Estou tentando deixar a dor sair, mas ela se fundiu a mim. Não consigo chorar. Nem mereço chorar, já que a culpa é minha.

Então começo a gritar.

Começa como um lamúrio, crescente até se transformar em um rugido doloroso. Estou batendo a cabeça com força nos joelhos e gritando, minha voz sendo carregada para longe, sem fazer o menor efeito na enorme área, e isso faz doer ainda mais, então grito mais alto, e agora estou de joelhos, em um urro longo e interminável.

Pego minha arma, desejando mais. Mais barulho. O silêncio não tem direito de estar aqui comigo. Preciso que tudo grite e estilhace, como eu estou estilhaçado. Atiro no teto acima de mim, até que o ruído de vidro se quebrando preencha o espaço, e uma chuva de cacos começa a cair, alguns me atingindo e provocando pequenos cortes, feridas anestesiadas pela dor do lado de dentro.

Quando as balas acabam, jogo a arma no chão e permito que meu corpo caia, arrependido por não ter deixado sobrar uma, apenas uma, então saberia o que fazer com ela.

Saberia exatamente como punir quem é o responsável por tudo isso.

Deito no chão, me sentindo sozinho e vazio. Pensando em todos os nunca mais. Nunca mais vou ver o seu rosto. Nunca mais teremos uma conversa. Nunca mais ouvirei a sua voz autoritária.

Eu nem mesmo vou poder dar a ela um funeral.

Viro a cabeça para o lado, sem forças, e enxergo uma flor solitária, sua cor vibrante destoando do verde cinzento da estufa. Eu a encaro por alguns minutos, me perguntando como é possível que tenha resistido até aqui.

Sobrevivente. Era isso que ela era.

— Eu sinto muito, Kal. Eu sinto...

Finalmente consigo chorar. As lágrimas sacodem meu peito e meus ombros, batendo minhas costas de encontro ao chão, mas, diferentemente da bagunça de momentos atrás, o choro é silencioso. Continuo encarando a flor diante de mim e desprezando a minha vida mais do que em qualquer outro momento.

— Eu sinto muito. Muito. Por favor... — minha voz soa rouca e quase sem força. — Por favor, me perdoe.

Porque eu nunca vou me perdoar.

53

Loryan

A culpa começa com duas palavras:
E.
Se.
E se eu não tivesse ido até lá? Se tivesse esperado mais um pouco? Se tivesse escolhido algo diferente?
Cada vez mais, as possibilidades aparecem como bifurcações no caminho, segurando sua cabeça debaixo d'água e o impedindo de respirar.
E se... teria sido diferente?
Então, a culpa se muda para dentro da sua mente.
Senta à sua mesa.
Bagunça a sua casa.
Quebra os seus jarros de porcelana.
Consome tudo como uma traça.
Lentamente, de dentro para fora.
E quando você se dá conta já não sobra nada de quem você era. Apenas uma lâmpada quebrada refletindo nos seus olhos opacos e vazios.
É o que vejo no meu reflexo todos os dias. É o que verei nos olhos de Helsye quando voltar.

E essa era a pior coisa que poderia acontecer a ela.
Tornar-se como eu.

54

Helsye

Não sei por quanto tempo sou capaz de chorar.

Escorrego pela parede e abraço os joelhos, gritando em silêncio. Apenas abro a boca, sentindo o ar escapar pelos pulmões e pressionar o estômago. Mas logo em seguida começo a chorar alto, não posso evitar. Cada parte do meu corpo dói. Hematomas, feridas, cicatrizes mal fechadas. Choro até os olhos arderem tanto que não consigo mais enxergar.

Desisto por pura exaustão.

Adormeço no mesmo lugar, despencando a cabeça no chão, ainda abraçando os joelhos. Meu corpo tem espasmos, e eu não consigo entender se é por causa do choro, da adrenalina ou se eu estou enlouquecendo.

De repente, estou correndo.

A floresta Agrícola está mais estreita. As árvores se mexem freneticamente e sinto que elas podem me ouvir. Sinto que estão contra mim. Alguém está espionando.

Olho para os lados, desesperada, e começo a correr com mais força. A floresta parece me engolir. Meus pés não conseguem me tirar do lugar. As árvores se fecham sobre mim, me deixando sem ar, e eu não posso mais me mexer. Galhos se enroscam nas minhas pernas, o chão cede sob os meus pés, e eu sou mergulhada em um mar azul e profundo.

Sem ar.

Grito, mas ninguém ouve. Tento nadar até a superfície, mas meu pé continua preso. Abro a boca, mas apenas bolhas se formam. Começo a me entregar. Meus pulmões ardem pela falta de ar, então olho para trás e um Exator segura o meu pé.

Procuro seu rosto, confusa, e meus membros enrijecem. É o Exator da vila Artis, e não hesito em enfiar a minha adaga, o mais rápido e fundo que consigo, com toda a minha força, no seu peito outra vez.

Ele é atingido. Solta meu pé. Começo a sentir alívio. Finalmente, tudo acabou. Acabou. E estou segura, em terra seca. Mas quando olho para trás, vejo melhor o seu rosto.

Kalyen.

— A culpa é sua — ela diz, com a voz moribunda.

Eu me arrasto, horrorizada demais com a verdade. Eu a matei. A culpa é minha. Se eu não tivesse caído na armadilha, se não tivesse aparecido, se não tivesse socado um garoto naquele dia. Se papai não tivesse me deixado.

Kalyen se levanta, andando retorcidamente, e minha adaga ainda está fincada em seu corpo. Engatinho de costas tentando escapar de seus olhos furiosos, mas em uma fração de segundos suas mãos estão no meu pescoço. Ela aperta com força e sinto suas unhas encravarem na minha pele enquanto luto para respirar. Meu peito dói e ela coloca seu peso sobre mim. Só quero que termine, só quero que tudo termine, quero pedir desculpas, então grito.

Suas mãos apertam mais o meu pescoço e eu quero dizer que sinto muito, mas minha voz não sai e continuo gritando e não sendo ouvida e gritando e gritando e gritando...
E GRITANDO.

— Helsye!
— Desculpa!

Minha respiração está ofegante, entrecortada a cada segundo, e Loryan me abraça com força.

— Está tudo bem. Foi só um pesadelo. Só um pesadelo.

Ele está ajoelhado perto de onde eu adormeci e protege a minha cabeça com uma das mãos. Me agarro em seu braço, enterrando meu rosto em seu ombro, e só então percebo que minha mão está enfaixada. Minha perna também tem um curativo e estou usando uma camisa limpa e grande demais que provavelmente pertence a ele.

— Quem...

— Layla cuidou de tudo. Você estava completamente apagada.

Balanço a cabeça e ele se afasta. Senta-se ao meu lado. Os outros estão dormindo, espalhados pela sala.

— Vai ficar tudo bem — ele diz, segurando meu rosto com as duas mãos.

Respiro mais fundo.

Não acredito nele.

Mas agora não faz diferença.

Sei que também está destruído, e é Buruk que está nos destruindo. Tudo que quero é destruí-lo também. Kalyen não pode ter morrido em vão.

— Foi para salvar a minha vida — digo, quase sem força.

— Ela era metida demais para morrer se não fosse como heroína.

Ele solta o ar em um sorriso, mas vejo seus olhos se encherem de água. Sei o que ele está fazendo. Está segurando a própria dor, o próprio luto, para que eu não me sinta pior do que estou me sentindo. Mas é impossível. Não matei Kalyen apenas. Matei uma parte de Loryan. E isso é muito doloroso.

— Era uma armadilha — afirmo, depois de contar o resumo do que aconteceu a ele, omitindo as partes mais excruciantes. — Se o Capitão contou aos outros membros do governo, como vamos seguir com a missão?

— Nosso melhor aliado é o tempo — Loryan responde. — Mesmo que esperem o nosso ataque, eles não vão conseguir se mobilizar tão rápido. As pessoas ficaram sabendo do bombardeio ontem e estão em alvoroço. Além das ameaças dos Chaoses, há rebeliões acontecendo em todas as províncias, Kyresia está em chamas.

Meu pensamento corre até mamãe e Heort. Meu peito dilacerado consegue ficar ainda mais apertado.

— É a nossa chance de passarmos despercebidos e irmos até o fim. Já perdemos muito para chegar aqui. Não podemos desistir agora. Vamos partir para a província Tecnológica amanhã no meio de uma caravana de comerciantes. Hayur fez de tudo para conseguir passagens, já que quase todos estamos feridos, mas mesmo assim será perigoso. É melhor você descansar.

— Eu não quero dormir. É aterrorizante — respondo.

Ele aperta os lábios em um sorriso. Seus olhos estão inchados e exaustos. Os últimos dias têm sido tão difíceis que parecem entorpecer os nossos sentidos. E, mesmo assim, Loryan Aki sorri para mim.

Acho que eu o amo por isso.

— Eu estou aqui. Não vou a lugar nenhum.

Ele se aproxima novamente, deitando-se ao meu lado, e me viro para ele, me encaixando sob o seu queixo. A luz da lua entra por um basculante e Loryan protege a minha cabeça com uma das mãos. Sinto sua respiração na minha testa e sei que não vou conseguir pregar o olho, mas não tenho forças para dizer isso a ele.

Fico em silêncio, repassando mentalmente tudo que aconteceu, sentindo a dor ser martelada cada vez mais fundo no meu peito e me agarrando à esperança de poder fazer algo para me vingar pela minha amiga.

Nós seríamos ótimas amigas.

— Lor... — digo, depois de algum tempo.

Ele demora quase um minuto inteiro, e então solta um murmúrio sonolento.

— Não quero mais usar a adaga.

Ele fica em silêncio, talvez tentando entender o sentido das minhas palavras. Talvez adormecido demais para oferecer uma resposta.

— Amanhã... Quando sairmos... — continuo, a voz abafada pelo algodão macio da sua camisa. — Quero a melhor arma que você tiver.

Sinto seu peito subir e descer e ele deposita um beijo no alto da minha cabeça.

— Quantas você quiser.

55

Loryan

O caminho até a província Tecnológica foi silencioso. A ausência de Kalyen era como uma dor cortante pairando entre os bancos compridos virados em pares onde estávamos sentados. Até a mais forte de nós estava sem ânimo algum.

Layla está olhando o vazio na poltrona rasgada em frente à minha. Jeyoke está ao lado dela e Hayur, no terceiro assento. Helsye, ao meu lado, os olhos focando algum ponto específico onde não há nada.

Do lado de fora, as barracas coloridas da província Comercial dão lugar aos prédios altos e brilhantes dos Tecnis. Enquanto os Comercis vivem de aparência, aqui ninguém precisa mostrar que eles são a segunda província mais rica de Kyresia. O fato de terem prédios que ainda estão de pé e ruas que não estão sujas, pichadas ou cheias de escombros fala por si só.

Embora a província seja rica, a paisagem é morta e sem graça. Tudo é cinza e preto e prata, como uma cidade feita de chumbo com grandes caixas metalizadas espalhadas pela extensão mórbida. As grandes mentes da manipulação, da exploração e da maldade.

Estar aqui me deixa enojado. Acho que deixa a todos, porque mesmo com as horas intermináveis de viagem, nenhum de nós consegue comer.

Helsye aperta a cintura, bem onde sua pistola está escondida. Foi muito trabalhoso esconder as armas da revista, mas conseguimos. Para derrubar a central Tecnis não vamos usar diplomacia ou estratégias, nem mesmo nossas habilidades de atuação. Vamos arrombar a porta à força, e Hel não parece mais se importar com o fato de que teremos que sujar as mãos para isso.

O máximo que Hayur pode fazer por nós é evitar que morramos antes de chegar ao servidor de comunicação. Ao menos esse, sabemos exatamente onde fica.

— Há um prédio mais importante do que todos os outros na província Tecnológica. Todos os sistemas e trabalhos em progresso estão espalhados pelo edifício, mas o servidor de comunicação fica isolado no subsolo.

— Você chegou a ir até lá? — pergunto a Hayur.

Ele balança a cabeça.

— Só ouvi falar. Parece que tem algum dispositivo de segurança que ninguém sabe como abrir, apenas o criador.

— Buruk — digo, com um suspiro.

— Não necessariamente. Você conhece as histórias.

— Acha mesmo que são verdadeiras? — Jey questiona.

— De que histórias vocês estão falando? — Helsye interrompe, inclinando o corpo para a frente.

— Dizem que Buruk não foi o primeiro presidente de Kyresia. O poder foi usurpado.

Ela se recosta de volta na poltrona. A expressão incrédula.

— Quanto mais eu descubro, menos eu sei.

— São apenas suposições — comento. — Ninguém sabe o que realmente aconteceu. Vamos nos concentrar no que é certo.

— Kalyen acreditava — Layla murmura baixinho, e sinto meu coração pesar dentro do peito.

— Eu sei. E também sei como está sendo difícil para cada um de nós lidar com a falta dela — retruco, tentando soar tão calmo quanto o possível a despeito do nó que se forma na minha garganta. Preciso ser forte por eles. Preciso pelo menos fingir. — Mas não podemos trazê-la de volta. Só o que podemos fazer é garantir que ela não morreu por nada.

Procuro a mão de Layla e a seguro bem firme. Ela aperta os lábios e balança a cabeça, assentindo. Os olhos ainda estão vermelhos. Ela é só uma criança. Queria tanto protegê-la de tudo isso.

A voz mecânica soa no alto-falante, avisando que chegamos ao ponto de desembarque. Todos os Comercis credenciados têm autorização para descer e negociar suas trocas por duas horas até que o ônibus parta novamente. Jeyoke e eu conseguimos algumas bolsas com mercadorias de fachada para passar pelos Exatores e então seguimos para a parte residencial da província Tecnológica.

As moradias são simples e idênticas. Casas quadradas pintadas de cinza dispostas lado a lado na vila construída para os provincianos. Aqui moram os Tecnis cujas atividades não são tão cruciais a ponto de conseguirem casas no centro. Não são confiáveis o suficiente para desenvolverem armas ou dispositivos de comunicação, mas são os que consertam as peças ou se encarregam de fazer as atualizações. Que trocam os cabos e alimentam banco de dados. Ficam aqui porque sabem de muita coisa.

Aqui estão os pais de Hayur.

Apesar de ser o cérebro dos Aki desde que desertou, o talento de Hayur não era muito apreciado entre os Tecnis. A dificuldade em compreender certos comportamentos era suficiente para que ele fosse deixado de lado. Quando fugiu daqui, deixou os pais confortavelmente amparados e, em troca, eles nos ofereceram a própria casa como esconderijo sempre que passamos pela província Tecnológica.

— O anfitrião vai na frente — digo para Hayur, que sorri sem jeito e se coloca diante da porta, olhando de baixo para cima, a cabeça levemente inclinada. Suas mãos se abrem e fecham quando ele finalmente toca a campainha.

Uma mulher de cabelos negros e grisalhos emoldurando o rosto enrugado abre a porta e sorri, puxando Hayur para um abraço. Ele estremece ao toque físico. Ela sabe que é difícil para ele aguentar por mais do que alguns segundos, e então o solta.

— É muito bom ver você, mãe — diz ele.

A mulher solta um soluço entre as lágrimas.

— Ah, meu filho! — ela diz, fazendo um sinal para nós. — Entrem logo! Olá, Loryan.

— Olá, senhora Gertya. Obrigado por nos receber.

Damos alguns passos para dentro. O interior da casa se distancia da morbidez do lado de fora. Flores se espalham em vasos e em almofadas bordadas. Cada parede tem uma cor diferente. Cada móvel, uma peculiaridade. É excêntrico e aconchegante.

— Eu ouvi a voz do meu filho... — diz o homem calvo, puxando Hayur para outro abraço. Ele aguenta o máximo. Mas Puryo não é tão compreensivo quanto a esposa. Ele continua engatado em Hayur, e eu consigo medir cada centímetro de alegria no rosto deles. Cada expressão de saudade, de orgulho, de amor.

A sensação é excruciante.

Então isso é ter uma família?

Pessoas que se importam com você? Que entendem e amam suas limitações? Que fariam qualquer coisa por você e pelas quais você faria qualquer coisa?

Isso foi roubado de mim. E quando tive outra chance, eu a destruí.

A dor aumenta no meu peito, tomando todo o espaço até me deixar sem ar. Eu me pergunto se Hayur sabe quanto é privilegiado. Olho para Helsye de relance e penso que há muito tempo ela também não sabe o que é ter uma família de verdade. Que não esteja quebrada ou ameaçada.

Podíamos ter isso juntos.

Mas não vamos ter.

Perdi Kalyen, e em breve vou perdê-la também.

56

Helsye

Eu me sinto estranhamente confortável com esse traje.

O tecido é grosso e pesado, a costura colada ao meu corpo transmite certa segurança. Estica quando me movimento, vai ajudar na hora de lutar.

Finalmente tenho um coldre.

Aperto-o contra a cintura, ajustando para que as armas fiquem no alcance perfeito das minhas mãos. Piso firme com os coturnos. Engulo em seco, vendo meu reflexo de corpo inteiro pela primeira vez em um espelho. Não é tão ruim quanto achei que seria.

— Ficou ótimo — comenta a mãe de Hayur, que me conduz para dar uma volta enquanto se satisfaz com o próprio trabalho. Ela fez uniformes para todos nós. Cuidou de nossas feridas. Nos entupiu de biscoitos de aveia. O amor de Gertya pelo filho é tão grande que respinga em todos ao redor.

— Você é maravilhosa no que faz. Obrigada.

Rugas surgem nos seus olhos quando ela sorri. Sinto um aperto no peito ao lembrar da minha mãe.

Tive que deixá-la, é o que digo. *Não tive escolha*, é o que digo. *Uma pena que não pude evitar.*

Sou uma hipócrita.

Eu me sentia sufocada naquela casa. E a via como apenas uma sombra do que um dia existiu. As crises de fúria. As tentativas de suicídio. Deixá-la foi mais fácil do que deveria.

Lembro da primeira vez que dei a ela um biogésico.

Só queria que ela dormisse para que eu me sentisse segura outra vez. Mas ela virou um zumbi, sempre implorando por mais. E eu era covarde demais para negar.

As lembranças cospem no meu rosto, me dizendo o quanto sou egoísta. Presunçosa demais para admitir que estou assustada e perdida. Arrogante demais por insistir em perseguir aquele maldito Capitão, levando Kal até a morte.

— Ei...

Demoro alguns segundos para perceber que Loryan está falando comigo. O traje que ele veste o faz parecer diferente. Os ombros largos são delimitados pelo cinto e o arnês, o casaco traz certa imponência, a escuridão lhe cai bem dos pés até os fios de cabelo.

— Pronta?

Digo que sim, mas faço que não com a cabeça.

Loryan sorri.

— Preciso que se decida, *amor*.

Também sorrio ao ouvir o apelido. Por mais que tenha um significado terrível, acho que já me acostumei com ele.

— Sei que vai dar tudo certo — digo, levando uma das mãos ao seu rosto. — Confio em você.

Ele descansa a bochecha ao meu toque, fechando os olhos. Então os abre novamente e, fixando-os em mim, analisa o meu rosto com cuidado. O tom de sua voz é quase o de um sussurro quando fala:

— A gente podia fugir.

— Ah, é mesmo? — Sorrio, mas ele não parece estar brincando. — E a missão?

— Dane-se a missão. E a vacina. E Kyresia. Eu só quero que a gente fique junto.

Respiro fundo, sentindo o desespero em sua voz. É doloroso para mim também, mas me comprometi com Kyo e agora, depois de tudo que aconteceu, fugir não é uma possibilidade.

— Nós estaremos. Quando tudo isso passar — afirmo. — Estaremos juntos.

— Vamos do prédio Tecnis direto para a Armada? — Jeyoke surge de repente.

Nós nos viramos para encará-lo.

— Se sobrevivermos...

— Hayur! — Layla franze o cenho, apontando com o olhar para Gertya, que por sorte não ouviu. Ele fica confuso com a mensagem subentendida.

— Isso — Loryan responde. — Estamos invadindo a província da tecnologia, e apesar de Hayur conhecer tudo por aqui, é arriscado. Precisamos sair assim que conseguirmos acesso ao servidor.

— Meu pai vai nos dar uma carona até a fronteira no caminhão que transporta cabos para a manutenção de aparelhos Tecnis na Armada — continua Hayur. — É o máximo que ele pode fazer.

— É mais do que suficiente — Loryan solta um suspiro.

Pela primeira vez vejo como parece exausto. Olheiras e hematomas cobrem o seu rosto. O cabelo está preso com um elástico, e a parte que cortei destoa do resto.

— Jeyoke, separe os equipamentos para descermos pelo teto — ordena, e se vira para os outros. — Confio em vocês para que tudo dê certo hoje.

Tem que dar.

Porque não sei o que vai ser de mim se não der.

57

Helsye

— Prontos?
— Espera... — diz Jeyoke, virando-se para Layla. — Lay... Se a gente morrer, eu queria que você soubesse que...
— Como assim, morrer? Jeyoke Aki, você não amarrou essa droga de corda direito?
— Layla! Não grita no comunicador... — diz Hayur, esfregando a orelha.
— Olha aqui, vocês dois, dá para deixar isso para outra hora? — Loryan repreende, e Jeyoke ergue a única mão em um pedido de desculpas.

Abaixo a cabeça para disfarçar um sorriso. Eu morreria por essas pessoas.

Eles são a minha família.

Estamos enfileirados lado a lado no pequeno peitoril do prédio ao lado do edifício Tecnis onde está o servidor. Jeyoke nos deu algumas instruções sobre como descer e quebrar o vidro sem nos espatifar no processo, algo sobre usar a tensão no lugar certo, agora já não faço ideia.

Meus nervos estão anestesiados com esperança e, ao mesmo tempo, desespero. Quero acreditar que tudo vai dar certo, mas penso em todas as coisas que podem dar errado e esfrego as mãos no uniforme, apertando os olhos enquanto desejo, suplico, imploro para não perder mais ninguém.

Olho para baixo e o frio no meu estômago me conscientiza da altura em que estamos.

— Então, vamos juntos no três.

Um. Dois. Conto, antes mesmo de ouvir Loryan contar. Meu coração bate nos ouvidos.

— Vamos!

Um grito grave e rouco ressoa antes de pularmos. Ele é seguido de outros sons. Tiros. Estilhaços. A vozearia lá embaixo sobe até nós com o vento frio e nos enche de incerteza.

— Mas o que...

— Chaoses — Hayur anuncia, olhando para baixo.

— Justo agora? — pergunta Layla.

— Pelo menos desta vez não estão sendo inúteis. Distraíram uma parte dos Exatores — digo, antes de pegar impulso para pular. — É a nossa deixa.

Não espero por confirmações. Pego distância e salto, tentando proteger o rosto entre os cotovelos, e deixo o peso do meu corpo quebrar o vidro do telhado. Caio atirando. Embora a confusão tenha se instalado entre os civis rebeldes e os Exatores, miro em qualquer um que esteja à minha frente. Tenho raiva dos dois grupos e de qualquer coisa que me lembre da noite em que perdi Kalyen.

Derrubo os soldados antes que eles percebam de onde os disparos estão vindo. Seguro as duas pistolas em direções opostas e giro, eliminando todos no meu caminho antes de seguir à procura do servidor.

— Vai, damos cobertura — grita Loryan logo atrás.

Ele, Jey e Layla seguram os Exatores que não estão ocupados com os rebeldes. Hayur me segue, gritando para indicar o caminho no meio do rastro de corpos que se forma ao nosso redor. Além de conhecer bem o prédio, ele é a esperança de conseguirmos burlar a segurança que guarda o servidor.

Sinto uma pulsação na garganta. Meus sentidos estão subitamente mais aguçados e consigo ouvir os tiros e barulhos de estilhaços soando ao longe. Loryan e os outros vão ficar bem. Eles vão conseguir.

Têm que conseguir.

Subimos as escadas com pressa, entrando em um corredor cinzento. Há um Exator no chão, desacordado, mas sem sinais de ferimentos. É estranho. Hayur se aproxima de uma porta com fechadura especial.

— Certeza que é aqui.

O retângulo cor de chumbo parece uma espécie de painel. Mas, em vez de botões, há uma alavanca que se move em várias direções. Estreito os olhos e me aproximo, até ver o número inscrito em uma fonte bem pequena, acima da fechadura.

— Nunca tinha visto algo assim — Hayur analisa. — Talvez eu tenha uma chave de fenda que...

— Não precisa — interrompo. Um Exator surge no corredor e, antes que eu perceba, já atirei nele, fazendo-o cair no chão. — Acho que sei como abrir.

Hayur protesta algo que involuntariamente ignoro enquanto minha mente mergulha em um limbo entre o real e as memórias. Não consigo ouvir ou ver mais nada além de a mim mesma:

Doze anos. Aniversário. Província Agrícola.

De todas as coisas que eu mais queria depois que papai me ensinou a escrever, nada era tão distante quanto um caderno. Papel era um luxo ao qual nenhum Agris tinha acesso, a não ser que acumulasse muitas e muitas quotas para trocar no Mercado Provincial. Mas, de uma extraordinária e desconhecida maneira, meu pai conseguiu um para mim. A capa parecia feita de madeira. O marrom-claro era áspero ao toque e acompanhava uma liga que deixava as folhas grossas e amareladas bem juntinhas.

Tudo em meu interior vibrava com euforia diante do presente. Eu finalmente teria algo para registrar minha vida. Meus pensamentos. Meus sonhos.

Mas assim que abri o caderno, outra sensação me envolveu.

— Sei o quanto você queria que estivesse limpo, mas também queria deixar as minhas palavras para você — disse papai, em seu tom suave que derretia tudo dentro de mim. — Mesmo quando eu não estiver aqui, você ainda vai poder me ouvir.

A caligrafia do meu pai tinha a cara dele. Era intensa e deixava vincos nas folhas seguintes. Forte, mas não regular. Simples, mas com traços belíssimos. Tudo ostentava o paradoxo de Ayah.

Não é possível conhecê-lo, a menos que você se desprenda do que acha que sabe.

— V-você escreveu tudo isso para mim? — gaguejei, folheando as páginas preenchidas com poesias, sentindo a euforia se transformar em seriedade.

Eu não estava recebendo algo comum. Era um tesouro entregue nas minhas mãos. As palavras do meu pai norteariam os meus dias. Quando eu sentisse sua falta, poderia ouvir sua voz ao abrir o caderno. Quando me sentisse perdida, ele teria escrito algum verso para me dizer o que fazer.

Ao menos, era o que eu achava.

Naquele dia, ele leu alguns dos poemas para mim. Eram cento e cinquenta, ao todo. Cada folha era numerada, cada poema tinha um tema diferente, e papai me ensinou algumas melodias que encaixavam em seus versos, cantando com sua voz rouca e bonita.

Depois que ele foi embora, nunca mais toquei no livro.

Ler aquelas palavras seria como morrer desejando tê-lo de volta. Seria lamentar todo o tempo que não passamos juntos. Tudo que eu não tive. Tudo que foi tirado de mim. Mas a sua voz ainda estava amarrada à minha memória como um navio ancorado no cais. Aquela noite surge à minha frente agora. A imagem do caderno minúsculo nas suas mãos calejadas, e o poema aberto. Na parte superior da folha, sublinhado, estava o seu número.

139.

O mesmo 1. O mesmo 3. O mesmo 9 que agora estão diante de mim. Exatamente a mesma caligrafia. Por isso, a espécie de alavanca com quatro direções me deixa sem chão. Não sei mais respirar direito. Não sei se tudo que sei sobre meu pai é verdade. Se o que sei sobre mim é verdade. Não sei de mais nada.

— Helsye, você está me ouvindo? — Hayur sussurra. Ou grita. Não sei dizer.

Me aproximo da alavanca, recriando a cena na minha mente, como fiz um milhão de vezes desde que o perdi.

Justo esse poema.

Justo esse.

A empurro para cima.

No lugar mais alto onde as nuvens consigo tocar

Ouço um clique quando ela retorna à posição original e a puxo na direção oposta.

No lugar mais baixo onde escuto minha alma chorar

Dou uma volta completa com a alavanca, formando uma onda.

E mesmo que eu me afogue no mais profundo mar

Ouço engrenagens se movendo. Cliques se misturam ao som de balas ao fundo e a voz nervosa de Hayur ao meu lado. Estou anestesiada. Quantas coisas mais eu não sei? Quantas vezes vou alimentar esperanças de que ele ainda está aqui?

O último verso do poema martela em minha cabeça quando a porta se abre.

A mão do meu Pai sempre me guiará.

Não é mentira, ele me guiou.
Mas, pelo que vejo, não fui a única.

58

Helsye

— Se afasta! Ou vou atirar!

Um dos Chaoses está perto do computador principal. Empunho a arma assim que o vejo. Me arrependo por não ter atirado logo, mas ainda estava processando o que havia acabado de acontecer.

Ele dá alguns passos para trás, com as mãos para cima, e em seguida tromba de costas em uma das paredes.

— Hayur, coloque o dispositivo — ordeno, enquanto continuo com o rebelde na mira.

Hayur acessa o servidor e o processo começa. Engulo em seco, tentando manter as mãos firmes na arma.

— Como conseguiu entrar aqui? — pergunto entredentes.

Uma sirene soa anunciando a invasão. As lâmpadas do corredor ficam vermelhas e oscilam. O garoto à minha frente treme. Uma máscara de tecido cobre todo o seu rosto, apenas os olhos ficam de fora, mas pela silhueta parece ser um adolescente. A sala fica escura.

— Responde!

Ele balança a cabeça, nervoso.

— Droga. — Perco a paciência.

Diminuo a distância entre nós com alguns passos e o seguro pela roupa. Consigo erguê-lo na parede, onde um feixe de luz entra pela janela e ele cerra os olhos com força. O ódio pulsa em minhas veias e enrijece meus músculos.

O garoto escorrega e se debate, tentando escapar. Quase sinto pena, mas espanto os pensamentos. Coloco a arma na sua cabeça. Engatilho. Estou prestes a atirar quando ele enfim abre os olhos assustados, focando-os em mim.

Minhas pernas perdem a força. Meus braços estremecem. Eu conheço esses olhos. Um fio de voz fraco sai pela minha garganta.

— Heort?

— Helsye? — ele diz, confuso. — Helsye!

Ele tira a máscara depressa. Coloco-o no chão e o aperto contra o meu corpo. Heort me envolve com braços mais fortes do que eu me lembrava que ele pudesse ter. Não acredito que quase o matei. Não acredito que quase matei o meu irmão.

— Como... Como foi que...

— O caderno do papai. Eu li, Helsye. Desculpe por mexer nas suas coisas, mas achei que você...

Lentamente, o queixo dele estremece. Os olhos se enchem de lágrimas que começam a escorrer enquanto se inclina sobre mim, e eu sinto muito. Sinto tanto, tanto, tanto por tudo.

— Terminei, Hel... — anuncia Hayur. — Temos que sair logo daqui.

— Sim... — assinto, trazida de volta, subitamente consciente da nossa situação. — É. Sim. Vamos embora. — Seguro a mão de Heort, mas ele está travado. — Qual é o problema?

— Não posso deixá-los. — Ele estufa o peito. — Sou... Sou um Chaose agora.

Meu semblante se fecha e eu o encaro, estática.

— Heort — digo entre os dentes cerrados —, eu quase *matei* você. Vai vir comigo agora.

Ele pisca algumas vezes, parecendo ainda mais assustado do que quando o ameacei com uma arma. Então assente em silêncio.

É bom saber que ainda tenho poderes de irmã mais velha.

Correndo, descemos as escadas para deparar com uma confusão generalizada. Exatores atiram, socam, chutam e destroçam os Chaoses. É uma carnificina. Estendo a mão para trás, para proteger Heort, mas ele já se meteu no meio da pancadaria, salvou um amigo e levou um soco no olho.

— Ei! — grito para o Exator, e meu coturno encontra seu rosto no exato momento em que ele se vira. Levanto Heort.

Desengatilho minha arma. Não posso usá-la na frente dele. Não quero que veja o que me tornei. Não ainda.

Viro-me a tempo de derrubar outro soldado, atingindo seu rosto com o cano da arma. Uma explosão acontece em algum lugar. Alguma coisa bate perto da minha cabeça, não sei exatamente onde. Um soldado se enrosca em meu pescoço com uma chave de braço, mas eu o passo por cima do meu corpo, derrubando-o no chão.

— Temos que achar os outros! — Hayur grita.

Puxo Heort pelo braço e corremos para a entrada, onde Loryan, Jey e Layla ficaram para nos dar cobertura. Sinto algo escorrer pelo ouvido e percebo que ele está sangrando. No meio das explosões e socos, não sei dizer o que aconteceu. Ignoro a dor e o gosto amargo se formando na minha boca e continuo correndo para a entrada, forçando a mente a se concentrar em sair daqui, quando Loryan surge diante de nós, parecendo sujo e cansado.

Sua respiração está ofegante. Os olhos azuis, cinzentos e incertos. Quero dizer a ele que vai ficar tudo bem. Que falta apenas um servidor. Que está cada vez mais perto o dia em que poderemos ter um lugar para chamar de casa. Eu e ele. Sei que ele quer um lar tanto quanto eu quero.

— Lor...

É estranha a sensação quando seu mundo desaba.

Ninguém está prestando atenção. É apenas você e sua dor. Todos ao redor continuam lutando e gritando e atirando ou apenas vivendo suas vidas e fazendo centenas de coisas para as quais você não liga mais. Mas você está parada no tempo.

É como me sinto quando Loryan ergue o braço.

E aponta a arma para mim.

Confiantemente, espero
Mas às vezes, com medo
Às vezes, confuso
O que você disse mesmo antes de sair?
Acho que o meu coração te colocou no mudo

Às vezes acho que você se esqueceu de mim
Às vezes acho que a dor dilacerante
É minha nova casa
Nunca ameniza
Nunca tem fim

Mas, ainda assim, espero
Ah, lembrei...

Você disse: "Espera por mim".

Excertos dos poemas de Ayah, 40
—

59

Helsye

— Papai, as minhas pernas doem — eu digo, parando subitamente no caminho. — Não aguento mais.

— Você falou isso vinte minutos atrás e, mesmo assim, está aguentando.

Reajo com uma careta e paro, ofegante, apoiando as palmas das mãos nos joelhos.

Meu pai me fita com uma expressão divertida. Ele sabe que eu sou capaz de me esforçar mais um pouco e continuar andando. Mas não preciso.

Porque ele está aqui.

— Mas desta vez é de verdade — protesto. — Não consigo mais andar. Olha só como meu pé está vermelho.

Tiro a botina marrom cheia de poeira avermelhada do caminho terroso e estico a perna para que ele veja as pequenas bolhas que começaram a se formar.

Ayah para, deixa cair sua mochila pesada e se dá por vencido. Eu sei que a decisão não tem a ver com meus argumentos, ou minha encenação dramática, mas com o quanto ele me ama. Então, antes que ele diga qualquer coisa, abro um sorriso.

— Sobe aqui.

Andar nas costas do meu pai quando as minhas pernas se esgotam é deliciosamente reconfortante. Todo mês, pelo menos uma vez, nós subimos pelo caminho íngreme que leva ao *ponto mais alto da província Agrícola para assistir ao nascer do sol. É uma coisa nossa. Não trocaria por nada.*

— Você sabe que está ficando mais pesada, não é?

— E você está mais forte — eu digo ao abraçar seu pescoço e beijar sua bochecha. — Perfeitamente equilibrado.

Ele sorri, me jogando um pouco mais para cima, e eu descanso a cabeça na sua até chegarmos ao lugar. Ainda está escuro e o cheiro de orvalho da madrugada deixa o ar úmido e refrescante.

A escuridão é tão densa que parece palpável.

Lá embaixo, eu quase não consigo enxergar as linhas que formam as casinhas dos Agris, simples e afastadas umas das outras. Quando papai me levou ali pela primeira vez eu estava inquieta. Sabia o que era fechar os olhos na escuridão de um dia e acordar no dia seguinte. Não imaginava que toda vez que a luz vence as trevas acontece um processo. E que esse processo exige paciência.

Eu cheguei a duvidar de que realmente iria amanhecer, mas papai me pediu para esperar. E eu não confiava tanto no sol quanto confiava no meu pai. Por isso, mantive os olhos no horizonte, vendo o breu lentamente assumir um tom muito escuro de azul. Aos poucos, o azul foi ficando mais claro, até que ali, bem diante dos meus olhos, ele surgiu.

O primeiro raio de sol do amanhecer.

— Agora que você suportou a escuridão, prepare-se para o espetáculo da luz — disse papai, sorrindo para mim.

Apertei mais os joelhos contra o peito e continuei observando. Um feixe de luz amarela irradiou em um ângulo de meia-lua. Foi se intensificando, se espalhando pelo céu como uma toalha de mesa sendo desenrolada, provocando nuances de laranja e violeta.

Eu quase não piscava. O cenário mudava de forma gradativa, quase imperceptível. Não queria perder nenhum deta-

lhe. Tudo ia brilhando cada vez mais forte, o azul se tornando o tom celeste que eu conhecia bem, e o sol finalmente apareceu, explodindo no horizonte avermelhado.

Procurei pelas trevas. Por algum sinal da escuridão da noite, mas não estava mais lá.

Era dia perfeito.

— Quando tudo estiver escuro, lembre-se disso.

A voz do meu pai soou grave e rouca. Sua pele, do mesmo tom que a minha, estava banhada pelo dourado da paisagem diante de nós.

— Existe um ponto especial entre a noite e o amanhecer, Helsye, em que ainda não está totalmente claro, mas não está mais totalmente escuro. Você não chegou ao dia nascido, claro e brilhante pelo qual está esperando. Mas os primeiros feixes de luz são um recado do céu de que você pode ter esperança.

O som da voz dele preenchia todo o silêncio. Preenchia o meu peito, espantando qualquer medo ou dúvida. Eu não precisava estar em outro lugar que não fosse exatamente ali, ouvindo meu pai falar.

— É isso que é aurora.

Ayah se virou para mim novamente, abrindo um sorriso. O sorriso largo, cheio de dentes e que parecia tornar colorido tudo que era preto e branco na minha vida. O sorriso que me fazia perder o sono para assistir a um nascer do sol. Que me fazia renunciar a qualquer coisa comum a crianças da minha idade para treinar com ele e abrir mão de qualquer tempo livre só para vê-lo trabalhar.

O sorriso que eu daria tudo para ver de novo, uma última vez.

— E Aurora é o que está dentro de você.

Acho que estou surda de um ouvido.

O zumbido é agudo e ele continua sangrando. O curativo feito por Gertya na minha perna abriu quando os soldados me prenderam, e agora a ferida lateja. Quase quebrei o braço quando me jogaram no camburão.

Só que existe outra dor. Pior. Mais intensa. Um buraco negro que consumiu qualquer força, qualquer esperança e qualquer vida dentro de mim.

Loryan nos traiu.

Hayur e Layla estão no mesmo estado. Ele está aflito por causa das algemas. Mexe constantemente os dedos, aperta os olhos, balança o corpo para a frente e para trás, cerrando os punhos. Me parte o coração vê-lo desse jeito.

Layla está apática. As pálpebras quase fechadas cobrem os olhos que se concentram em algum ponto no chão do carro onde estamos sendo transportados para a Armada.

Jeyoke e Heort conversam.

Por causa deles percebi que não estou escutando direito. Preciso me esforçar para ler seus lábios a fim de saber o que estão falando.

Jeyoke pergunta a Heort qual é o objetivo dos Chaoses. Ele diz que alguém ordena que eles causem alvoroço em algum lugar, mas apenas se defendam, sem machucar ninguém. Jey diz que não faz sentido e pergunta quem dá as ordens. Heort diz que não sabe, que ninguém as questiona porque eles recebem comida e abrigo em troca de se tornarem membros do grupo, mas que recentemente os superiores disseram que havia um novo comando, e eles começaram a atacar.

Sei o que Jey está fazendo. Mesmo devastado, ele está tentando assumir o papel de líder, mostrar que ainda estamos fazendo alguma coisa, ainda estamos no jogo, não estamos perdidos.

Não tenho coragem de dizer a ele que acabou. Não tenho coragem de perguntar a Heort o que aconteceu com mamãe. Não tenho coragem para nada, pois logo todos estaremos mortos.

E nosso sangue estará nas mãos de Loryan.

60

Loryan

— Não deveríamos aplicar o soro — diz a cientista de cabelo emaranhado e olheiras profundas, não tão assustadoras quanto sua expressão contrariada. — Ele não concluiu o curso de formação. Ainda nem ganhou as tatuagens.

— Ele não será um soldado comum. — O Exator que me trouxe aqui para de bisbilhotar a sala médica e se posiciona à frente da mulher, encobrindo-a do meu campo de visão. Mesmo que eu esteja do outro lado da vidraça e com um enorme aparelho na minha cabeça, ainda posso ouvi-los. — Esse garoto é a maior aposta de Buruk. Passou em todos os testes mais avançados, de todas as áreas. Agilidade, raciocínio lógico, privação alimentar... Foi o primeiro da turma — ele faz uma pausa. — Durou cinco minutos inteiros na sala de tortura.

A cientista levanta o olhar, me espiando por cima do ombro do Exator.

— Eu só acho que...

— O que você acha não importa, doutora — rebate ele, voltando a andar pela sala. — As ordens foram claras e você sabe o que precisa fazer. E além do mais o garoto não tem família nem ninguém que se importe com o que ele vai ou não fazer. Seja lá o que estiver sentindo, é melhor ignorar, ou vai acabar sendo a primeira missão dele.

O Exator dá uma risada e, em seguida, se dirige à porta. Assim que ficamos sozinhos, a mulher se aproxima da minha cadeira. Seu olhar de pena me faz apertar a pedrinha presa pelo cordão do meu pescoço, lamentando pelo que viria em seguida.

O soro seletor de memórias é aplicado em todos os Exatores que se formam na escola. Ele deleta todas as lembranças que poderiam gerar alguma afeição desde que a pessoa nasceu. Para eles, são apenas hormônios. Agyok, nosso instrutor, sempre nos diz que sentimentos nos enfraquecem e que se importar com alguém pode arruinar a missão e destruir nossa vida.

Mas os traumas não. São propulsores de ódio que te lembrarão que ninguém merece ser poupado. E esses devem ser mantidos, até intensificados, se necessário.

Tenho muito mais memórias do segundo tipo do que do primeiro. Talvez seja por isso que me destaquei no treinamento e fui escolhido por Buruk. Eu tinha raiva, ódio, mágoa e culpa o bastante para me impulsionarem a fazer tudo que ele quisesse. Em contrapartida, não coleciono muitas lembranças gentis das pessoas que encontrei pelo caminho.

Exceto uma.

E eu sei que se o soro for aplicado nunca me lembrarei dela. As memórias com meus pais estão associadas ao meu trauma, então não corro o risco de esquecê-las, mas a única lembrança puramente boa que eu possuo será destruída. Por isso, quando a mulher se aproxima com a seringa, quero implorar a ela que não o faça, mas resisto a essa vontade. Se Buruk desistir de mim, eu perco tudo.

— Prometo que não vai doer muito — ela diz, com um sorriso complacente.

Mas já está doendo. Machuca muito saber que vou olhar para o cordão e não me lembrar de como ele me fez sorrir tantas vezes desde aquele dia. Endireito a postura na cadeira, encaro a seringa e os botões que ela aperta para iniciar o

procedimento, e me forço a manter uma promessa firme na minha memória enquanto o soro penetra nas minhas veias.
Jamais vou tirar isso do pescoço.
Vou encontrar você.

— Todos deveriam saber que minha missão era entregar *apenas* a imune.

Kylian engole em seco. Fita o chão. Suas mãos tremem quando ele as ergue para explicar.

— S-senhor... Foram o-ordens d-do...

Dou um soco na mesa, ordenando a ele que pare. Soldados medrosos sempre me deixaram com raiva. De qualquer forma, as desculpas não servirão para muita coisa.

— Explique-se — viro-me para o superior dele, que está logo atrás.

— Tínhamos ordens para trazer todos que estivessem com o senhor, quando o encontrássemos. Imagino que o presidente Buruk estava preocupado com a sua segurança, senhor. Deve saber que nada neste país era mais importante para ele do que recuperá-lo.

Travo a minha mandíbula. *Que desculpa mais idiota.*

— Onde ele está?

— O presidente foi até a divisão bélica, próximo à fronteira. O senhor deve ter ouvido as notícias sobre os motins em todas as províncias. Ele foi testar armas e outros resultados de pesquisas dos Tecnis para torná-lo mais resistente, em caso de ataque direto.

— Levou o helicóptero?

— Não, senhor. A frota foi acionada ontem para conter um incêndio generalizado nos campos agrícolas. A Armada ficou um caos, as pessoas começaram a estocar os alimentos com medo de outros boicotes. Os supermercados esvaziaram. Não devem voltar até tudo estabilizar.

Calculo mentalmente a distância da divisão bélica até aqui. Respiro aliviado, pensando que tenho, no mínimo, três dias.

— Mas não se preocupe com isso, senhor. Garanto que assim que o presidente retornar, os rebeldes serão executados e o senhor poderá voltar à sua vida normal aqui na Armada. Não imagino as insalubridades que deve ter suportado durante a missão.

Ele aponta para mim com um floreio. Depois de um segundo de reflexão, olho para baixo, para o meu antigo sobretudo cor de ametista, feito sob medida, que está largo no meu corpo agora. Além disso, há hematomas espalhados pelo meu rosto que não sumiram nas duas horas prometidas por Yarya Tecnis, quando me deu aquela pomada para que eu a ajudasse a ter um encontro com o filho do Exator-chefe da província Artesã.

Sento-me na cadeira do meu escritório, mas é estranho. Ela não me serve mais. Os livros na minha estante são de autores que não conversam mais comigo. E as cores das cortinas na janela me dão náuseas, porque sei que Buruk as escolheu.

As lascas na minha mesa de mogno são uma memória distante e amarga de conversas ruins e respostas violentas, das quais eu tinha me esquecido. Eu não sou mais a pessoa que todos aqui conhecem. Ou, pelo menos, achei que não era. Achei que pudesse fugir, mas os fantasmas estão aqui de novo, me dando boas-vindas.

— Onde os capturados estão?

— Nos cárceres comuns, senhor. Exceto a... — ele hesita. Tento manter a postura indiferente. — A g-garota foi levada para os exames. Será deixada no cárcere especial depois porque... Bem, ela feriu dois soldados.

Meu peito aperta, uma sensação conhecida. Corro os olhos de um lado para o outro, em busca do que fazer. Preciso de um esforço imenso para que ninguém perceba o meu incômodo.

— Isso é o bastante. Dispensados.

— Sim, senhor — ambos se curvam. — Pedimos desculpas outra vez pelo...

— Fora!

Kylian corre até a porta, seguido do superior dele. Espero alguns segundos para ter certeza de que estão longe o suficiente. Abro a gaveta, guardo as barras de cereal no bolso do casaco e sigo pelo corredor.

O prédio central da Nova Ordem está diferente desde a última vez. Mais catracas. Mais dispositivos de segurança. Rostos novos. As pessoas se escondem enquanto caminho pelo corredor, e embora evite fazer contato visual com qualquer uma delas, consigo perceber o pavor.

Faz anos que me tornei uma lenda neste lugar. As histórias do que eu fiz e de quem fui estão impregnadas nas paredes. Todos as conhecem. Todos acham que sabem quem é Loryan. E o problema é que quando todos têm uma opinião sobre você, ela acaba se parecendo muito com um fato. E se você acredita, aquilo se torna a sua realidade.

Ninguém me disse que eu não era um monstro quando eu precisava ouvir.

Agora não faz mais diferença.

61

Helsye

— Anda logo!

Vejo as lâmpadas girarem a cada passo que dou.

Passamos a madrugada sentados no carro que nos trouxe até a Armada. Eu perdi muito sangue por causa dos ferimentos. Nenhum de nós conseguiu dormir. Assim que chegamos, fui separada dos outros e trazida para uma espécie de enfermaria onde me submeteram a vários testes, exames e máquinas de ressonância.

Precisavam ser feitos em jejum. Não me deram comida.

Lembro de ter reagido quando alguém se aproximou com uma seringa. A sensação de pânico com a memória da câmara de extermínio e a dor da agulha penetrando meu braço se apoderou de mim. Usei o resto de força que eu tinha e consegui roubar uma arma e atirar em dois Exatores, recebi uma coronhada e alguns chutes no estômago, sendo imobilizada até terminarem todos os procedimentos.

Agora estou sendo levada para algum lugar.

O Exator atrás de mim torce o meu braço e eu gemo de dor. Não sei o que quer que eu faça. Nem sei se estou andando ou se estou no chão. Minhas vistas estão escuras. Acho que meu rosto encostou na lajota fria.

— Levanta, sua provinciana imunda!

Acho que ele me chutou.

Acho que vai me chutar de novo.

Acho que foi interceptado.

Acho que caiu no chão com um soco. Acho que está balbuciando alguma coisa, e pedindo perdão, e olhando horrorizado para alguém, e suplicando desculpas...

— Se encostar nela outra vez, eu *mato* você.

Acho que estou delirando.

Porque acabei de ouvir a voz de Loryan.

— Helsye...

Alguém chama meu nome, mas não consigo enxergar ou responder. Sinto o calor de braços que passam por baixo das minhas pernas e apoiam as minhas costas. Estou sendo carregada. Quero saber por quem. Quero saber se isso tudo é real, mas não consigo manter os olhos abertos por muito tempo.

Minha cabeça se aninha em um ombro forte e largo, balançando para cima e para baixo com os passos firmes. Espio por cima dele, enquanto passamos pelo corredor, e consigo ver um rosto. É uma garota, jovem e assustada. Ela correu de volta para a sala, deixando a porta entreaberta, mas não sei se é de mim que está com medo.

— Aqui, come isso — ouço, depois de sentir minhas pernas encostarem no chão. O cheiro é de chocolate, banana e mel. Lembro da Festa dos Sobreviventes.

Eu disputava com Heort qual de nós conseguia inventar sabores diferentes de sorvete. Ele fazia misturas nojentas, para sair em vantagem. E eu o enganava, dizendo que ele era muito bom nesse jogo, para que sobrasse mais do meu sabor favorito: chocolate com creme, com casca de waffle e formato de milho. Quarenta milhões de quotas era seu preço na Armada, jamais poderíamos pagar por um em circunstâncias normais.

No último festival, Heort já estava crescido demais, e percebeu minha verdadeira intenção com o jogo. Nossa tradição foi quebrada. E logo depois, fui condenada à morte.

Será que estou morta?

— Engole — diz a voz macia. Alguém segura a minha cabeça, e é tão reconfortante. Queria que ficasse assim para sempre. Mas quando a consciência volta, começo a sentir todas as dores outra vez. Devagar, abro os olhos e encaro o par de íris azuis que entram em foco diante de mim.

— Você vai ficar bem — ele diz.

Solto uma risada. Contida. Quase um murmúrio silencioso.

O açúcar me fez acordar. Abro os olhos. Me inclino com uma gargalhada.

— Ah, você... Você é louco!

É difícil parar de rir, mesmo que cada parte do meu corpo doa. Pressiono a ponte do nariz com o indicador e o polegar, depois esfrego o rosto com as mãos grudentas do esparadrapo, que manteve a agulha no lugar enquanto eu me debatia durante os exames.

— Está tentando me proteger da *droga* de situação em que você mesmo me colocou?

Loryan se afasta, visivelmente perturbado. Gosto do efeito que a minha risada causa nele. Logo a reprimo, a fim de encará-lo, e só então percebo que ele me trouxe para uma espécie de cela. Parece um cubo, com três paredes maciças e a quarta sendo um painel de vidro.

— Quando decidiu nos trair?

— Tem muita coisa que você não sabe.

— Foi na Tecnis, quando você percebeu que não tínhamos chance? Ou na Comercis, quando...

De repente, as memórias me atingem. Surgem como painéis diante de mim, se encaixando em um quebra-cabeça que eu não quero ver completo. Loryan percebe, porque empalidece sob a luz fraca.

— Você estava tentando me dizer alguma coisa na festa, não é? — começo, com uma seriedade súbita. — Você... Céus, você sabia.

— Eu só soube durante...

— Que droga, Loryan! A Kalyen morreu por sua...

Um espasmo violento no meu peito me impede de continuar falando. Coloco as mãos na cabeça, tentando controlar o início do choro. Todo este tempo, achei que Buruk fosse o inimigo, e o inimigo estava ao meu lado.

— Na floresta... — sussurro, minha voz soando grave e baixa. — Você queria se separar dos outros e seguir em frente. Você ia me entregar, não ia?

Ergo os olhos para encará-lo. Torcendo para que ele negue. Para que tenha uma boa resposta. Para que eu acorde, e que ele esteja ao meu lado, dizendo que tudo não passou de um pesadelo, como ele diz todas as vezes.

Por que não funciona? Por que não estou acordando?

— Desde o começo, você não queria que eles viessem — continuo, relembrando a reunião no acampamento Aki. Tudo parece tão claro agora. Me sinto uma completa idiota. — Você não se separava de mim. Os outros... Foi um acidente. Sempre fui eu, não é? Eu era...

— Você era a minha missão.

Loryan engole em seco. Mordisca o canto da bochecha, como sempre faz quando está nervoso, e isso me traz consciência de que tudo é absurdamente real. Eu não vou acordar. Porque não é um pesadelo.

— É melhor comer isso — Loryan tira algo do bolso e coloca diante de mim. — Vai acabar desmaiando.

Quero ficar de pé. Quero socá-lo ou enforcá-lo. Quero fazê-lo sentir dor. Mas quase não sinto as minhas pernas. E não quero dar a ele a chance de me salvar de novo.

Loryan é o vilão. Chega de bancar o herói.

— Eu tenho nojo de você — cuspo as palavras, impressionada como consigo soar calma. — E prometo que se aparecer na minha frente de novo, vou matar você. Mesmo que me mate junto no processo.

Meu pai está morto. Meus amigos estão ou estarão em breve. E a pessoa que prometeu ser honesta comigo me enganou o tempo todo. Nada mais importa.

Loryan recolhe o braço, deixa as barras de cereal em um canto e sai da cela, fechando a trava de vidro com a digital.

Assim que ele desaparece, eu começo a chorar.

62

Helsye

Cento e trinta e oito.

Cento e trinte e nove.

Não chego a cento e quarenta.

Antes que a parte de trás da minha cabeça colida outra vez com a parede da sala, alguém cutuca o vidro. Estou sentada, com as mãos sobre os joelhos flexionados, e me viro para onde o som está vindo. Escureceram as vidraças, então não consigo ver nada, apenas um vulto.

Sei que é hora do jantar.

Sei que se passaram três dias, porque as duas refeições estão ali, intocadas, e estou recebendo a terceira. Me recuso a comer. Acho que me deixaram aqui, esquecida, para que eu enlouqueça antes de morrer, então estou tentando acelerar o processo. Só quero garantir que vou partir com a minha sanidade intacta.

Não acho que eu esteja conseguindo.

— Sua comida.

Este soldado é diferente. Os demais sempre dizem algo desrespeitoso. Ou cospem na refeição antes de entregá-la. Idiotas, não percebem que eu não vou comer mesmo.

— Está me ouvindo? — ele bate no vidro outra vez, depois que o prato é colocado pelo compartimento de sempre.

— Sou surda de um ouvido — respondo, e nem sei ao certo por quê. Depois do dia em que fui atingida, passei a ouvir os sons abafados, mas com esforço dá para entender. Não que isso importe.

O vulto coloca as mãos sobre a boca, tentando fazer sua voz soar mais forte.

— É melhor comer desta vez. Talvez... — ele pigarreia. — Essa refeição te dê forças para caminhar uns quarenta dias.

Um pulso elétrico percorre o meu corpo.

Ele se enche de força e hesitação. Medo e expectativa. Dúvida e esperança.

De todas as histórias que meu pai contava, essa nunca foi a minha favorita. Só que é diferente agora, porque mais alguém a conhece. E não sei o que isso significa.

Viro em direção ao vidro, mas o vulto não está mais lá. Arrasto a bandeja para perto de mim, procurando algum dispositivo ou mensagem escondida, mas não há. Um sanduíche de queijo e presunto está partido na diagonal. Um copo de água o acompanha.

Pela primeira vez tenho vontade de comer.

Devoro o pão e bebo a água e me sinto revigorada. Uma dor aguda se espalha pelo meu estômago devido ao tempo em que ele esteve vazio. Olho para os lados, examino todos os detalhes da cela, procurando algum sinal de que não inventei aquele diálogo. Espero por novas instruções, mas elas não vêm.

Ocupo as horas seguintes tentando encontrar uma explicação lógica para o que aconteceu e acabo adormecendo no processo. A inconsciência me abraça e me envolve em sua escuridão sem que eu perceba.

E, então, o chão treme.

Em poucos minutos, as luzes enfraquecem, o prédio todo é sacudido e a porta da minha cela se abre. Penso em como vou correr se as minhas pernas estão fracas e os ferimentos ainda estão infeccionados, mas enquanto estou ponderando o que fazer, já me coloquei pé, atravessei a porta e estou piscando para as luzes vermelhas no corredor.

— Exator Q319 chamando Central... — diz alguém.

— Alerta de ataque — anuncia outro.

— Kylian está ferido! Mande reforços para a ala 46.

O frenesi é tamanho que ninguém nota minha presença. Não sei o que fazer, para onde ir ou o que está acontecendo, mas então vejo uma silhueta atravessar o corredor e sei exatamente o que quero.

Quero matá-lo.

Preciso correr para não perder Loryan de vista. Os soldados passam por mim, concentrados demais em alguma outra coisa. Meus músculos ardem depois de três dias na mesma posição, mas a fúria já tomou conta de mim e cerrou os meus punhos, fazendo-me alcançar o inimigo, agarrá-lo pela camisa e jogá-lo contra uma parede.

Não sabia que era tão forte. Não sabia que era capaz de sentir tanta raiva. Tateio sua cintura em busca da arma, para garantir que não revide, mas ele está limpo. Loryan me fita, a expressão dolorosamente triste. Eu encontrei conforto nesse mesmo olhar, muitas vezes, e agora que sei que tudo não passou de uma farsa. Não me importo mais com o que ele sente ou finge sentir.

— Hora de cumprir a minha promessa, gatinho.

Pressiono o meu antebraço contra o seu pescoço, e Loryan começa a ficar vermelho. Toda a força do meu corpo é direcionada para a sua garganta, uma veia salta na sua testa, ele começa a gemer em busca de ar. Embora minha vontade seja de chorar, eu sorrio, porque ainda que não possa trazer nada do que perdi de volta, ao menos posso me vingar.

Fito seus olhos, angustiados, e vejo meu reflexo neles. Não me reconheço. O brilho de suas íris está desvanecendo devagar e o azul, ficando mais escuro. Suas pálpebras estão mais pesadas. Quero que termine, porque não aguento mais. Estou exausta. *Eu apenas sobrevivo no modo automático.* Não quero mais sobreviver. Quero que ele morra. E quero morrer também. Porque a minha vida toda foi um limbo entre esperança e frustração até aqui e, depois de tudo, nada mudou e nada vai mudar porque...

— Solte-o.

Uma voz interrompe os meus pensamentos. O sangue se esvai do meu corpo e concentra-se na minha cabeça, fazendo as têmporas latejarem. Os músculos se retesam em contrações involuntárias. Franzo o cenho enquanto meu diafragma sobe e desce. Encaro os olhos de Loryan, um de cada vez, mas não estou pensando nele, só me concentrando na voz que acabei de ouvir e tentando convencer a mim mesma que não estou louca.

— Helsye — ele chama meu nome. — Solte-o.

Tento apertar a garganta de Loryan outra vez, mas não consigo mais. Não adianta resistir, eu fui rendida. Abaixo o braço e ele cai no chão, tossindo, enquanto eu fico parada, imóvel, sem nenhuma noção do que é a realidade, de quem sou, de onde estou.

— Encontrei você.

Consigo ouvir o som dos meus passos enquanto caminho em direção à voz.

É esquisito, considerando que estou parcialmente surda. Estou em meio a uma confusão generalizada. Estou descalça.

Mas cada passo é uma batida. Uma sístole e uma diástole. É o sangue sendo bombeado para o meu corpo. É cada parte que achei estar morta despertando para a vida outra vez.

Então, acho que percorri um longo caminho, mas na verdade, só dei o primeiro passo. O resto da distância, ele

dissipou. E antes que eu perceba, desapareço em seu abraço, me afogo no seu cheiro familiar e morro e vivo, e morro e vivo de novo, me tornando, eu mesma, o paradoxo que ele me criou para ser, porque estou diante de sua face.
Ayah-Besar.
Meu pai.

63

Helsye

Ele tem cheiro de casa.

Tem cheiro de algodão limpo. Cheiro de orvalho da madrugada. Cheiro de chá com chuva. Cheiro de bolo de farinha de mandioca amassado com feijão.

Tem cheiro de dor. De joelho ralado. De remédios caseiros.

Seus braços são familiares. Seu tom de voz. A barba roçando em meu rosto enquanto ele me prende junto a si. Ser envolvida por ele depois de tanto tempo é como ouvir o assobio distante de uma canção conhecida, e sentir o coração se partir porque um dia ela foi a sua favorita.

Não sei se o abraço durou segundos ou anos, quando ele me solta. Não sei se os meus pés ainda estão no chão e se a minha existência ainda pertence a este lugar.

— Precisamos sair daqui — papai diz, segurando meus ombros, e então se vira para alguém de quem eu havia esquecido. — Se quiser vir conosco, o convite está...

— Eu quero.

Loryan ainda está tossindo quando responde. Sua voz quase desapareceu, mas ainda é familiar o suficiente para despertar os sentimentos ruins de minutos atrás. Me pergunto o que papai está oferecendo a ele, e meus olhos marejam de raiva e mágoa.

— Não! — protesto. — Ele não pode vir com a gente.

Estreito as sobrancelhas, encarando papai. Sua expressão está indecifrável. Meus punhos estão cerrados.

— Ele é um traidor!

— E você é uma assassina — responde. — E mesmo assim, ainda amo você — ele se vira outra vez para Loryan. — Há lugar para você na minha casa.

E alguma coisa mudou dentro de mim.

Dou um passo atrás, tentando entender o que isso tudo significa, e chego a uma conclusão dolorosa. Há anos não encontrava meu pai. Me distanciei de suas palavras. As memórias esmaeceram. Acho que preenchi o que não lembrava sobre ele com meus próprios ideais. Criei um personagem. Fiz Ayah entrar na minha caixa e o moldei de acordo com o que eu queria.

Mas agora ele está aqui na minha frente, e não lembrava que suas palavras poderiam ser tão cortantes. Não lembrava que ele poderia me contrariar. Não lembrava que ele poderia ser misericordioso com a pessoa que mais odeio.

Não sei o que pensar sobre isso.

— Há um Hummer esperando vocês na saída três. Os outros que vieram comigo precisam de mim, então vou ajudá-los e encontro vocês depois.

— Os meus amigos, eles...

— Todas as celas foram abertas. É uma missão de resgate. É provável que eles já estejam a caminho — papai concentra os olhos em mim. — Está tudo bem agora.

A caminho de onde, quero perguntar. Mas também quero perguntar onde ele esteve por todo esse tempo e como sabia que eu estava aqui, e as perguntas se acumulam na minha mente fragilizada, me sufocam e fazem tudo girar. Percebo que não perguntei nada, papai já desapareceu nos corredores tumultuados e Loryan está nos guiando para fora porque é o único que sabe onde fica a saída três.

Entramos no Hummer, e alguém dirige para um lugar que não faço ideia de onde fica.
Não faço ideia de nada na minha *droga* de vida.

64

Loryan

Massageio o meu pescoço enquanto olho pela janela.

Eu costumava andar por esses lados quando morava na Armada. A área próxima ao prédio central é exclusiva para as pessoas mais importantes de Kyresia. Pessoas da confiança de Buruk. Pessoas parecidas com ele.

Meu pai morava aqui.

Quando eu era criança, achava que todas as províncias eram assim. Que todos os kyresianos sabiam o que era uma rua limpa, sem ossadas e prédios destruídos. Sem carros carbonizados, lojas abandonadas e árvores atravessando o caminho. Achava que, no mar revolto de um mundo pós-pandêmico, estávamos todos no mesmo barco, mas a verdade é que enquanto nós vivíamos em um navio luxuoso, a maioria deles estava apenas se afogando.

A Armada agora está diferente. Com os motins crescentes, os sinais de iminência da guerra estão começando a aparecer. Passamos em frente ao shopping principal e suas janelas estão todas quebradas. Há um grande sol Chaose pichado na fachada. Muitas casas parecem ter sido abandonadas, com seus jardins caros sendo tomado de ervas daninhas.

Helsye está com a cabeça virada na direção oposta e também encara o cenário. Sinto alívio por estar viva. Por Buruk ter viajado antes de os Exatores me encontrarem. As pessoas naquele prédio podem ter medo de mim, mas ele não. Se resolvesse matá-la, eu não poderia evitar. Só conseguiria assistir.

E nunca me perdoaria por isso.

— Espere... — digo, percebendo o caminho por onde estamos indo. É uma trilha desconhecida. Meu corpo estremece em alerta. — Para onde... Para onde está nos levando?

— Segura a onda aí, garoto.

A voz no banco da frente soa despreocupada. Penso que eu poderia ter soado mais firme, se Helsye não tivesse esmagado minhas pregas vocais. Engulo em seco, tentando escolher a melhor rota de escape, caso seja uma armadilha. Acho que vou precisar carregá-la. Não sei se Hel consegue correr.

— É, garoto. Segura a onda — a voz dela soa baixa, cheia de mágoa. Não sei se fico triste pelo tom ou esperançoso porque ao menos se dirigiu a mim sem fazer uma ameaça de morte. — Está com medo demais de ser enganado, até parece que nunca fez isso com alguém.

Ela não olha para mim. Continuo fitando seu rosto indiferente por alguns segundos, e então resolvo guardar silêncio. O silêncio... É horrível, mas não é pior do que isso. Cada vez que Helsye se dirige a mim, lembro que ela vai me odiar para sempre.

O Hummer continua na rota alternativa e de repente estamos descendo um túnel cuja existência eu desconhecia. Ele surge do nada. A escuridão da passagem subterrânea envolve o carro e meu coração bate nos ouvidos com desespero, alerta, pronto para reagir ao que quer que aconteça. A velocidade aumenta, enquanto seguimos por um caminho plano, e a sensação de impotência me incomoda. Não há nada a fazer além de esperar.

Depois de algum tempo, o Hummer desacelera, assim como as batidas do meu coração.

— Pronto, moleque — diz o motorista, soltando uma risada rouca. — Chegamos e ninguém foi parar no saco preto.

Não consigo esboçar uma reação.

Estamos em uma cidade subterrânea. Uma estrutura gigantesca, com galpões e setores bem divididos. Pessoas de todas as províncias, Agris, Artis, Tecnis. Consigo reconhecê-los, apesar de usarem roupas semelhantes, porque dá para perceber de onde vieram pelos projetos em que estão trabalhando.

Estão trabalhando.

Ninguém aqui está parado ou jogando conversa fora. Há um grupo carregando peças de metal e madeira. Outros, mais adiante, conversam em uma mesa, em torno de um computador portátil. Um homem empurra um palete com várias caixas e outro leva um estoque de uniformes envoltos em sacos plásticos.

Mas alguma coisa neste lugar é diferente. As pessoas sorriem e parecem aliviadas, como se estivessem seguras ou certas de que vão estar.

Será que é um resultado de viver com Ayah?

Os poucos minutos que estive em sua presença me trouxeram a mesma sensação. Só achei que fosse algo momentâneo. Se eu estiver errado, ele é alguém muito mais especial do que eu imaginava.

— Desçam e sigam por aquela porta ali. Vão dizer a vocês o que fazer.

Helsye dispara em direção ao local, mas ainda estou encarando tudo, embasbacado demais para tirar os pés do chão.

— Desculpa, mas... — Fito o senhor grande e barbudo que nos trouxe até aqui e que parece se divertir com a minha confusão. — Que lugar é este?

Ele dá um pequeno sorriso. Aponta ao redor com um floreio. Coloca a outra mão no meu ombro.

— Bem-vindo a Betel, garoto.

65

Helsye

— Dormitórios ficam por ali. Salas de reunião. Refeitório. Ala médica. Área de treinamento.
— Treinamento?
— A guerra não acabou — ela responde, sorrindo. — Arrisco dizer que tenha apenas começado.

A mulher de cabelos e olhos profundamente escuros guia o pequeno grupo de recém-chegados, depois que todos passamos pela triagem. Sua pele é cor de âmbar e ela disse que se chama Zahraa. Ansiosa por notícias de Layla, Jey e Heort, perguntei a ela se haviam outros resgatados além dos que estavam ali, e ela me disse que aquela não era a única entrada de Betel, e que eu deveria ter paciência e procurar por eles depois.

— Fique tranquila — completou Zahraa. — Ayah não deixa ninguém para trás.

Ela não entendeu porque isso me fez rir.

Loryan fez o favor de ficar cinco passos atrás e é um alívio, já que é inevitável que nos esbarremos por aqui. As outras pessoas admiram tudo com a expressão quase desacreditada.

— Essas são as roupas de vocês — ela prossegue, entregando um saco transparente com blusa branca simples e calça cargo marrom-claro para cada um de nós. — O banheiro fica por ali, e quando acabarmos aqui vocês podem se trocar e seguir para o refeitório. Assim que todos chegarem, Ayah vai conversar com vocês.

Não sei o que esperava, mas não era isso. Sair de uma missão para entrar em outra. Sem ninguém me explicar nada. Sem ninguém que ouça as minhas perguntas.

Imagino se vou ser capaz de confiar de novo ou se para sempre vou ter que carregar a sensação de que sou apenas uma peça em um jogo a ser descartada assim que cada um alcança seus objetivos. Minha cabeça lateja sem trégua desde que saímos da Armada. Aperto o saco transparente contra o peito e sigo na direção dos banheiros, desviando do tour que continua acontecendo para os demais.

Fico impressionada com a quantidade de cabines. Não hesito antes de entrar na mais próxima e abro o registro. Ainda estou com as roupas com as quais fui capturada na província Tecnológica. Arrancaram minhas botas, mas consegui manter o traje. Me sento no chão, debaixo da corrente de água, e vejo o box assumir o tom escuro de terra e sangue, que sai da roupa colada ao meu corpo. A água carrega a sujeira, fazendo-a escoar pelo ralo e eu queria... Céus, como eu queria que também carregasse a dor no meu peito.

Começo a chorar.

Arranco os dreads do cabelo, um por um. Como se eles carregassem as memórias de tudo que eu queria esquecer. Minha cabeça parece mais leve apenas com o meu próprio cabelo, crespo e baixinho, e a descanso nos joelhos, deixando a água me ensopar por completo enquanto o choro vai se tornando mais silencioso.

A correnteza barrenta aos poucos fica mais clara. As lágrimas lentamente cessam.

Mas não acho que meu coração esteja mais limpo.

66

Loryan

Helsye está do outro lado do refeitório.

Está diferente, mas eu a reconheceria até do avesso. Parece alheia ao ambiente. Parece devastada.

Quero falar com ela.

Quero perguntar como ela está, explicar meu ponto de vista sobre tudo que aconteceu, embora tenha certeza de que não fará diferença. Talvez seja melhor deixar as coisas como estão.

Encaro a bandeja diante de mim e cutuco os legumes com o garfo, sem ânimo algum para fisgá-los, mas me forço a comer. Não posso mudar o passado, mas posso emendar o meu caminho, consertar as coisas.

Ou morrer tentando.

— Helsye!

Antes de levantar a cabeça, reconheço a voz. Layla corre para abraçá-la e Helsye demora alguns segundos para retribuir o gesto. Parece tão absorta e inerte, como se estivesse fora da realidade, que sinto uma pontada no peito. Jeyoke, Hayur e um garoto parecido com Helsye se aproximam também. Layla é a única que nota que estou observando. Me oferece um sorriso fraco e eu desvio o olhar, abaixando a cabeça.

Acho que o melhor que posso fazer é me manter distante.

— Boa noite! — Ayah faz sinal para todos, do canto direito do lugar. — Sei que a maioria de vocês está exausta e quer apenas dormir, então serei breve.

Encará-lo é esquisito. Aterrorizante e maravilhoso. Seus olhos dizem que teremos que lutar, mas o sorriso diz que não faremos isso sozinhos.

Aceitei vir para cá sem nem saber onde era ou quem ele era. Só o conhecia das histórias que Helsye me contava. Eu me agarrei à esperança. Não tinha muito a perder mesmo. Mas isso não me impede de tentar decifrá-lo.

— Quero agradecer a todos que trabalharam muito na missão de resgate hoje, e me permitiram trazer meus filhos de volta para casa — anuncia, e encara Helsye e o garoto ao lado dela. — Bom trabalho.

As pessoas se agitam um pouco. Parecem felizes com a aprovação dele. Ayah prossegue.

— Ainda temos muito trabalho pela frente. Mais pessoas estão se unindo a nós. E, em breve, travaremos a luta final de nossas vidas. Lembrem-se disso quando estiverem no centro de treinamento ou preparando os uniformes — Ayah se vira para um conjunto de grupos, um de cada vez —, ou cuidando de suas famílias, ou limpando as instalações, ou cozinhando para todos. Todo trabalho em Betel é por um propósito. E seja qual for o serviço de vocês, ele não é vão.

Ele acena com a cabeça, terminando o discurso, e todos assentem em silêncio. Sua liderança é diferente de tudo que já vi. Conheço o comando apavorante de Buruk e a autoridade necessária de Kyo, mas as pessoas aqui confiam nesse homem e isso me deixa intrigado.

Por isso não desgrudo os olhos dele, enquanto segue para a mesa onde Helsye e os demais estão. Senta-se com eles, de costas para mim, e coloca uma das mãos sobre o ombro de Jeyoke. Sorri para os demais.

Ayah para por alguns segundos, então olha para trás. Consigo captar seu movimento apenas um milésimo de segundo antes de fazermos contato visual, e viro bruscamente a cabeça, fitando a salada de grão-de-bico.

Isso foi estranho, como se ele tivesse sentido que era observado. Ainda assim, fico torcendo para que eu esteja enganado e que ele não tenha notado que eu estava encarando.

— Loryan!

Droga. Não me lembro de ter dito meu nome a ele.

— Ô, Loryan... — Soa mais melodioso.

Ele é o líder daqui, seu idiota. Você foi cadastrado como morador de Betel. Acha que ele não sabe o seu nome?

Levanto a cabeça devagar, quase com medo do que encontrarei. Ayah continua sentado no mesmo lugar, mas seu tronco está virado em minha direção e ele acena com um sorriso.

— Senta aqui — balbucia de longe, dando alguns tapas no lugar vazio ao seu lado.

Engulo em seco, a confusão se espalha pelo meu rosto, mas quando me dou conta já estou de pé segurando a bandeja. Caminho, atravessando os quilômetros que parecem nos separar, e me sento ao seu lado, sentindo todos os olhares da mesa repousarem em mim.

Menos um.

Helsye se levanta e vai embora.

A luta em minha alma
Me diz que estou esquecido
O peso em meu peito
Me diz que estou ferido
O estado da minha mente
Grita: Estou perdido
Então, eu olho para você
E sou chamado de amigo

Qual voz não silencia
Perante o seu sorriso?

Excertos dos poemas de Ayah, 13

—

67

Loryan

— Vou atrás dela — diz o garoto.

— Não precisa, Heort. Deixe-a por um pouco. Preciso conversar com vocês.

Ayah apoia as mãos sobre a mesa. Limpa a garganta. Encara Layla.

— Você pode começar, criança.

— Como nos encontrou?

— Quando o último servidor foi conectado, conseguimos captar o sinal. E graças à rede que foi estabelecida, poderemos nos comunicar e trazer pessoas de todas as províncias para Betel de forma mais rápida — ele se vira para mim —, incluindo os Aki.

— Mas não chegamos a conectar o último servidor — Jeyoke interrompe. — Antes disso, ele...

Layla o acotovela, e ele deixa a frase inconclusa no ar. Levanto a cabeça, apenas um pouco. Minha voz soa trêmula quando revelo:

— Eu conectei o último servidor.

Não digo por quê.

Não digo que a conversa com Helsye três dias atrás me fez chorar por duas horas inteiras. Nem que depois de perceber que não conseguiria tirá-la de lá, e que ela seria executada assim que Buruk voltasse, decidi me matar.

Não digo que conectar o último servidor foi um ato desesperado de alguém que queria sentir que, ao menos uma vez na vida, havia feito algo certo, embora não valesse de mais nada. Nem sabia se Kyo ainda estava vivo. Nem sabia se seu plano de expor os podres do governo iria resultar em alguma coisa depois de perdermos a imune.

Não digo que em seguida subi até o último andar do prédio da Armada, que meu cabelo balançava na brisa violenta, marcando meus últimos minutos de vida, porque estava prestes a me jogar, quando Ayah apareceu.

Não digo que sua voz me pareceu tão familiar quando ele me disse para não fazer aquilo. Que estava ali para resgatá-los e que se eu quisesse poderia vir com eles. Não digo que me agarrei desesperadamente ao seu convite, como uma chance de sair do lamaçal em que vivi a minha vida inteira e do qual tentei tanto me livrar, mas acabei me afundando mais e mais.

Não digo que desde que Kyo me adotou eu luto com a consciência de que não mereço ser tratado como um ser humano. Que fugi porque não aguentava mais esse conflito. Mas que Ayah está aqui, sorrindo para mim e me tratando como amigo e por algum motivo não é mais tão estranho. Porque não é como se ele desejasse que eu fosse diferente. É como se ele prometesse, silenciosamente, que um dia serei.

E eu acredito nele.

Farei o que ele quiser.

— Ok. Deixa eu recapitular — Hayur diz, depois de alguns minutos de conversa. — Então, você tem trazido pessoas das províncias para cá, aos poucos, e construído uma sociedade paralela para lutar contra o governo?

— Gosto da sua literalidade.

— Por que tinha que ser você? — interpelou Heort. — Digo, você tinha uma família.

Seus olhos pairam sobre a mesa. Ayah tem um tom terno quando responde.

— E eu precisava preparar uma morada para a minha família. Era o meu propósito, desde o começo.

— O... *começo*?

— Minha ideia para Kyresia era que ela fosse um refúgio. Não um caos.

— O quê? Espera... — Layla balança a cabeça. — As histórias são verdadeiras? Você era o presidente bom? Tipo... O governante legítimo de Kyresia?

Ele solta uma risada silenciosa.

— Meu pai e eu planejamos este país. Eu governaria, e Buruk seria meu conselheiro de confiança. Estávamos avançando na busca por uma vacina, e eu queria oferecer às pessoas a esperança de que tudo ficaria bem. Mas Buruk ofereceu um caminho mais curto. Eu queria tratar os infectados, ele queria exterminá-los. Seus métodos radicais e egoístas fizeram com que muitos se unissem a ele.

Posso sentir a indignação e a tristeza na fala. Nenhum de nós ousa interrompê-lo.

— Buruk massacrou os cientistas e assumiu o poder, sob validação dos que acreditavam em sua liderança. Ele destruiu tudo que tínhamos no laboratório, mas alguns de nós conseguiram fugir. Eu salvei uma amostra experimental do que seria a vacina e trabalhei nela por muito tempo, enquanto vivi escondido na província Agrícola. E então, estava pronta. A chamei de Aurora. Mas eu sabia que precisava voltar e assumir o controle das coisas, por isso a deixei guardada em alguém em que eu confiava, a quem amava e a quem havia ensinado a se defender.

— Helsye — Hayur diz.

Ayah balança a cabeça.

— Por que não contou a ela?

— Porque meus filhos nem sempre estão preparados para conhecer o valor do que está dentro deles. Se souberem antes da hora, podem se perder com a responsabilidade. E eu nunca dou a eles uma missão com a qual não consigam lidar — ele diz, solenemente. — Helsye carregava dentro de si tudo de que precisava, mas ela não estava pronta. Até agora, ainda não está. Sei que ela deve ter muitas perguntas e chegará a hora de respondê-las, mas o que preciso no momento é que ela, assim como vocês, confie em mim.

Assimilamos as palavras aos poucos, tentando encaixar todas as peças.

— Estou aqui, oferecendo tudo de mim a vocês, mas nem todos aceitam. E é o que acontece quando você quer amigos, e não escravos. Precisa saber que há um preço por deixá-los escolher. — Ele ergue as sobrancelhas, parecendo se lembrar de outro assunto, e então prossegue. — Dei liberdade aos Chaoses, e eles fizeram os últimos ataques sem a minha ordem.

— Você *controla* os Chaoses? — Os olhos de Heort quase saltam das órbitas.

— Eles foram criados com o objetivo de distrair Exatores enquanto as pessoas eram transportadas para cá. Sem sua ajuda, não teria como trazê-las para um ponto tão distante das províncias. Sempre ordenei suas ações em pontos aleatórios, garantindo que seria seguro e que haveria reforços caso eles precisassem, mas eles decidiram ignorar meu comando nos últimos tempos. Armaram-se. Atacaram — ele abaixa a voz, e posso sentir dor no seu tom. — Perdi muitos deles.

— Os Pesquisadores... — Layla interrompe. — Os que iríamos encontrar para entregar Helsye... Também estão aqui?

— Sim — responde. — E recolheram outra amostra de sangue assim que Helsye passou pela triagem. Não devem demorar para reproduzir a vacina.

— E depois?

— Tenho um plano para invadirmos a Armada, destruirmos a fortaleza de onde Buruk controla tudo e tomarmos a frente de Kyresia outra vez. Tenho trabalhado com pacifismo até então, mas quando chegar a hora, nós vamos lutar. Por isso, o treinamento de vocês começa amanhã. Passem na divisão de inteligência, onde vão encontrar trajes e armas, e entender como cada um vai agir no grande dia — ele se vira para nós. — Estou chamando vocês para lutarem ao meu lado.

— Caramba — Jeyoke solta um assobio. — Ca-ram-ba.

Ele bate palmas com uma das mãos e o antebraço, sorrindo incrédulo.

— Está dizendo que o presidente legítimo de Kyresia está disfarçado no seu próprio país para reassumir o poder e nos chamou para fazer parte do seu grande plano de sabotagem?

Os olhos de Ayah brilham. Ele parece divertir-se com a empolgação de Jey.

— Exatamente.

— Eu tô dentro. Tô muito dentro. Onde assino meu nome?

— Também estou dentro — Layla diz.

— Pode contar comigo — dizem Hayur e Heort.

Eu já havia determinado dentro de mim. Agora, apenas verbalizo:

— Me use para o que quiser.

68

Helsye

Estava bem no meio de um pesadelo.

Algo sobre estar me debatendo e apanhar até desmaiar. Algo sobre papai e meus amigos. Algo sobre Loryan.

Ele não está mais aqui para me acalmar quando tenho pesadelos.

Loryan está morto para mim.

A batida na porta que me fez despertar ressoa de novo. Resolvo levantar antes que as meninas com quem divido o dormitório acordem, mas elas não estão em suas camas. Percebo que estou ofegante, meu lençol está molhado e grudado à pele, porque o pesadelo foi tão agonizante que eu estava suando.

Quase trombo antes de abrir a porta.

— Vim buscar você para irmos juntas para a área de treinamento.

Layla está vestida com o conjunto padrão que recebemos ontem. Amarrou os cachos curtos em um rabo de cavalo alto e alguns fios estão soltos na nuca. Seus olhos me analisam.

— Hum... Treinamento?

— Você perdeu a conversa ontem — explica, hesitante. — Seu pai contou muita coisa. Posso te atualizar enquanto andamos.

Balanço a cabeça. Não quero conversar sobre o meu pai. Nem mesmo com Layla. Só quero voltar para a cama e dormir. Mas se nem dormindo eu tenho paz, com os pesadelos me assombrando, que escolha eu tenho?

— Certo — digo, por fim. — Só preciso de um banho.

Layla me espera enquanto sigo na direção dos banheiros.

Deixo a água cair por um bom tempo antes de efetivamente me lavar. Apoio a cabeça na parede de tempos em tempos, sentindo a fraqueza que vem de dentro, da falta de vontade de continuar viva. Ter fôlego nas narinas parece uma perda de tempo, não tenho qualquer esperança. Mesmo que vençamos a guerra e o mundo melhore para todos, eu ainda vou estar quebrada.

Termino, visto as roupas e em seguida caminho com Layla pelo corredor principal de Betel. Ela me conta algo sobre a conversa de ontem, mas não consigo prestar muita atenção. Desvia em um ponto, dizendo que precisamos passar em um lugar antes, e encontramos os outros lá.

— É bom ver você, zumbi. Está se parecendo mais com um zumbi do que nunca — Jeyoke saúda quando me aproximo, e não consigo evitar um sorriso. Seu rosto tem uma série de cortes e curativos, assim como o meu. Mas fico feliz por ele estar bem.

— É bom ver você também, Jey.

Eu o abraço e depois aceno para Hayur, logo atrás dele. Não consigo evitar olhar ao redor, analisando o ambiente.

— Ele não está aqui — Layla comenta. — Seu pai tinha outros planos para ele.

— Não estava procurando ninguém — minto, e engulo em seco antes de prosseguir. — Por que estamos neste lugar?

— Aqui é o setor de inteligência — responde uma voz aguda e acelerada, vinda de algum ponto atrás de nós. Nos viramos para encará-lo.

É um rapaz jovem, usando óculos redondos de armação grossa. Seus olhos têm um formato ascendente com dobras nos cantos internos.

— Estão aqui para estudarmos suas habilidades e oferecermos a melhor maneira de aprimorá-las.

Quando ele sorri os olhos quase se fecham. Em seguida ele estende a mão com dedos curtos e grossos para nos cumprimentar.

— Sou o Fayo, mas podem me chamar de 3-21.

— 3-21? — Layla franze o cenho.

— É uma piada interna, por causa do meu cariótipo. Tenho um cromossomo a mais no par vinte e um. Mas... Bem, foi coisa dos meus amigos Pesquisadores, e eu acabei gostando de como soava.

Ele parece sem jeito depois da explicação. Coça a cabeça. Hayur intervém.

— Está me dizendo que você tem quarenta e sete cromossomos?

— Isso — Seu rosto se ilumina.

— Incrível... Quer dizer... Pode me explicar como...

— Estão falando em "gênio", olha lá — Layla me cutuca. — Não consigo entender nada. Vamos, quero ver os trajes.

Ela me puxa para um canto onde há uma fileira de peças expostas, em grandes cilindros transparentes. Na etiqueta, o material de cada uma delas. Agora vejo de onde a mãe de Hayur tirou as ideias para os uniformes que vestimos antes, deve ser algo comum entre os Tecnis, só que esses parecem mais elaborados.

Meus olhos param em uma peça única que vai do pescoço às pernas. Tem alguns detalhes em dourado e pequenos furinhos. Parece confortável. Na etiqueta diz que possui fibras de carbono, tornando-o resistente e flexível.

— Foi você que fez tudo isso? — pergunto a Fayo.

— Eu criei o design funcional, mas Aryena desenhou o modelo e Elysios costurou os trajes. É ótimo comandar uma equipe onde todos são bons no que fazem.

— Nossa equipe era assim — Jeyoke afirma. — Até um de nós ferrar com tudo.

O silêncio pesa no ambiente.

— Eu ainda acredito nele — Layla retruca, depois de alguns segundos.

— O que ele te disse? — pergunto.

— Nada — responde. — Na verdade, nem faz contato visual direito. Não disse que acredito no que ele diz. Disse que acredito nele.

— Isso não faz sentido — protesta Hayur.

— Talvez não faça mesmo — ela continua, cruzando os braços e empurrando os ombros para cima, como se estivesse com frio. — Mas conheço Loryan desde que eu era criança. O que quer que tenha feito, deve ter um porquê. Mesmo que os motivos não o justifiquem, é provável que ao menos expliquem suas decisões. E enquanto não sei da sua versão dos fatos, continuo acreditando que ele se importa com a gente. É o mínimo que posso fazer depois de tudo que ele fez por mim — ela se vira para Jeyoke. — Caramba, Jey, ele basicamente criou nós dois.

Jeyoke engole em seco. Enrubesce com a bronca de Layla.

— Com licença — pigarreia Fayo. — Se a discussão de família já terminou, poderiam responder umas perguntas? Quero que experimentem nossos protótipos e outras coisinhas.

Assinto para o rapaz, grata por ter encerrado a conversa. Não gosto de como ela me fez sentir.

69

Helsye

Há mais pessoas do que eu esperava na sala de treinamento.

A área é dividida em duas partes. Uma delas, repleta de equipamentos de exercícios, e a outra é livre, com um tapete espesso e macio que reveste todo o chão. Uma mulher negra de pele retinta está separando os recém-chegados em grupos maiores e um grupo menor. Suspiro aliviada por Loryan não estar aqui.

— Ótimo. Agora que todos estão alocados, vocês — ela aponta para o grupo menor, onde estou — irão escolher as equipes que irão treinar.

— Desculpa... — Levanto uma das mãos para interrompê-la. — Como assim, treinar?

Ela se vira em minha direção.

— De acordo com as informações fornecidas na triagem quando chegaram aqui, vocês têm mais experiência com embates corporais. Haverá um professor para cada grupo maior que eu separei. O que não significa que não possamos aprender uns com os outros.

Ela sorri depois de terminar a explicação, e eu agradeço com um aceno de cabeça. Meus planos de ficar quieta enquanto treino foram por água abaixo, e tenho certeza que isso é coisa do meu pai. Ele sempre disse que encontramos paz em servir aos outros.

Talvez ele queira que eu a encontre aqui.

— Vou ficar com a equipe sete — digo, apontando para onde estão os meus amigos e algumas outras pessoas. Não faço ideia de como vou conduzir os treinos, mas não tenho muita escolha, então é melhor começar logo.

Os outros líderes começam a escolher suas equipes e se espalham pelo espaço amplo. Levo meu grupo até um canto, abrindo um dos armários, e começo a separar materiais aleatórios, sem saber ainda quais deles vou usar. Tento forçar a memória para me lembrar como foi o início das aulas que tive com meu pai, quais foram as primeiras lições, e sinto uma súbita saudade dele.

Ignoro a sensação.

— Oi... Acho que você sabe quem eu sou.

Pelo tom de voz, não sei se foi uma pergunta ou uma afirmação. Me viro e chego à conclusão de que o garoto à minha frente teve sorte, porque sou péssima com rostos, mas o dele não foi nada esquecível.

— Aster?

Os olhos se iluminam quando ele sorri.

— O que... O que faz aqui?

— Você deve se lembrar que eu disse que não queria ser como meu pai — ele responde, confiante demais que a nossa conversa de alguns minutos naquela festa da província Comercial ainda está fresca na minha memória. Tudo foi tão errado naquela noite. Eu só queria apagá-la para sempre. — Então resolvi lutar contra ele.

Soltei um "ah" desinteressado. Esperava que isso desse o diálogo por encerrado, mas Aster permaneceu diante de mim, então forcei uma conversa mais simpática. Afinal, ele não tem culpa de tudo que aconteceu.

— Então, não sabe o bastante para ser um professor? — pergunto, empilhando uniformes, luvas e itens de proteção para que ele segure.

— Por incrível que pareça, não — ele responde, se aproximando para ajudar. — Nunca me interessei por qualquer coisa do tipo. Fazia corpo mole. Fracassei no teste da escola de Exatores por ser fraco demais. Nunca encontrei algo pelo qual valia a pena lutar... Até agora.

— Uau — rio, espantada com a sinceridade. — Não sabe nem o básico?

— Sou muito experiente em apanhar.

— Você tem as costas ferradas? — Layla indaga, surgindo do nada. — Todo filho de vilão tem as costas ferradas.

Aster ri.

— Tenho as costas ferradas, sim.

— Acho que posso começar com você, então — digo, depois de alguns segundos. Ele deixa os materiais no chão e se vira para mim. — Talvez seja mais fácil com uma demonstração prática.

Ele concorda e chamo atenção do grupo de cerca de quinze pessoas sob a minha direção. Eles estão conversando, dispersos, mas se voltam para mim assim que começo a falar. Pigarreio, surpresa com a atenção imediata, e em seguida posiciono Aster à minha frente para mostrar como se arma um soco.

Minha especialidade, eu sei.

— Eu tenho certeza que vocês querem sair do treino hoje sabendo que aprenderam alguma coisa, e um bom soco pode ser extremamente útil quando ainda não se domina outros golpes — começo a explicação, alternando entre olhar para Aster e para eles. — Você precisa que todo o seu corpo esteja presente na luta. Prestem atenção em como meus pés estão separados, e meus joelhos, levemente flexionados.

Encaro seus rostos individualmente para checar se estão entendendo o que digo. Vejo olhares curiosos, checando minhas mãos e meus pés para assimilar a lição, e nesse momento a responsabilidade me atinge de novo, como naquele dia, na aldeia. A esperança adormecida volta a pulsar bem fraquinho, só para que eu saiba que ainda não está por completo perdida.

Existe mesmo paz em servir as pessoas. Você se sente mais forte para lidar com seus medos e problemas porque sabe que alguém tem os olhos fixos em você, sendo forte por causa da sua força, acreditando porque você os inspira. É como ter uma torcida silenciosa. E isso é reconfortante.

— Se levantarem demais os cotovelos, vão perder força no ângulo — demonstro, erguendo os braços. — E, assim que começarem o golpe, não hesitem, sigam até o fim. Mesmo que não tenha sido perfeito, vocês ainda podem pegar o oponente de surpresa, mas se hesitarem no meio do caminho abrirão espaço para um contra-ataque.

Repito o movimento de armar o soco algumas vezes, evidenciando a posição dos braços e dos pés, para que nenhum detalhe passe despercebido.

—E nunca, nunca deixe o inimigo perceber que vocês estão com medo. — Finalizo o movimento devagar, terminando a alguns centímetros do rosto de Aster. — Tenham sempre controle do que estão fazendo e não ajam por impulso. Acreditem em mim, você sempre se ferra.

Risadas ecoam pelo ambiente e eu acabo rindo também.

— Anotado, professora — Aster sussurra ao segurar meu punho fechado e sorri.

Acho que vou gostar disso mais do que pensei.

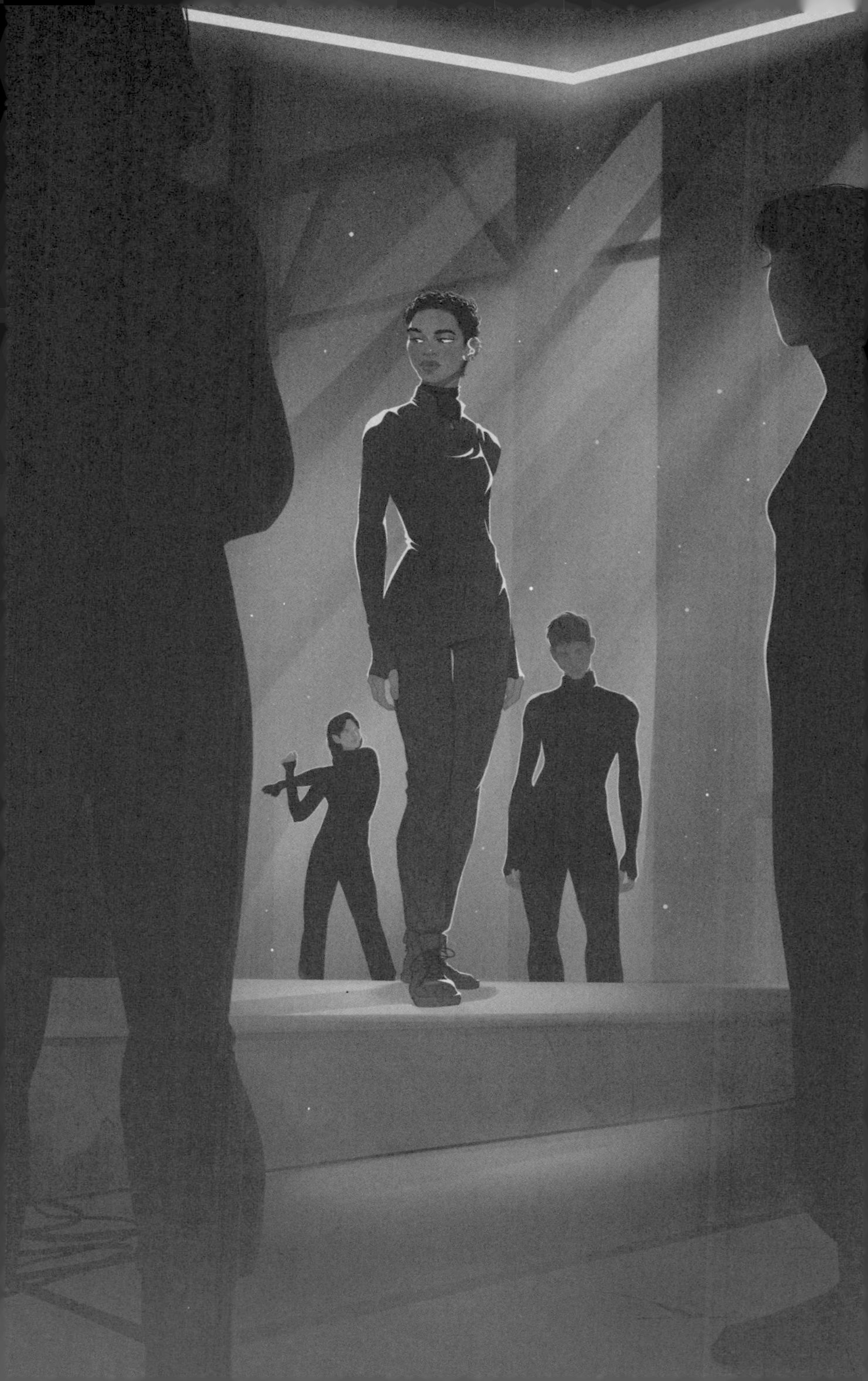

70

Helsye

Depois de uma semana, tenho uma rotina em Betel.
Acordar cedo. Tomar café com a minha turma de alunos. Seguir para a área de treinamento. E deixar a última meia hora para dar lições extras aos que sentem mais dificuldade.

Uso as horas livres antes do jantar para planejar aulas e ensaiar os exemplos práticos, com Jey e Layla sendo meus alunos betas. Layla disse que mudo minha voz durante a explicação para parecer mais séria, e eu jurei que não faço isso. Morremos de rir. E Jeyoke elogiou tudo que ensinei, mas disse que, se contar aos meus alunos que a professora admirada deles vendeu conselhos amorosos a um adolescente em troca de nozes, vai arruinar a minha reputação.

Nessa hora mostrei a ele um golpe em um ponto vital. Espero que tenha entendido o recado.

— Quem é? — pergunto, ao ouvir batidas na porta do dormitório. Jey, Layla e minhas colegas de quarto acabaram de sair para o refeitório.

Eu fiquei porque estava sem apetite hoje.

— Seu aluno favorito.

Reviro os olhos, porque sei que não é verdade. Meu aluninho favorito é Martyan, de doze anos. Ele é bastante afoito para aplicar os golpes, e toda vez que o coloco para lutar, esquece das lições e aplica tapas e chutes aleatórios até vencer o oponente pelo cansaço.

Ele me lembra a pequena Helsye. Todas as crianças daqui, na verdade. Desejar que elas tenham um futuro melhor do que o que eu tive é um dos propulsores para continuar lutando a batalha de Betel.

— Você não é o meu aluno favorito, loirinho. Mas pode entrar.

Aster coloca o rosto na porta entreaberta. Faz uma expressão carrancuda, por causa da provocação. Jogo um travesseiro nele.

— Vai fazer o que agora?
— Dormir. Estou exausta.
— Quer comida?

Semicerro os olhos.

— Em troca de quê?
— De vir comigo a um lugar.

Aster dá um sorrisinho. Droga. Ele sabe que minha curiosidade é maior que o meu cansaço. Agora não vou mais conseguir negar.

— Espero que a comida seja boa.

Eu o acompanho e seguimos juntos pelos corredores. Ainda me assusto com a grandiosidade de tudo aqui. Oito anos. Desde que papai sumiu, ele esteve trabalhando para construir este lugar. Imagino por que não me contou nada. Por que não me trouxe antes. Mas prefiro ficar com essas dúvidas do que ir até ele e ouvir alguma desculpa que vai me deixar ainda mais magoada.

Tenho evitado Ayah. Loryan. E qualquer um que tenha me desapontado. É assim que tenho conseguido sobreviver.

— Trouxe uma lanterna — Aster sussurra.
— Para onde você está me levando, hein?
— Shh...

Penso em soltar a mão dele e voltar. Mas já dobramos tantas vezes, em tantos corredores diferentes, que acho que não sei mais o caminho até o meu quarto. Não me interessei em explorar Betel desde que cheguei. Fico sempre na rota treinamento-refeitório-dormitório, e ele parece conhecer o lugar bem melhor que eu.

Dobramos uma última vez, chegando a um espaço semiaberto. Olho para cima e lá, bem alto, dá para ver o céu estrelado. A área foi construída embaixo de uma espécie de observatório.

— Aster, é perigoso... Ayah sabe que...

— É claro que sabe. É o lugar onde ficam as sentinelas de Betel. Se algum inimigo chegar perto, seremos avisados.

— Ok... — Balanço a cabeça, e continuamos andando. Mas não desgrudo os olhos do alto. "Olhe para cima", papai sempre dizia. "Seja para ver o sol nascer, a lua e as estrelas em sua dança irregular, seja quando estica as mãos para me pedir colo", ele tocava a ponta do meu nariz. "Você sempre encontrará o que precisa no alto."

— Chegamos — ele anuncia.

Olho para Aster, demorando a voltar para o presente. Então, admiro a cena diante de nós. Há uma fogueira crepitando no centro, marshmallows sendo assados e um grupo rindo e conversando. Zahraa, Fayo, e outros que não conheço. Parece que invadimos uma reunião particular.

— Tem certeza que...

— Pessoal, chegamos!

— Oi! — Zahraa acena para Aster, convidando-nos para sentar com eles. Ele aperta minha mão.

— É isso que você ganha por ter um amigo sociável — ele sussurra, parecendo satisfeito.

Sentamos à beira da fogueira, e me sinto um pouco incomodada. Fayo explica que descobriu aquele lugar pouco tempo depois de chegar a Betel, e que eles não espalham a notícia para ninguém se sentir excluído, já que não tem espaço para todo mundo.

— Mas Aster é um bisbilhoteiro. Acabou descobrindo — comenta um rapaz de pele escura e cabelo afro. Ele tem um braço coberto por tatuagens, e uma delas contém as três linhas que conheço bem.

Já entendi que há todo tipo de pessoas em Betel.

— Então, já que temos convidados novos — comenta uma garota ruiva, cheia de sardas. — Quem faz as honras desta vez?

— Eu sou péssima nisso — comenta uma menina de cabelo cacheado e óculos de grau. — De todos aqui, a história do Valeryan é a mais interessante.

— Quero ouvir a sua história, Fayo — comenta um rapaz, e ergo a cabeça para encará-lo. Suas íris são brancas. Ele direciona a cabeça para o som das vozes quando alguém fala. — Já faz tanto tempo. Nem lembro mais.

— Eu quero ouvir a história da Zahraa — interrompo, roubando o marshmallow que Aster estava assando. Ele protesta. — Vão contar por nossa causa, não é? Acho que tenho o direito de escolher.

— Nesse caso, também tenho um voto.

— Já escolhi por você.

Ouvimos risadas, seguida de palmas. Pisco para Aster, que revira os olhos.

— Aliás, vocês vão contar a história de quê?

— De como chegamos aqui. Prometemos jamais esquecer de onde Ayah nos tirou.

Meu sorriso desvanece lentamente. Sinto vontade de me levantar e ir embora. É difícil me esquivar de tudo que lembra o meu pai aqui. Tudo que ele é e faz está em todo lugar, em todas as conversas. Mas achei que estava me saindo bem, pelo menos até agora. O incômodo cresce no meu peito, deixando um sabor amargo na boca, e preciso me esforçar para não soar indelicada, por isso permaneço em silêncio enquanto Zahraa começa a contar sua história.

— Eu tinha seis anos quando tudo aconteceu — ela explica. — As primeiras notícias na tevê diziam que uma nova doença, descoberta em um país distante do meu, levava à falência de órgãos em questão de dias, para pessoas que já tinham alguma doença. A população do local estava aterrorizada. Lembro que Baba, meu pai, comentou que sentia pena delas. Ninguém imaginava que o Lanula se tornaria um problema no mundo todo.

Zahraa retira um marshmallow da fogueira e o assopra antes de continuar.

— Depois de algumas semanas, confirmaram um caso em nosso país. Em seguida, na cidade. Depois, na vizinhança. Sentíamos a morte chegando cada vez mais perto. Eu, meus pais e meu irmão recém-nascido, Najeeb, fomos morar em uma área isolada, onde nem havia energia elétrica. Baba estocou alimentos e itens básicos e migramos para o meio do nada, onde ficamos por muito tempo. Nossa única fonte de informação era o rádio, e foi lá que Baba ouviu sobre Kyresia pela primeira vez. Houve o pronunciamento oficial, convocando os sobreviventes a embarcarem em um navio que os levaria a um novo país para registro, com um severo aviso de que a presença de qualquer suspeita de infecção entre passageiros ou tripulantes impediria a entrada de todos os que estivessem a bordo. No início, resistimos à ideia, mas Najeeb precisava de cuidados médicos e nosso estoque de alimentos estava acabando, então Baba fez contato com uma das caravanas para seguirmos juntos, na próxima viagem.

Todos estão tão concentrados na história que apenas o som de uma coruja pode ser ouvido no pequeno espaço de tempo em que Zahraa faz uma pausa para inspirar bem fundo antes de continuar.

— Nesse mesmo dia, Najeeb piorou. Sabíamos que a febre era um dos sintomas do Lanulavírus, mas tínhamos certeza de que nós quatro estávamos limpos. Mesmo assim, ninguém acreditaria em nós.

— Impediram vocês de viajar? — perguntei, com um aperto no peito por aquela história dolorosa. Zahraa deu um sorriso triste.

— Incendiaram nossa casa.

O silêncio impera no ambiente. Mesmo os que parecem já conhecer a história mantêm as cabeças abaixadas com o peso da dor de Zahraa. Da dor de todos nós.

De todos que sobrevivemos.

— Perdi toda a minha família. E perdi a mim mesma, porque, desde aquele dia, me amaldiçoei por ter conseguido escapar. Até hoje não sei como uma criança, sozinha, conseguiu seguir a vida. Entrei escondida no navio que veio até Kyresia e sobrevivi nas ruas por um bom tempo. Mas o ódio foi crescendo até se tornar sufocante. Quando tinha idade suficiente, comecei a me envolver com gente barra pesada, e me tornei uma exterminadora de Exatores. Meu maior orgulho era ouvir o pronunciamento na manhã seguinte, com as baixas de todos que eu havia assassinado. Achava que a vingança daria sentido à minha vida, mas quanto mais mal eu fazia, mais o mal se enraizava dentro de mim, consumindo qualquer alegria que eu poderia ter.

— E então, a minha parte favorita — comentou Fayo.

— E então, Ayah apareceu — Zahraa sorriu para ele. — Eu tinha acabado de roubar um item valioso de um Artis Dourado que iria me garantir uma arma nova no mercado clandestino, depois de ter danificado o cano da minha na noite anterior. O anel de brilhantes estava no meu bolso e eu caminhava com cuidado, olhando para os lados, garantindo que ninguém desconfiasse de que eu estava sendo perseguida. Ayah esbarrou em mim.

Levanto o rosto. Vejo seus olhos brilharem e sinto dor. Porque era assim que meus olhos brilhavam quando eu falava dele. Sinto saudade. Saudade de quando o amava. De quando ele era suficiente. De quando não precisava de explicações para confiar no que ele dizia.

De quando acreditava que ia ficar tudo bem, só porque ele havia prometido.

— O peso do anel no meu bolso havia desaparecido. E eu me desesperei. Ninguém era melhor do que eu quando se tratava de furtos, e eu não havia encostado nele por mais de cinco segundos. Era impossível. Ayah sussurrou um pedido de desculpas, sorrindo, e seguiu caminho com tranquilidade, mas eu voltei, o segurei pelo braço e senti tudo ao meu redor girar. "O que tirou de mim?", perguntei. "Nada", ele respondeu. "Nada ainda." Meu peito subia e descia, arfando. Eu queria olhar para os lados, para checar se os meus perseguidores ainda estavam longe, mas não conseguia parar de encará-lo. Ayah olhava dentro dos meus olhos e, pelo jeito maltrapilho que eu andava, mais ninguém fazia isso. Então ele continuou: "Quero tirar o peso que você carrega. Mas não o desse anel". Lembro que estava nublado naquele dia. Mas eu podia jurar que o céu carregado havia dado espaço a um raio de sol, porque seu rosto resplandecia enquanto falava comigo. Ele disse: "Nem o peso da pistola na sua cintura, nem o da faca na sua bota", e enumerou cada uma das armas que eu escondia. "O peso do seu coração, Zahraa. Entregue para mim."

Sinto a umidade de uma gota no meu braço e percebo que estou chorando.

— E ele me trouxe para cá.
— Me desculpa... — murmuro para Aster, levantando em seguida.
— Espera...
— Preciso ir.
Para onde papai está? Para a conversa que tenho tanto adiado? Não estou pronta para isso.
— O que você...
— Só me leve de volta ao dormitório, Ás.

71

Heort

— E aí, ela quase desequilibrou, mas caiu com um joelho esticado e o outro flexionado, enquanto uma mão apoiava no chão.

— Caraca, tipo pouso de super-herói?!

— Exatamente. Ela é incrível...

Apenas mastigo em silêncio.

É sempre isso. Todas as vezes que venho ao refeitório com os amigos que trabalham comigo na cozinha, Helsye é o assunto. Eles são fascinados por tudo que ela faz e às vezes até escapam do trabalho para espiar as lições dela na área de treinamento.

Helsye está se tornando popular em Betel, não há novidade nisso. Ser filha de Ayah significa ter um destino extraordinário, e isso é fácil de perceber quando você está liderando uma equipe que vai lutar no grande dia da batalha, quando você passa pelos corredores em bando usando trajes tecnológicos e recebendo a admiração de todo mundo.

Não é muito fácil quando seu trabalho é ficar escondido na cozinha preparando alimentos.

E é por isso que quase ninguém se lembra que papai disse "meus filhos" no dia em que chegamos. Ninguém lembra que sou irmão de Helsye. Ninguém lembra que também sou filho de Ayah.

Isso me incomodava muito antes de ela sair de casa. Eu questionava por que minha irmã sabia tantas coisas como lutar e caçar, e eu era apenas um garoto que precisava de proteção. Eu pedia que ela me ensinasse algumas coisas, e ela dizia que eu era novo demais, que o faria quando eu ficasse mais velho, e então ela foi sentenciada e eu achei que nunca mais fosse vê-la.

Mas a sensação não passava, e eu queria fazer alguma coisa grande e útil. E foi por isso que aceitei me juntar aos Chaoses.

Pensei apenas em mim e no quanto queria ser reconhecido. Deixei mamãe para trás e ela poderia ter morrido se papai não a tivesse resgatado logo. Mas, agora, acabei voltando ao mesmo ponto em que estava antes, sem nada de extraordinário para dizer depois do meu nome.

Não Heort, o grande soldado. Nem Heort, o grande Chaose. Heort.

Apenas Heort.

— P-por que ela está...

— Droga, ela está vindo para cá. Será que ouviu o que a gente disse?

Levanto a cabeça lentamente quando Helsye se aproxima. Os garotos ao meu lado parecem extasiados. Ela se dirige a mim.

— Fica com a minha sobremesa. Você sempre foi mais fã de doces.

Minha irmã coloca o pequeno ramequim na bandeja. Não espera agradecimentos e simplesmente vai embora, lançando um olhar rápido e sorrindo para os meus amigos antes de se virar. Sei que ainda está chateada porque não aceitei me sentar à sua mesa quando ela convidou. Helsye não entende que não quero ficar à sua sombra outra vez.

— Não acredito — Nyal comenta quando ela se retira.
— Ela sorriu para a gente?

— Sorriu? Ela deu a própria sobremesa para Heort. E você nunca nos disse que eram amigos — ele me cutuca.

— Não somos — digo, e me levanto da mesa, sem dar explicações.

Algumas horas depois, estou diante da porta de Ayah.

Ele me disse que eu poderia vir aqui quando quisesse, mas eu estava ocupado demais me aborrecendo com o trabalho que ele tinha me dado em Betel. Só que agora estou decidido a pedir que ele me dê outra função. Que me dê algo que realmente importe. Que faça a diferença.

Que acredite em mim.

— Entra, filho — a voz ressoa de dentro antes mesmo que eu bata à porta. Minha mão ainda está parada no ar. Abro-a um pouco e coloco apenas o meu rosto para dentro.

— Como sabia que era eu?

— Ensinei você a andar. Conheço muito bem os seus passos.

Ele balança a mão para que eu me aproxime. Há um aroma de gengibre no ar, e acho que está vindo da caneca fumegante em sua mesa. Ele coloca uma parecida à minha frente quando me sento.

— Quer chá?

— Obrigado.

Ele sorri e me serve, abrindo um pote de biscoitos.

— São de canela. Eu que fiz.

— Você?

— Talvez você fosse pequeno demais para lembrar, mas eu amo cozinhar. Apostei que fosse parecido comigo quando designei você para a tarefa que está exercendo agora.

Engulo em seco. Seguro a caneca com as duas mãos, sentindo o calor se espalhar pelos dedos. Gosto da sensação.

— A propósito, estou orgulhoso de você.

— Pelo quê? O trabalho na cozinha?

Papai assente com a cabeça.

— Heort, você sabe quanto tempo trabalhei para construir isso tudo? Quantos planos foram feitos? Quantas horas gastas no silêncio da madrugada?

Mordisco um biscoito. O açúcar e a canela se combinam, brincando com meu paladar, enquanto a conversa com meu pai bagunça todos os outros sentidos. Imagino se ouvi-lo é isso. Ser dividido em antes e depois.

— O trabalho dos bastidores é o que mais se parece com o meu.

Quando ele sorri a névoa se torna mais clara, e percebo coisas que não havia notado. Talvez eu não seja mesmo Heort, o soldado, o grande herói, o personagem principal.

Mas ainda sou Heort, filho de Ayah.

— Você acredita mesmo que sou parecido com você? — sorrio.

Papai sorri em resposta.

— Meu filho, eu acredito em *você*.

E quer saber? É suficiente.

— Agora me diga, por que veio aqui?

Roubo mais alguns biscoitos e abaixo a cabeça. Algo me diz que ele sabia a resposta.

— Só queria passar um tempo com você, pai.

72

Loryan

— Você separou a lista dos materiais que vamos precisar para amanhã?

Solto um murmúrio em concordância. Há semanas tenho cuidado para que tudo esteja exatamente do jeito que deve estar até o grande dia da batalha. Ayah deixou sob minha responsabilidade. Morreria para não decepcioná-lo.

— Ei.

— O quê?

— Quando eu perguntar alguma coisa você diz "sim, Valeryan", ou "não, Valeryan". Se dependesse do seu ânimo, estaríamos todos mortos amanhã.

Levanto a cabeça para encará-lo. Ele ergue as sobrancelhas, surpreso.

— Cara, você tá acabado. Tem dormido?

— Tenho trabalhado.

— Ayah valoriza o descanso tanto quanto o trabalho. Por que não dorme um pouco?

— Ainda tenho uns últimos ajustes para fazer até amanhã.

— Serviço de quarto! — grita alguém na porta. — Bem... Está mais para serviço de escritório. Ah, dane-se, vocês, crianças, não sabem mesmo o que é um hotel.

— Entra, Rúbeo — digo.

Ele aparece com um sorriso empolgado, uma garrafa de café e bolachas. Já me acostumei às suas piadas sobre a vida antes da pandemia e gosto quando ele solta essas pérolas. São pequenos momentos em que eu consigo sorrir.

— Cadê o açúcar? — Valeryan pergunta.

— Loryan toma café sem açúcar.

Ele parece ofendido.

— Desculpa, mas é só o Loryan que importa?

— É só o Loryan que é gentil comigo. Toma, moleque, coma umas bolachinhas. Tem café demais aí, e eu fiz forte como você gosta, vai acabar tendo dor no estômago.

— Ah, com licença, vou atrás de açúcar já que *ninguém* liga para mim neste lugar.

Valeryan sai pisando firme. Meu amigo é tão infantil. Rúbeo quebra o silêncio.

— Está tudo planejado para amanhã, não está? — Ele balança a cabeça em aprovação, olhando os quadros rabiscados e as listas infinitas pregadas na parede.

— Está sim — digo, bebendo um gole de café. — Estamos trabalhando muito para que dê tudo certo.

Grande parte do domínio de Buruk é ideológico. Sabemos que a batalha de amanhã não vai resolver todos os problemas, mas vai ajudar na mudança de mentalidade dos kyresianos. Vai ajudar a entendê-los que não precisam aceitar o domínio tirano do presidente, porque há alguém disposto a lutar por eles.

É apenas o começo. E precisa ser um bom começo.

— Sabe, garoto... — Rúbeo se apoia na escrivaninha, esfregando a palma de uma das mãos no joelho. — Quando dirigi aquele Hummer que trouxe você da Armada para cá, não fazia ideia de que se tornaria um dos homens de confiança de Ayah. Você parecia tão assustado no banco de trás, do lado da garota. Pensei: esse moleque vai chorar e eu não vou saber o que fazer.

Aperto os lábios em um sorriso.

— Ayah me enxerga como muito mais do que sou. E, sem dúvida, me trata melhor do que mereço.

— Mas você não parece feliz.

Desfaço o sorriso, pensando nos milhões de coisas que ocupam a minha cabeça. Tenho feito o melhor que posso, seguindo Ayah por onde vai, servindo-o em tudo que ele pede. Recebi sua confiança. Fiz amigos.

Quando estou com eles, me sinto bem. Em paz, apesar dos meus monstros. Mas então a noite chega e não consigo dormir. Penso em Helsye, nas vezes em que a vejo de relance, treinando, torcendo para que ela não me note no corredor, e que isso é o suficiente para me deixar abalado o dia todo. Há coisas que quero contar a ela, em especial depois que o chá que bebi na aldeia devolveu todas as minhas memórias, mas não tenho coragem. Penso nos meus amigos, e imagino se eles ainda me odeiam tanto quanto ela, e tenho medo de me aproximar e constatar que sim.

Penso que amanhã é o grande dia da batalha e que posso morrer sem pedir o perdão deles.

— Rúbeo... — indago, e ele foca os olhos escuros em mim. — Já se arrependeu profundamente de algo que fez?

Ele engole em seco. Pigarreia. Tira o copo de café das minhas mãos.

— Acho que fiz isso aí forte demais. Você está esquecendo que sou um brutamontes que não entende dessas coisas de sentimentos.

Sorrio com sinceridade. Traço distraidamente as linhas da palma da minha mão com um dedo. Rúbeo coloca as duas mãos no meu ombro, fazendo-me encará-lo.

— Mas se quer saber, já me arrependi sim, garoto. De muitas coisas — responde, a voz soa um pouco mais baixa. — Mas acho que meus piores arrependimentos são de coisas que não fiz. De saber que tive a chance e a deixei escapar das minhas mãos por medo.

Por alguns segundos as palavras ecoam no silêncio até colidirem contra o meu peito. Me levanto, beijo sua cabeça e me lanço com pressa em direção à porta.

— Aonde você vai?
— Falar com uma pessoa — grito.
— Loryan!

Sua voz é tão urgente que paro no batente e giro a cabeça, ainda de costas, para encará-lo.

— Dê um jeito nessa cara antes.

73

Helsye

— Mais forte.
Um baque surdo.
— Mais forte!
Outro.
— Mais...
— Se você disser "mais forte" de novo, eu esqueço que estamos treinando e arrebento a sua cara — digo, apontando na direção dele.

Aster abaixa a cabeça, sorrindo. Nas últimas semanas, estiquei os treinos até a hora do jantar. Ele melhorou muito. Bloqueia meus movimentos muito mais rápido e parece inabalável depois que aproveitei seu extenso conhecimento em apanhar para fazê-lo suportar os golpes com mais resiliência. Aster acabou se tornando um oponente do meu nível.

Estou irritada e orgulhosa.

— Você está empolgado demais.

— Não tenho motivos? Amanhã podemos acordar em um país livre. Só não está feliz quem está com medo — ele levanta uma sobrancelha e dá um meio sorriso. — Você está com medo?

Armo um chute tão rápido que ele desequilibra e tomba quando tenta desviar.

— Uau... — diz no chão. — Tudo bem. Estou com medo também.

Dou um sorrisinho de canto.

— Chega de treino por hoje. Fizemos tudo que podíamos. Você evoluiu bastante.

— Você é uma ótima professora.

— É, eu sei — digo, tirando a atadura das mãos. — Vamos comer?

Aster coloca uma das mãos sobre o peito, dramático.

— Não acredito que finalmente vai pagar sua dívida comigo. — Dou um soco em seu braço e ele me encara, incrédulo. — Você me deve uma refeição desde o dia em que nos conhecemos.

— Nunca prometi nada. Você sabe que só queria chegar ao seu pai.

Aster lentamente fica mais sério. Falar sobre o Capitão ainda é difícil para ele. Para alguns aqui, lutar ao lado de Ayah significa ganhar inimigos na própria casa.

— Eu não fazia ideia do que ele tinha armado naquele dia, Helsye. Sinto muito.

Ele já disse isso outras vezes, e uma pontada sempre atravessa o meu peito. A lembrança de Kalyen. A lembrança de Loryan.

— Vamos comer — repito, e me dirijo aos outros. — Layla, Jey, vamos?

Layla corre, enroscando-se ao meu braço e seguimos pelo corredor em direção ao refeitório. Jey e Aster vêm logo atrás, conversando. Heort tem passado tempo com papai e trabalhado na cozinha de Betel e Hayur preferiu trabalhar na inteligência com 3-21 desde que chegamos. Graças a ele e ao aparelho que fez para mim, minha audição está cem por cento.

Às vezes, vamos visitá-lo na sua estação de trabalho e dizemos sentir ciúmes dos seus novos amigos, principalmente de So-Yeon, a programadora. Ele cora. É muito engraçado.

— Ouvi dizer que vão servir pudim no jantar hoje — Layla diz.

— Você gosta?

— Nunca provei.

— Por que está animada?

— Na boa, Helsye, qual a chance de algo que se chama *pudim* ser ruim?

Solto uma risada. Ela tem um bom ponto.

— Que bom que vai jantar com a gente hoje. Nos últimos tempos, vive entocada na floresta.

— Não é verdade — respondo, e Layla ergue uma das sobrancelhas. — Tá bem, é verdade. Mas não é de propósito.

Tenho ido à floresta desde o dia em que ouvi a história de Zahraa. Fui até o escritório do papai pedir permissão, e ele me concedeu. Também me perguntou por que eu não tinha ido até ele quando me chamou para conversar. Dei uma desculpa qualquer, prometi ir no dia seguinte, mas o deixei esperando.

Quando eu ainda morava na província Agrícola, caçar era minha forma de colocar as ideias em ordem. Sentir que estava no controle, que não era a presa, ao menos uma vez. Isso sempre me ajudou quando eu estava confusa ou com medo. Então, no lugar de conversar com ele, escolhi outro refúgio, o que eu posso controlar.

Ele me oferece sua companhia e eu prefiro ser autossuficiente.

Não sei por que isso não me deixa feliz.

— Queria ficar com vocês hoje. Pode ser nosso último dia.

Layla assente silenciosamente.

— Talvez também seja um ótimo dia para segundas chances.

Não entendo o que ela diz até levantar a cabeça e ver Loryan caminhando em nossa direção. Ele cortou o cabelo. A barba recém-feita cheira à loção. Sem os fios que sempre os encobriam, os ossos do seu rosto parecem ainda mais salientes. Ele parece mais bruto, mais adulto e mais bonito.

Loryan está diferente, mas nunca me pareceu mais familiar.

— Nós precisamos conversar.

É a primeira vez que se dirige a mim desde que tentei matá-lo.

Meu coração acelera.

Meus músculos enrijecem.

E sei que deveria, mas não sinto vontade de matá-lo dessa vez.

74

Helsye

— Eu...

— Ei, por que parou de andar? Ah... — Aster passa um dos braços pelo meu ombro e ergue a cabeça novamente. — Loryan? É você, cara?

Eles se encaram por alguns segundos. Loryan une as sobrancelhas.

— Vocês se conhecem? — pergunto.

— Nos conhecemos na Armada, na escola de formação de Exatores. Mas ele ficou muito mais tempo do que eu, que não fui aceito naquele *inferno* por não ser *encapetado* o suficiente. Foi a melhor coisa que me aconteceu.

Franzo o cenho, me dirigindo a Loryan.

— Você... Você era Exator?

— Espera — Aster interrompe, com a voz algumas oitavas acima. — Era você que estava com a Helsye na província Comercial aquele dia? Eu não o reconheci — ele leva as mãos à boca, surpreso. — Cara, foi por isso que tentou me afastar dela na festa? Eu não ia machucá-la.

Loryan esfrega o polegar na testa. Dá um longo suspiro.

— Nós dois. — Aponta com o dedo em riste entre mim e si mesmo. — Será que podemos conversar?

— Loryan!

Seus ombros pesam quando ele ouve a voz. Loryan revira os olhos antes de olhar para trás. Um rapaz de pele escura, com o cabelo crespo cortado nas laterais se aproxima. Acho que o vi no dia da fogueira.

— Estava procurando você para...

— OH MY GOSH! — um grito ressoa ao meu lado e eu tenho um déjà vu com a lembrança de quando nos conhecemos.

— O que foi, Layla?

— Acabei de conhecer o amor da minha vida.

O rapaz abre a boca com surpresa e aponta para o próprio peito com os olhos arregalados.

— Eu?

— É solteiro?

Ele vaga os olhos ao redor, procurando por ajuda, mas minha cabeça ainda está tão confusa que não consigo dizer nada.

— Eu devo ter o dobro da sua idade!

— E daí? Nunca ouviu falar em *age gap*?

— Layla! Olha só, não liga para ela — intervenho, finalmente. — Vamos ter uma conversa sobre os livros que você anda lendo, mocinha.

— É, não liga para ela mesmo — acrescenta Jeyoke, irritado.

— Por que todo mundo resolveu falar ao mesmo tempo? — Loryan pergunta, soltando um longo suspiro. — Helsye...

— Espera, acho que já vi você antes. — O outro rapaz fixa os olhos em mim. — Naquele dia em que nós...

Ele deixa a frase no ar, a ponto de revelar o lugar secreto de Fayo. E então, dá um sorrisinho sem graça.

— Sou o Valeryan. Muito prazer.

— Ah... Helsye Agris. — Aperto sua mão de volta. Ainda não me acostumei que não precisamos usar os sobrenomes provinciais aqui. — Muito prazer.

— Valeryan, você não vê que estou tentando falar com ela?

— E você não vê que ela não quer falar com você? — Aster intervém.

Loryan ri.

— Você fala por ela agora? O quê? Acha que ela precisa de defesa? Helsye é mais forte do que você e eu juntos.

Não sei se ele percebe que leva a mão ao pescoço. As marcas desapareceram, mas eu ainda lembro onde estavam. E, de repente, isso é doloroso. Eles continuam falando, mas não estou mais ouvindo, toda a cacofonia de suas vozes revirou meu estômago, cortou meu fôlego, diminuiu meu espaço.

— Você tá legal? — ouço alguém dizer e acho que é Layla, mas não tenho certeza porque já me esgueirei para fora do refeitório e estou correndo ofegante pelo corredor.

Preciso de ar.

Preciso da floresta.

75

Loryan

Começo a me arrepender de ter vindo para cá.

Depois da confusão no refeitório, corri atrás de Helsye assim que ela fugiu. Precisava tanto falar com ela e sabia que aquela poderia ser a minha última oportunidade. Mas ela foi mais rápida e simplesmente desapareceu.

Procurei por ela em todas as salas e corredores de Betel. Perguntei a todos que passaram por mim. Ninguém a tinha visto. Por fim, uma de suas colegas de quarto deixou escapar que Helsye costuma caçar quando precisa limpar a mente.

Por isso vim até a floresta.

Mas não sei como vou encontrá-la.

A escuridão silenciosa engana meus sentidos. O barulho das folhas se mistura aos gorjeios e às batidas do meu coração. Tenho uma vontade imensa de ir embora, mas algo me impele para seguir adiante, como se eu fosse atraído a algum lugar que não conheço.

— Helsye! — grito, ouvindo minha voz reverberar por entre os galhos. Não há sinal dela nem de mais ninguém na escuridão.

Sei que estou sozinho aqui.

Solto o ar com força e resolvo voltar para a base, quando algo reluz a uma certa distância. Franzo as sobrancelhas e estreito os olhos. Parece um feixe de luz ou algo metálico.

Dou alguns passos em direção ao que acho que vi, esperando que minha visão não esteja me pregando uma peça.

Vejo algo correr.

É como uma estrela cadente. O brilho passa de um lado para o outro em um milésimo de segundo, um piscar de olhos.

— Helsye?

Cintila de novo. Desta vez mais nítido. E sigo em seu encalço. A luz desfoca à medida que começo a correr, afastando galhos com o antebraço, evitando piscar para não perdê-la de vista. Quando a perseguição para, vejo onde estou e o que estava me atraindo para cá.

É um cervo.

Ele para diante de um riacho e vira o pescoço em minha direção, erguendo os chifres que se abrem em ramificações. Sua pele é tão branca que parece brilhar e os olhos me encaram profundamente, como se pudessem enxergar a minha alma. De repente, me sinto envergonhado. Quase sorrio com a ideia absurda, mas a curiosidade é maior do que qualquer sentimento.

Me aproximo lentamente, estendendo as mãos à frente do corpo para mostrar a ele que não vou machucá-lo. O animal não se mexe.

Está esperando por mim.

Dou mais alguns passos e me abaixo, sentando sobre os tornozelos, e me coloco de joelhos diante dele. Não sei mais se estou sonhando ou alucinando ou se é real. Uma onda de coragem se espalha pelo meu corpo e resolvo tocá-lo.

"Perdoe."

Poderia dizer que a voz veio dele se eu não estivesse tão concentrado em seu rosto e certo de que ele não se moveu. Recuo um pouco, assustado, e olho ao redor, embora esteja convicto de que não há mais ninguém na floresta. Apenas o cervo e eu.

Aperto os olhos e balanço a cabeça. O animal pisca os olhos amendoados na minha direção e não consigo entender por que ele não foge. Sou um humano. O pior predador que ele conhece. Posso machucá-lo e ainda assim ele não me deixa.

Resolvo tocá-lo de novo. Cada vez mais certo de que esta é uma das histórias que você conta e ninguém acredita, não me importo mais com o que pode acontecer. A ordem ressoa novamente:

"Perdoe."

Mas desta vez é diferente.

Mais alto e mais nítido. Mais desesperador. Mais reconfortante.

Os sentimentos opostos se chocam dentro de mim e subitamente me tornam consciente de tudo que fiz de ruim até agora. É como ver em cores algo que só existia em escala de cinzas. Como se um feixe de luz fosse lançado sobre meus monstros em um canto escuro e agora consigo discernir cada um, sentindo o tipo de dor que só a verdade causa.

É então que entra o alívio.

Alguma coisa no jeito que o animal me olha me faz acreditar que ele tem a mesma consciência. Conhece meus monstros. Conhece o pior de mim.

É engraçado que sinto como se ele mesmo fosse o feixe de luz, mostrando claramente a minha vergonha. Mas sua ciência de como sou indigno não muda o jeito que olha para mim. A doçura na sua expressão me diz que compartilhamos um segredo.

Começo a achar que estou ficando louco.

O animal vira lentamente o pescoço em direção à água diante de nós e o acompanho com o olhar, mirando o lago. Ainda estou de joelhos, sentado sob os tornozelos, e as forças parecem abandonar o meu corpo. Meus braços e

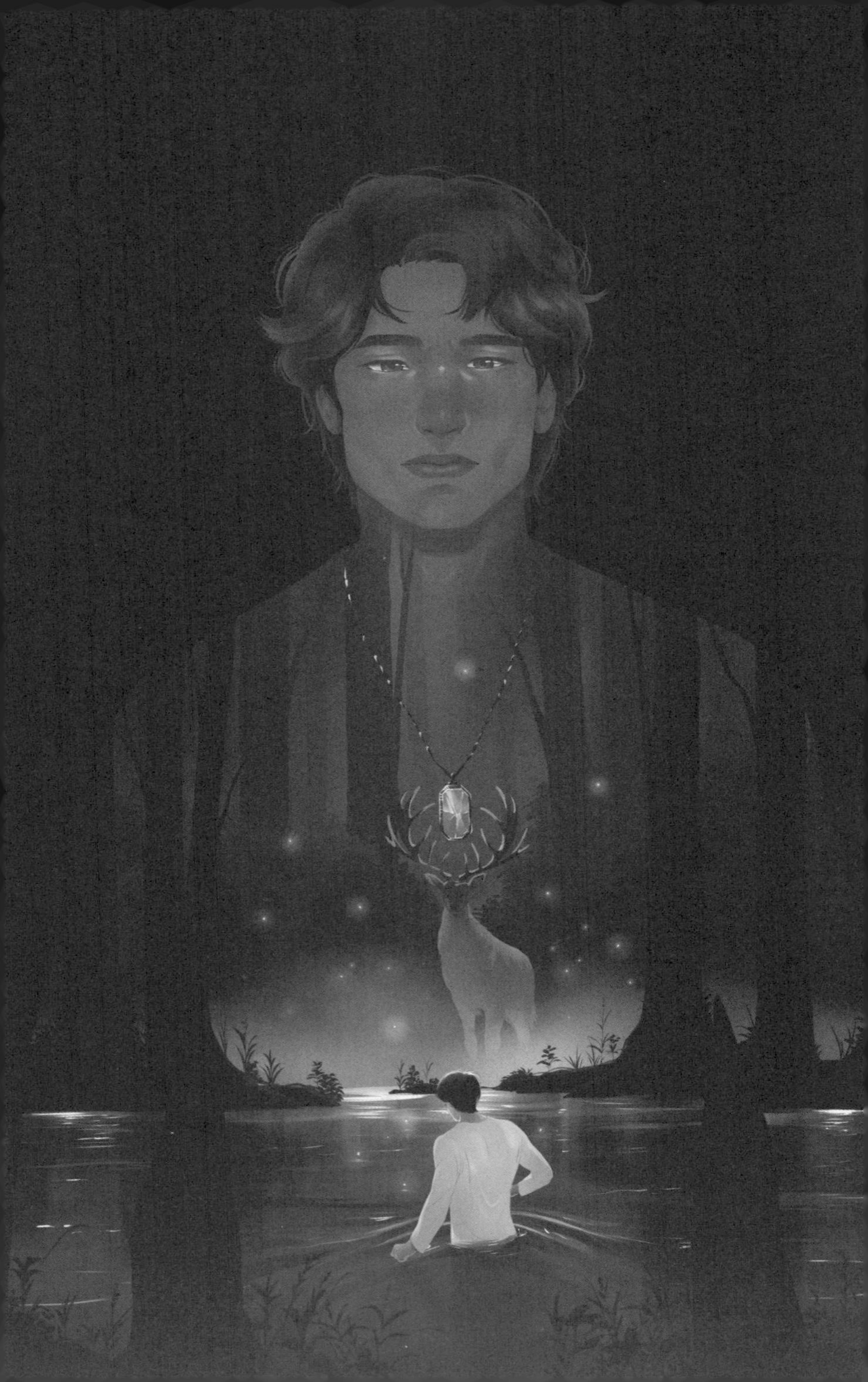

pernas estão dormentes e trêmulos, e não consigo pensar em mais nada além deste momento. Ele se inclina, bebendo do lago, e eu não resisto ao impulso de me colocar diante da margem também.

Só quando encaro meu reflexo percebo que estou chorando. Pisco algumas vezes, vendo as lágrimas caírem formando círculos concêntricos que distorcem minha imagem. De repente, alguns pontos do meu rosto se iluminam. Meus olhos, minha boca, meus ouvidos. Não preciso me esforçar para saber o que são.

Vaga-lumes.

A esperança me encontrando de novo.

Deixo as lágrimas correrem com mais intensidade. Meu coração aperta e alivia, como se alguém o estivesse espremendo, fazendo-o voltar a bater. A voz retorna, ainda mais majestosa, atravessando meu peito como uma corrente de água.

"Perdoe a si mesmo, porque você foi perdoado."

Me lanço no riacho.

Sinto a água fria arrepiar o corpo, fazendo meus membros tremerem. Não sei por que estou fazendo isso, mas sei que preciso fazer. As águas são mais profundas do que pareciam, e mergulho fundo antes de começar a nadar, sentindo menos força a cada braçada e, mesmo assim, seguindo adiante. Sendo levado por alguém que é mais forte do que eu.

Quando minha cabeça irrompe a superfície do outro lado, a floresta continua escura, o silêncio continua intacto e nada mudou do lado de fora.

Mas eu não sou mais o mesmo.

Olho para trás, vejo a água se recuperar da interferência e percebo que o cervo desapareceu. Algumas lágrimas ainda escorrem, se misturando às gotas de água sobre o meu rosto, e eu sorrio, abrindo os olhos pela primeira vez em uma realidade em que eu me sinto perdoado por quem me ofereceu perdão.

E por mim também.

Não demoraria tanto a passar pelas águas se soubesse que a misericórdia me esperava do outro lado.

Eu me escondo em você
Nas suas asas quentinhas
Até me dar conta
Que também tenho as minhas

Então eu corro de você
Tento me aquecer sozinho
Me esqueço quem é a galinha
E que sou apenas um pintinho

Me aceite de volta
Cansei de ser suficiente
(Eu não sou, cá entre nós)

Sou só um filhote inconsequente.

Excertos dos poemas de Ayah, 91
—

76

Helsye

— Sente-se — ele diz.

Dou alguns passos hesitantes e puxo uma cadeira, enquanto papai se move pela cozinha.

Eu tentava imaginar o que tinha atrás da porta do seu escritório desde a primeira e única vez que estive aqui. Nunca fui corajosa o suficiente para perguntar. Esperava qualquer coisa, menos isso.

— Aonde estava indo? — ele pergunta, tirando algumas coisas de uma geladeira pequena.

— Para a floresta.

Ele remexe algumas gavetas no refrigerador. Tira legumes e os põe sobre a mesa.

— Então, estava se escondendo de mim.

— Eu não estava...

Ele levanta a cabeça e me encara. Prendo a respiração e solto devagar.

— Eu estava me escondendo de você.

Papai dá um sorrisinho. Não dá para esconder nada dele. Suas mãos habilidosas começam a picar os legumes sobre uma tábua, e ele me entrega um pedaço irregular de cenoura, como fazia quando eu era pequena.

— Por que me trouxe aqui?

Ele me encontrou no corredor e disse "siga-me", sem dar nenhuma explicação. Achei que fosse me passar alguma instrução importante sobre a batalha amanhã, então assenti. Mas a menos que nossa estratégia seja cozinhar para os inimigos, não acho que esse seja o motivo da conversa.

— Senti a sua falta — ele diz, docemente.

— Senti a sua falta — rebato, e ele sabe que não estou falando de agora.

Estou falando do peso esmagador da sua ausência todos os dias da minha vida. De todas as vezes que subi a ladeira sozinha, caindo e me ferindo no caminho, para assistir ao sol nascer e esperar que ele aparecesse, porque ele não poderia ter desaparecido assim.

— Você me deixou sozinha — completo, e meus olhos começam a encher de água apesar de todo o esforço para parecer indiferente.

— Ah, não, querida. Eu estava com você. Eu sempre estive.

Me forço a encará-lo. Ele parece tão sereno. Tão seguro do que diz, que nem sei o que pensar.

— E você poderia me encontrar no livro.

— Como um *livro* poderia fazer diferença?

— Você subestima o poder das minhas palavras, Helsye — ele aponta ao redor com a faca. — Tudo que vê passou a existir a partir delas.

Papai coloca os legumes na panela, e eu fico em silêncio. Ele enxuga as mãos em um pano de prato, dá a volta no balcão e se inclina sob os joelhos para me encarar no banco alto da cozinha.

— Em nenhum momento você esteve por conta própria. Você precisava que eu viesse, para preparar o lugar, mas não houve um único segundo em que não estivesse sob a minha proteção. — Ele passa a mão sobre a cicatriz na minha boca e lembro daquele dia. De quando achei que o porco selvagem fosse me matar, mas algo o atingiu de repente.

Começo a pensar em outros momentos da minha vida. Outros auxílios inesperados. Penso no fato de Loryan ter aparecido exatamente quando eu precisava ser resgatada da câmara. Em todas as coincidências. E que tudo parece carregar a marca dele.

De alguém que estava por perto.

— Mesmo nos momentos mais difíceis. Mesmo quando você achava que ninguém se importava. Eu estava cuidando de tudo do lado de fora. E também estava aí dentro — aponta para o meu coração. — Mesmo que precisasse emprestar a boca de alguém para falar com você, eu o faria. Uma parte de mim vive em você, Helsye. Eu nunca a deixei.

Aperto os lábios, sem conseguir segurar as lágrimas.

Alguma coisa no tom da sua voz, nos seus olhos, na forma como se dirige a mim me acalma. O amor do meu pai me desarma. Todos os meus argumentos se esvaem.

E eu percebo a verdade.

Estou aqui, cheia de razões, reclamando de sua ausência. Mas, desde que cheguei, Ayah e eu estamos dividindo o mesmo espaço e eu não procurei por ele. Não dei valor a tê-lo por perto. Eu tenho meu pai ao meu lado e continuo agindo como órfã, orgulhosa demais com a minha autossuficiência e relutante demais para perceber que sou dependente dele.

Isso me diz que não estou chateada por ele ter partido. Estou chateada porque ele não agiu da maneira que eu queria. Porque não me importo com o fato de que ele estava fazendo algo por um propósito maior. Só me importo comigo. Sou egoísta.

Quando exijo um amor que sacrifique o mundo todo por mim, não é amor que estou pedindo. É idolatria.

— Eu sinto muito — lamento, e a vergonha se espalha pelo meu rosto até que eu o esconda nas minhas mãos.

— Sinto muito mesmo — repito, desta vez com a voz abafada e cheia de soluços.

Sinto os braços quentinhos do meu pai ao redor do meu corpo, e ele me abraça como se eu tivesse cinco anos outra vez. E, de repente, não existe mais nada. Tudo é limpo e reto e simples. Somos só ele e eu. Só uma criança chorando nos braços daquele que a ela deu a vida.

Não preciso de mais nada.

— Está tudo bem. Você está em casa agora.

— Não, pai. Você... Você nem deve mais querer olhar para mim — digo, ainda enroscada ao seu pescoço.

Seu peito se move com a risada silenciosa.

— Eu procuraria você nos confins da terra só para olhar nos seus olhos todas as manhãs.

77

Loryan

Só faz algumas semanas desde que eu entrei na escola de Exatores.

Mesmo assim, já me sinto diferente. Rasparam a minha cabeça e me deram uniformes, mudando substancialmente a minha aparência. Mas os treinos, a comida e as sessões de tortura provocaram as maiores mudanças.

Estou me preparando para a nossa primeira experiência fora das fronteiras da Armada: patrulhar a província Agrícola enquanto o recenseamento é realizado. Todas as pessoas precisam vir até a Praça Central para se registrar, e recém-nascidos receberão os rastreadores. Considerando como esse dia é importante por causa do nosso problema populacional, todas as províncias ficam vulneráveis a ataques.

Fui designado para cá junto com outros novatos porque os Agris são mais tranquilos. Estão ocupados demais morrendo de fome e desnutrição para provocar alguma rebelião, e nós não temos experiência para lidar com rebeldes mais agressivos. Ainda me sinto desconfortável com o estado deplorável deles, e Agyok avisou que eu logo me acostumaria.

Além disso, ele me disse que, se eu me esforçar bastante e me destacar, vou receber o soro seletor de memórias antes dos outros, e isso me tornará emocionalmente mais forte. Estou ansioso por isso. Não quero mais pensar na minha vida antes daqui e chorar como uma criancinha, como vinha fazendo. Sei que seguir em frente é a única forma de sobreviver, mas aceitar isso não torna menos doloroso.

Meu coração se deteriora aos poucos à medida que evoluo na escola, mas se dói significa que ainda é humano. Só não sei quanto tempo isso ainda vai durar.

— Fique próximo do Exator-treinador, entendeu? Se acontecer algo com você, nenhum de nós vai se responsabilizar — disse o Exator responsável por nos trazer aqui, e eu balancei a cabeça, tentando disfarçar o quanto estou assustado. Segurei a arma contra o corpo. Ela é quase do meu tamanho e o peso ainda me desbalanceia um pouco enquanto ando.

A fila segue sem muito alarde. As pessoas têm uma aparência tão exausta que sinto uma pontada no peito cada vez que olho para elas. Um dos últimos homens da fila parece prestes a cair. Ele anda com dificuldade e tem feridas na boca, talvez esteja doente. Sinto quando ele fixa o olhar em mim por alguns segundos e engulo em seco. Aperto os dedos em torno do cano da minha arma. Ele pode estar planejando um ataque, porque sou um dos menores de toda a equipe, e embora eu saiba que terei que matá-lo se ele avançar em mim, não sei se terei coragem.

Foi como previ.

Ele saiu da fila, caminhou a passos largos em minha direção e tomou a minha arma.

Sei o que devo fazer. Devo aplicar um dos golpes que aprendi nas últimas semanas e torcer o seu pescoço, mas não consigo. Meus pés travam no chão e minha língua se apega ao céu da boca, e assim que minhas pernas reagem ao meu comando, tudo que faço é correr, o mais rápido que consigo. De longe, ouço os tiros e os gritos da multidão. Meus companheiros, sem dúvida, darão um fim naquele homem, e provavelmente vão me espancar até quebrar os meus ossos por ter fugido.

O que eu fiz da minha vida?

Agora não tem mais volta.
— Está doente?
Eu me viro bruscamente em direção à voz que fala comigo. É a primeira vez que ergo a cabeça desde que comecei a correr. Olho ao redor e percebo que vim parar em uma espécie de plantação, onde a garota está trabalhando. Ela usa um chapéu engraçado e tem uma enxada nas mãos.
Ela tem olhos bonitos.
— Você está tremendo. Está contaminado pelo Lanulavírus?
— Não — respondo, encarando-a em silêncio.
Ela sorri.
— Isso é bom. Você é muito bonitinho para morrer pelo vírus. Seria um desperdício.
— Por que você acha que me importo com isso?
— Você não se importa porque é bonito. Se fosse feio, se importaria. É assim que funciona.
Faço careta com o argumento idiota, mas não consigo evitar um sorriso, esquecendo por um momento do inferno que é a minha vida.
— Você é uma boba.
— Você parecia triste. Só estou tentando fazer você sorrir — ela continua. — É tudo que posso oferecer agora.
É a coisa mais legal que alguém me diz nos últimos meses. Ficamos alguns segundos em silêncio, e eu não sei direito o que responder. A garota parece ter que voltar ao trabalho, e eu terei que encarar os meus erros. Nenhum de nós quer ir embora.
— Tenho que ir — digo.
— Espera — ela retruca. — Você não me disse o seu nome.
— Não posso te dizer o meu nome — respondo. — Na verdade, é melhor você nunca contar a ninguém que me encontrou aqui.

— Mas e se eu quiser te ver de novo? Como vou achar você?

Não vamos nos encontrar de novo, é o que quero dizer. Na melhor das hipóteses, vou morrer esta noite por ter fugido. Na pior, me tornarei perigoso demais para ela.

Olho para baixo, sentindo o peso das minhas decisões, e encontro duas pedras coloridas e lisas. São pequenas e bonitas, e me abaixo para pegá-las na palma da mão.

— Escolhe uma — digo para a garota. *Ela pega uma das pedras, analisando-a contra a luz.*

Descarto a outra, tiro um fio que carrego em um dos bolsos e o enrolo em um nó bem firme, prendendo a pedra. Coloco no pescoço como um cordão tosco. A garota abre um sorriso.

— Nunca venha atrás de mim, entendeu? Mas se um dia você esbarrar com alguém usando este cordão, você vai saber que sou eu. E aí você pode dizer oi.

Ela balança a cabeça.

— Agora preciso ir. Vê se toma cuidado e não fale para ninguém que você me viu.

— Entendi, garoto bonitinho.

Pisco por alguns segundos, meio sem graça, e então sigo na direção oposta, de volta à Praça Central. A voz da garota me interrompe antes que eu esteja muito longe.

— Você disse que eu não podia saber o seu nome, mas não disse nada sobre não saber o meu.

Olho para ela uma última vez. Está sorrindo e se balançando na ponta dos pés, como se escondesse um segredo. Gosto disso. Gosto do sorriso dela mais do que já gostei de qualquer coisa na minha vida inteira.

— Me diga como você se chama e me deixe ir.

Abro um sorriso também. Genuíno e sincero. De despedida. E continuo me afastando, andando de costas para poder encará-la enquanto me distancio.

— Ei! Você tem covinhas! — ela grita. — Eu só tenho de um lado, olha!

— Diga logo o seu nome!

— Se eu disser você vai embora!

— Mas eu preciso ir!

Ela balança a cabeça. Fixa o olhar em mim. Coloca as duas mãos sobre a boca.

— Eu me chamo Helsye Agris.

— Oi — a voz de Helsye me traz de volta ao presente.

Me levanto rápido do chão onde estava sentado. Esperei por tanto tempo que quase adormeci. Passo a mão no comprimento do cabelo, meu membro-fantasma, porque me esqueço que o cortei.

— Oi — respondo.

Estou parado em frente à porta do seu dormitório desde que voltei da floresta. Minhas roupas e meu cabelo ainda estão úmidos. Precisava falar com ela hoje e sabia que uma hora ela apareceria, então resolvi esperar.

— Oi — repito, como um idiota. — Procurei você por toda a parte.

— Eu estava com meu pai. Ele estava cozinhando. Comemos tempurá.

Ela balança a cabeça, como se fosse errado dividir a informação. O silêncio dura alguns segundos. Helsye se move para a frente e balança a chave nas mãos, fazendo barulho.

— Preciso entrar...

— E eu preciso de cinco minutos. Prometo que não vai demorar mais do que isso.

— Loryan...

— Por favor, Helsye. — Uno as mãos à frente do rosto e ela me encara, ponderando sua decisão.

— A gente tá indo para o refeitório — diz uma de suas colegas de quarto, subitamente abrindo a porta. — Voltamos daqui a meia hora. Muryen precisa de um leite quente.

Ela puxa a outra garota pelo braço. Helsye fita o chão até elas se afastarem.

— Entra.

Atravesso a soleira, esperando seu sinal para me sentar. Tem um adesivo neon na parede onde ela dorme. Um pontinho de luz. Sei o que significa.

— Ainda tem pesadelos?

Helsye engole em seco. Olha para o adesivo. O silêncio é resposta suficiente.

— O que você quer?

Não acho que tenha um jeito fácil de começar isso. E desconfio seriamente que estou prestes a perder a coragem. Mas me forço a encarar seus olhos incertos e tenho certeza de que é isso que quero fazer.

— Te contar quem eu sou.

78

Helsye

— Sou filho de um Exator — Loryan diz. As palavras caem no chão com um peso tremendo. — Kyo não é meu pai biológico. Malek era.

Não sei se devo dizer alguma coisa. Loryan entende meu silêncio como permissão para prosseguir.

— Ele era alcóolatra. E violento. Fazia de mim seu saco de pancadas todas as vezes que bebia. Morávamos na Armada, perto do prédio principal, porque ele era um dos homens de confiança de Buruk.

Vejo seus músculos enrijecerem enquanto ele fala. Sei quanta coragem é necessária para reviver tantas memórias ruins, mas ele está fazendo isso só para me contar sua história.

Não sei se valerá a pena.

— Um dia, ele tinha misturado várias bebidas — prossegue. — Minha mãe e eu estávamos no jardim. Ela estava grávida. Naquela tarde, ela me ensinava a separar cogumelos comestíveis de venenosos. O dia era quente e ensolarado, os passarinhos cantavam, e uma borboleta pousou entre nós. Minha última memória feliz com ela era quando ela a estava segurando entre os dedos, sorrindo. Meu pai chegou em seguida.

Loryan trava a mandíbula. Respira fundo antes de prosseguir.

— Eu aguardava tão pacientemente que ele acabasse comigo, como sempre fazia, que não esperava que pudesse ser ainda pior. Naquele dia, por alguma razão, ele foi para cima dela. Ainda ouço o barulho de sua cabeça batendo contra a parede quando ele a empurrou. Eu ouvi o som de algo se quebrando. Comecei a gritar.

Loryan fecha os olhos por alguns segundos.

— Me pendurei nele, para tentar impedi-lo, mas Malek me jogou para longe, e eu desmaiei. Assim que despertei, fui até minha mãe. Segurei sua cabeça desacordada junto ao meu peito e fiquei ali, chorando, até ela acordar. Ela perdeu o bebê.

A floresta Agris surge na minha mente. Os cogumelos. As borboletas. Sua crise de pânico. Agora tudo faz sentido.

— Nunca esqueci daquele dia. Era meu aniversário.

Engulo em seco e sinto uma dor excruciante apertar o peito. Quero encerrar a conversa, mas não consigo dizer nada ou esboçar reação alguma. Fecho as mãos, tremendo involuntariamente.

— Depois disso, passei a odiar Malek mais do que qualquer coisa. Ele voltou a bater apenas em mim, mas a qualquer momento sabia que poderia se voltar contra ela. Comecei a pensar em um jeito de matá-lo. Ele deixava algumas garrafas de bebida na geladeira, e eu usei os cogumelos ruins para fazer um veneno. Eu fiz isso, Helsye. Eu me vinguei dele. E então, eu perdi minha mãe no mesmo dia. Ela me expulsou de casa. Disse que eu era um psicopata doente. O olho ainda estava quase fechado por causa dos socos do outro dia quando ela me jogou na rua e disse que eu não era mais seu filho. Acreditei em todas aquelas palavras. Acreditei em tudo que ela disse sobre mim e comecei a pensar que eu era realmente um monstro horrível, e por isso fui procurar abrigo no lugar onde monstros eram apreciados — confessou, com a voz trêmula. — A escola de Exatores.

Loryan me encara. Os olhos cheios de uma culpa antiga.

— Eu tinha os pré-requisitos para me candidatar. Era um cidadão da Armada. De uma família nobre. Àquela altura, eu não tinha mais nada nem ninguém, Hel. E estava totalmente convencido de que era um assassino doentio. Então fiz coisas horríveis naquele lugar. Não havia uma única ordem que eu questionasse. Uma única luta que eu perdesse. Uma única pessoa com quem eu me importasse.

Ele une as mãos à frente do rosto. Esfrega as pálpebras, uma, duas vezes. Volta a falar.

— Isso chamou a atenção de Buruk. Eu ainda era um pré-adolescente quando fui apresentado a ele. O presidente descobriu meu histórico, analisou meu desempenho e valorizou minha crueldade. Passei a ser seu braço direito, a executar missões que Exatores mais velhos não tinham coragem para cumprir. Meu nome era conhecido e temido em toda a alta cúpula de Kyresia. Todos que entravam naqueles prédios sabiam quem eu era. E como eu era de confiança, fui escolhido para uma missão — ele para, e sei que as coisas só tendem a piorar a partir daí. — Ele tinha ouvido falar na possibilidade de existir imunes, e precisava de alguém que se infiltrasse entre os provincianos para trazer essas pessoas até ele.

Sinto uma angústia pressionar o peito quando ele menciona essa parte. Reúno as forças para interromper.

— Loryan...

— Por favor, escuta até o final — diz, e eu me calo novamente. — Eu descobri sobre os Recolhedores. Soube que eles faziam funerais, e que conheciam as províncias melhor do que ninguém, então resolvi me infiltrar entre os Aki para descobrir informações. O problema é que Kyo se aproximou e me adotou como filho. Eu não pedi por nada disso, mas ele me levou para casa, e não exigiu que eu contasse mais do que a versão que inventei dos fatos. De repente, eu não estava mais sozinho. Eu o tinha. Tinha Kalyen. E Layla, e Jeyoke. Não era mais como se eu não tivesse nada a perder, e eu não sabia como reagir a isso. Já estava acostumado com a ideia de nem ser um humano, então cada vez que Kyo me chamava de filho, ou cada vez que recebia afeto ou cuidado, aquilo me dilacerava. Porque eu sabia que não merecia. Foi aí que fugi. Fiquei dois anos vagando pelas províncias, tentando sobreviver sozinho. Eu não queria machucar as pessoas que amava de novo, e ser odiado por elas, como fui odiado pela minha mãe.

Ela engole em seco uma vez. Respira fundo. Minha garganta arde pelo esforço que faço para não chorar.

— Mas é claro que Buruk não ia me deixar em paz. Ele colocou Exatores à minha caça até me encontrar. Jurou que se eu não cumprisse a missão para qual tinha sido enviado, ele iria matar todos com quem eu me importava — ele desvia o olhar. — Não parecia uma troca difícil, Hel. A vida de todas as pessoas que me enxergaram como um ser humano pela primeira vez em troca de um imune, que eu não fazia ideia de quem era e com quem eu não me importava. Era tão simples.

Ele fixa os olhos em mim por cinco segundos. Por longos cinco segundos.

— Mas não era simples. Porque era você. E eu me apaixonei por você.

Vejo seu peito subir e descer. Não reconheço quem está à minha frente. Chego à conclusão de que não sei nada sobre esse garoto e que tudo nos seus olhos, no seu tom de voz, na forma como desesperadamente me conta sua história me diz que ele quer que eu o conheça. Seu passado e seu presente estão diante de mim, e ele quer que haja um futuro.

Um futuro entre ele e eu.

— Estava decidido a entregá-la quando a encontrei, mas na nossa primeira conversa eu já não tinha mais certeza. E aí, o grupo se separou na floresta e eu tentei reunir toda a coragem que tinha para agir racionalmente e seguir com o plano, mas você ficou comigo, eu te disse para fugir, mas você...

Loryan abaixa a cabeça e leva longos segundos para retomar o discurso.

— Na festa da província Comercial, o Capitão me reconheceu. Não fazia ideia de que era ele quem estávamos procurando, mas eu já o havia visto no prédio da Armada e ele sabia que eu era da confiança de Buruk, embora a missão de encontrar um imune fosse sigilosa. Ele deixou escapar que tinha feito uma armadilha para o que ele achava ser uma nova resistência e eu tentei avisar você, mas precisaria te contar como eu descobri e fui... Fui covarde por esperar tempo demais, e perdi Kalyen por isso.

— A culpa é tão minha quanto sua — afirmo, e é a primeira vez que falo uma sentença completa desde que ele começou a conversa. Loryan parece sentir a sinceridade na minha voz, porque seus ombros relaxam.

— Eu tinha uma fuga preparada na província Tecnológica — ele fala, e ergo os olhos para encontrar os seus. — Não ligava mais para a vacina ou para a revolução. Só queria você e as crianças seguros. O pai de Hayur ia nos levar até um ponto e no meio do caminho um helicóptero ia nos encontrar. Meu nome ainda era temido na Armada. Consegui cobrar uns favores quando passamos pela festa.

Loryan desvia o olhar de mim.

— Mas os Chaoses atacaram. Reforços foram enviados. E havia ordens de Buruk para que, qualquer um que me encontrasse, me levasse de volta. Eu e quem estivesse comigo. Ele já sabia que eu estava escondendo alguma coisa, subestimei sua inteligência. Meu último recurso foi tentar fingir que ainda estava do lado deles. Que estava entregando você. Que os havia traído. Só assim eu poderia ganhar tempo para criar outro plano, mas não consegui, eu não...

Sei que ele tem mais coisas para dizer. Quero que ele conte tudo. Quero que não me esconda mais nada porque, se ele tivesse dividido tudo comigo, não o teria odiado tanto. Talvez, se ele continuar explicando, se continuar me olhando desse jeito...

Mas Loryan para. Checa o relógio atrás de mim. Faz menção de se levantar.

— Só tenho mais alguns segundos do seu tempo, então queria dizer por que te contei todas essas coisas. Não estou pedindo para esquecer tudo e me perdoar, porque sei que isso pode demorar ou pode ser que nunca aconteça, e você teria toda a razão.

Loryan suspira. Tenta sorrir. Parece ponderar o que vai dizer.

— Mas eu sempre achei que, antes de morrer, eu veria a garota por quem estava apaixonado em uma realidade que eu havia criado apenas na minha cabeça. O fato de que essa garota agora tem um rosto e um nome me deixa feliz e triste. Então quero que saiba que se alguma coisa acontecer na batalha amanhã, é em você que eu vou pensar.

Ele leva as mãos ao pescoço, tirando um cordão por cima da cabeça, e o coloca nas minhas mãos. Demoro alguns segundos para desviar os olhos dos dele e finalmente fitar a pedrinha. Sinto os olhos umedecerem assim que a reconheço.

Já faz tanto tempo.

Levanto o rosto subitamente. A confusão apertando o meu peito e tornando as batidas do meu coração cada vez mais violentas. Era ele. Esse tempo todo. E eu não percebi.

— Você tinha razão em uma coisa naquele dia — ele diz com a voz suave. — Naquele dia em que conversamos na sua cela e você disse que sempre foi você.

Loryan esboça um sorriso fraco e caminha em direção à porta. Não consigo esboçar nenhuma reação e sei que vou me arrepender de não ter dito nada, mas o choque me mantém paralisada.

— Sempre foi você, Helsye Agris. Sempre você.

79

Helsye

Sempre me perguntei como seria abrir os olhos para viver um dia em que finalmente seria livre.

Em que acordaria pela manhã e não haveria campos agrícolas ou testagem em massa ou Exatores-fiscais. No lugar de rostos apavorados, haveria sorrisos de bom dia. No lugar de pás e enxadas que calejam as mãos, as crianças segurariam livros de tamanhos e cores diferentes e poderiam viajar para qualquer universo, porque você só pode voar se alguém contar que, por acaso, o peso nas suas costas são asas, você só não podia ver por si mesmo.

Quando abro os olhos pela manhã, sei que esse dia ainda não chegou. Mas não está mais tão distante. Estamos no meio do caminho, entre a escuridão e a luz, com o coração cheio de esperança.

E isso é aurora.

Sigo para o refeitório, depois de vestir um traje de gola alta e mangas compridas, que se ajusta ao meu corpo como uma segunda pele. Coloco no ouvido o aparelho que Hayur fez para mim. O colete onde carrego as armas parece segurar cada batida do meu coração acelerado.

Resolvo passar na ala médica antes de ir para o refeitório. Ando devagar, vendo as cortinas brancas que dividem os leitos, através das janelas de vidro. Pesquisadores caminham de um lado para o outro, cuidando de alguns pacientes que apresentaram pequenos efeitos colaterais à vacina. Mas há uma pessoa que parece realmente precisar de atenção, e é diante de sua maca que me posiciono depois de entrar.

Mamãe está descansando, com o semblante sereno. Papai está ao lado dela, segurando sua mão. Ele nota minha presença sem precisar se virar.

— Que bom que veio vê-la.

— Que bom que a trouxe para Betel — digo.

Ontem, contei a ele tudo que aconteceu entre mim e ela. Expus toda a minha culpa. Senti o seu perdão. Papai a trouxe para cá junto com os outros resgatados da província Agrícola faz um tempo e me disse que viesse vê-la quando estivesse pronta.

— Eu jamais abandonaria a minha noiva — ele diz, e sorrio ao ouvi-lo chamá-la assim. — Ela pode estar fraca ou debilitada. Pode estar ferida. Pode até ter se esquecido de mim. Mas ainda é minha. E eu sempre cuidarei dela.

Coloco uma das mãos sobre seu ombro. Sei que mamãe ainda pode me machucar às vezes, mas preciso reaprender a amá-la. Vou fazer isso por ele.

— Vamos andando — declara. — Já está na hora.

Seguro sua mão e andamos juntos pelo corredor, para onde todos estão esperando para ouvir seu discurso, antes de subirmos para a superfície. Ergo a cabeça, olhando ao redor, onde tudo parece uma bagunça silenciosa. As pessoas se locomovem para lá e para cá, preparando armamentos, dividindo-se em grupos. Papai se posiciona à frente e eu sigo para o meio da multidão, encontrando meus amigos.

— Senhorita Helsye! — reconheço a voz de Kyo quando ele se aproxima. — É bom vê-la de novo.

Layla envolve a cintura dele em um abraço. Jeyoke também se aproxima. Mais dois rostos conhecidos surgem em seguida.

— Juruna! — digo, abraçando-a. — Tembé. É bom saber que lutarão ao nosso lado.

— Chegamos aqui de madrugada — diz a líder dos indígenas, mas seu companheiro está inquieto, olhando para cada um dos nossos rostos.

— Cadê a Kalyen?

Nos entreolhamos, em um silêncio doloroso. Tembé parece não entender nossa demora, até que seu sorriso diminui e ele dá um passo cambaleante para trás, em choque. Kyo surpreende a todos quando responde.

— Depois que perdi a mãe dela, achei que protegê-la seria a melhor solução. Mas Kal foi feita para lutar. Eu tinha certeza. Só me arrependo de não ter dito isso a ela — ele solta um longo suspiro. — Então, hoje, o melhor que posso fazer é lutar por Kal também.

— Todos nós faremos isso, Kyo — afirmo.

Tembé parece suprimir o choro. E então balança a cabeça, resoluto.

Depois de alguns minutos, todos começam a assumir suas posições. Ayah irá à nossa frente e estamos apenas esperando seu sinal. Meus olhos varrem o salão, encarando rostos conhecidos e desconhecidos, sem encontrar o que estou procurando.

— Ele não está aqui — intervém Layla. — Saiu mais cedo para ficar de guarda perto do lugar onde vamos atacar.

— Ah... — digo, quase assustada com a leitura que ela faz de mim.

Loryan sempre disse que a sensibilidade de Layla é fora do comum.

— Ele se despediu de mim, sabe — declara ela, sacudindo os ombros. — Isso é o que eu ganho por não ser orgulhosa.

Dou um sorriso, mas acabo sentindo um aperto. Não quero que ele se machuque hoje.

— Queria ter desejado boa sorte — confesso, por fim.

Não demora muito até as filas começarem a se formar. Somos divididos em grupos de dez e quinze. Alguns de nós têm treinamento militar, e outros aprenderam o básico para se defender.

Apenas figurantes.

Faz parte do plano.

Meu pai aparece à frente e quase não o reconheço. Os olhos gentis agora parecem arder como fogo. Em seu traje de batalha, ele é todo autoridade, força e poder. Me sinto corajosa só em olhar para ele.

Ayah se coloca diante de todo o grupo e meu coração começa a bater cada vez mais rápido com um tipo inédito de empolgação. Tenho certeza de que as coisas vão dar certo, porque ele está no controle. Minha capacidade pode falhar. Meus sentidos. Minhas emoções.

Mas ele não falha.

— Povo de Betel — Ayah começa, e não precisa gritar para que sua voz reverbere por todas as paredes do meu coração. — Não vamos subir até lá para lutar uma batalha. Vamos assumir a posição de vitória que já nos foi dada. Vamos conquistar o que já é nosso. Qualquer pensamento contrário que passar pela mente de vocês é mentira.

Cada olho está fixo nele. Sua voz, que me deixa tão calma, agora tem o efeito inverso. Eriça meus pelos. Faz meus músculos retesarem. Minhas pupilas dilatarem. Meu coração pulsar com força. Chego à conclusão de que a voz de Ayah sempre provocará o efeito que eu preciso no momento em que eu preciso.

— Sejam corajosos.

Ele diz, e minha visão entra em foco.

— Sejam fortes.

E eu estufo o meu peito.

— Não desanimem.

E meus joelhos se inclinam, aguardando o momento de se moverem.

— E lutem, porque eu já venci por vocês.

Os portões se abrem. A luz invade o ambiente. As filas sobem para a superfície. E corremos para a batalha.

No primeiro dia de nossa liberdade.

80

Loryan

Há exatos três minutos uma bomba pequena foi lançada na entrada da Armada.

Não vão contra-atacar com todo o potencial bélico por dois motivos. O primeiro é que não querem destruir a cidade. O segundo é que acham que não somos ameaça suficiente. Ayah disse que o protocolo padrão é evacuarem a área e colocarem o maior número possível de Exatores na linha de defesa.

Eles têm que sair de lá. Eles *precisam* sair de lá.

Só então o plano vai dar certo.

Eu, Valeryan e mais duas pessoas da confiança de Ayah estamos escondidos nas duas extremidades mais altas da cidade, e lá embaixo está o vale onde a luta vai acontecer. A movimentação de soldados kyresianos começa e meus sentidos se aguçam, imaginando o que vem em seguida. A tensão se espalha pelos músculos. Preciso contar os segundos para manter a respiração sob controle.

E então os vejo.

Subindo da terra, como um exército diverso e extraordinário. Homens, mulheres, de todas as cores e etnias, de todo povo, língua e nação. Sobreviventes. Escolhidos por Ayah.

Pertencentes a Betel.

Por um momento, me pergunto como vamos ser numerosos o suficiente para combater o exército de Buruk, que começa a se posicionar contra nós, junto com suas armas e suas habilidades, mas a visão de Ayah dissipa toda a dúvida. Ele vai à frente do exército e a batalha começa. O grande líder brande uma espada e não precisa de mais de um golpe para livrar os que estão em perigo. É engraçado que ele escolhe um instrumento tão peculiar para a luta, mas acho que nada é comum quando se trata de Ayah. Os inimigos podem parecer maiores e mais fortes, mas ele está ao nosso lado. Não há motivos para ter medo.

Quando a luta se torna mais intensa, algo do lado oposto ao que estou chama a minha atenção. Exatores posicionam armas de fogo e miram direto no campo de batalha. Sei que não há como diferenciar inimigos de aliados, eles vão massacrar a todos. O pensamento me deixa sem ar.

Sinto o impulso de descer do meu esconderijo para tentar abater ao menos um deles, mas Ayah foi específico com as ordens. Respiro fundo.

Ele sabe o que está fazendo.

Então um dos soldados levanta o braço. Assim que abaixá-lo, sei que estará ordenando fogo. Seguro a respiração, incapaz de desviar os olhos, e de repente vejo que algo o atinge. É tão veloz que não consigo identificar o que é. Logo depois outro soldado é abatido. E outro. E outro. Um por um, eles caem, e sobram apenas as armas enfileiradas em direção ao campo de batalha. Viro o pescoço e vejo Juruna, com o arco e a flecha retesados. Ela está imponente em uma rocha alta, sob a aura do sol, que mal começou a nascer.

Tembé se coloca ao lado dela, e outros chegam, mirando na batalha e sendo certeiros quanto aos inimigos. Mas estão sendo conservadores. Estão segurando a força. Estão seguindo o plano de Ayah.

É quando ele ordena que todos recuem.

O sinal é claro. Não há dúvidas em suas ordens. Todos sabem exatamente o que a mão floreando em círculos significa. Betel começa a correr. Os que ficaram para trás na batalha são os primeiros a abrir distância. Os que estavam na frente tentam ganhar algum tempo, continuando a luta, e assim que conseguem algum espaço, correm também.

Os Exatores estão desgastados. Não se prepararam para nada além de combater alguns rebeldes. Isso tudo é muito mais do que estavam esperando. Mas vejo o comandante deles se empolgar com a nossa fuga e com o êxito aparente. De repente, seu orgulho é maior que a cautela, e sua sede de sangue, maior do que qualquer raciocínio.

Exatamente como Ayah previu.

O comandante ordena que todos, sem exceção, persigam o exército rebelde. Todos os Exatores, inclusive da linha de proteção, deixam seus postos e avançam, determinados a exterminar cada um dos inimigos, que os estão atraindo para a floresta de fronteira.

Eles deixaram a cidade indefesa.

E é a minha hora de entrar em cena.

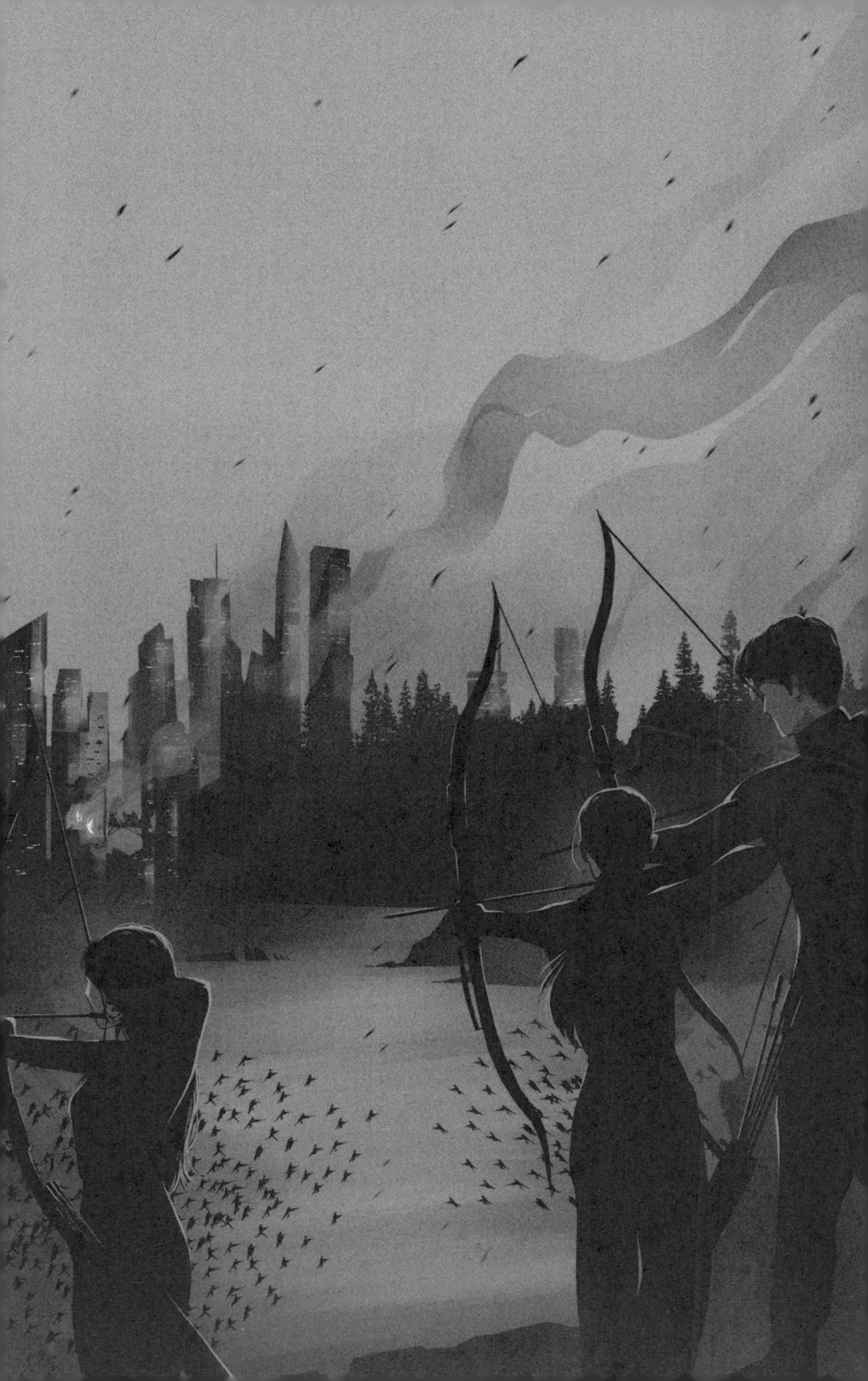

81

Loryan

Encontro Valeryan no caminho assim que começo a correr.

Beyah e Zahraa vêm logo atrás. Os explosivos pesam na minha mochila e meus pés parecem carregar chumbos no lugar de sapatos.

— Comecem a colocar nos pontos estratégicos — Zahraa, a capitã de equipe, ordena. Os demais assentem, iniciando o trabalho.

A cidadela é como o governo chama o conjunto de prédios que carrega toda a estrutura de Kyresia. O lugar onde Hel estava presa é um deles. Os demais são laboratórios, salas de arquivos, de armamentos, e outras coisas que permitem ter todo o povo de Kyresia sob domínio. É por aqui que os rastreadores de toda a população são controlados. É aqui que todo o sistema de troca de favores de corrupção está esquematizado.

Vamos explodir tudo.

Quando a cidade começar a pegar fogo, nosso exército vai parar de fugir e voltar para enfrentar o inimigo. Assim, eles estarão cercados por trás e pela frente e terão que se render. Esse é o propósito de Ayah.

Nós nos espalhamos entre os andares para agilizar. Percorro os corredores com pressa, ansioso para sair logo do prédio, mas, em algum momento, penso ter ouvido um grito vindo do corredor. Paro por alguns segundos, ponderando o que fazer, e lanço um olhar na direção da porta metálica de onde veio o som. Sei o que vou encontrar do outro lado e hesito em seguir adiante, mas ouço o grito abafado e acabo voltando. Seguro a respiração antes de abrir a porta e, assim que o faço, reconheço um dos piores lugares em que já estive em toda a minha vida.

O cheiro pútrido e familiar chega às minhas narinas, embrulhando meu estômago. As correntes penduradas no teto, as manchas de sangue na parede, os instrumentos cortantes expostos em uma mesa... Tenho lembranças em cada canto desta sala e meu corpo também se lembra, porque começa a tremer. Olho para o enorme cilindro de água e meus pulmões revivem a sensação de afogamento, começando a arder, enquanto caminho sala adentro.

Desde que acordei hoje, sinto o tempo passar em ritmo acelerado, talvez pela tensão e expectativa da batalha, talvez pelo medo do que pode acontecer, mas agora ele se espreguiçou e resolveu passar lentamente. Meus passos parecem sonolentos, meus pensamentos soam como os de um bêbado, e a cada passo que dou partículas de tempo flutuam ao meu redor, sem nenhuma intenção de seguirem seu curso.

Estou na sala de tortura.

Meu coração pulsa nos ouvidos enquanto assisto à cena de um garoto que, diante de mim, está tremendo. Ele tem sangue nos nós dos dedos e um corte no supercílio. Está ofegante, tão assustado que morde a parte interna da bochecha com força até a carne se partir, e, sem perceber, começo a fazer o mesmo.

— Mate-o — grita um homem mais velho parado entre o garoto e seu amigo.

O amigo com quem ele dividiu o jantar na semana passada. Eles dividem o mesmo beliche no dormitório. Dividem os mesmos pesadelos algumas vezes.

— Mate-o ou quem vai morrer é você.

O garoto sabe que não é uma ameaça vazia. Ele ainda sente a dor de suas costelas quebradas da última surra. Mas não consegue. Não enquanto encara os olhos inchados do amigo que foi pego tentando escrever para a irmã.

— Não posso fazer isso — sua voz é um fiapo. Sua postura escorre junto ao líquido quente que molha suas calças. Ele sabe o que isso lhe custará. Mas não seria capaz de tanta crueldade. Não agora. Não ainda.

— Se você não faz, eu faço. E é melhor não amarelar da próxima vez.

— Adeus, Loryan.

O som intenso do disparo me traz de volta à realidade. Trombo tentando, desesperadamente, sair da sala. Foi aqui que ganhei minhas piores memórias. Mas, pela primeira vez, penso que foi aqui que meu pai também ganhou as dele. Que ele viveu tantos horrores quanto eu, mas a diferença entre nós é que ele não conheceu nada além disso. E eu tive a chance. Pensar desse jeito condensa dor e alívio dentro de mim, em uma combinação muito estranha.

— Ô, *muso*, já terminou aí em cima? — grita Valeryan, me sacudindo de volta ao presente.

— Tudo pronto.

— Nos outros andares também. E colocamos alguns explosivos na rede elétrica — anuncia Beyah, com um sorriso de canto. — Logo tudo vai ruir.

— Certo — Zahraa assente. — Vamos percorrer a distância combinada, e então eu aciono o botão. Quando eu disser "corram", não olhem para trás nem parem, estão ouvindo? Corram como se a vida de vocês dependesse disso — ela alerta, fazendo uma pausa —, porque ela depende. Fui clara?

Balançamos a cabeça.

— Ótimo. No três. Um... Dois... CORRAM!

Em três segundos eu já me movo tão rápido que mal consigo encostar os pés no chão. Minha visão embaça e meus pulmões começam a arder pelo esforço, quando a primeira bomba ressoa. Do primeiro prédio, eu diria. Quase viro para trás para olhar, mas lembro do que a capitã de equipe disse.

Minha vida depende disso.

Continuo a correr, me afastando mais da cidade, embora uma força magnética pareça me atrair a ela. Tento puxar respirações curtas, tento administrar o peso do corpo, tento não pensar em Helsye e em como espero que ela esteja bem no meio desse caos todo. Tento não pensar nas memórias que eu achava ter escondido bem, uma a uma, me assombrando outra vez.

É quando uma civil surge, ao longe.

Não sei o que está fazendo aqui. A Armada foi evacuada há quase uma hora. Ela grita algo que não consigo entender. Está correndo na minha direção, e quando chega mais perto consigo ver o pavor em seus olhos.

— Meu filho! — ela se desespera.

Reduzo o passo.

— Meu filho ficou preso... Acho que ele estava procurando pelo pai... Ele...

A mulher soluça. Parece prestes a desmaiar. E de repente, tudo começa a se encaixar. O grito que ouvi. A sala. E se alguém passou despercebido durante a evacuação? E se eu estava perdido demais no meu passado para conseguir notar?

Ela para à minha frente e cai de joelhos com os olhos fixos em algo atrás de mim. A razão diz que eu deveria continuar correndo e ignorá-la, mas não consigo. É mais forte do que eu.

Paro e olho para trás a tempo de ver o primeiro prédio desabar.

— Ele estava lá? — pergunto.

Ela balança a cabeça negativamente, e aponta para o prédio da frente, exatamente onde eu estava há alguns minutos.

É uma questão de tempo até ser derrubado também.

E eu não sei mais o que estou fazendo.

Estou correndo de volta.

82

Helsye

Giro um soldado pelo braço e o derrubo de costas no chão.

Não sei que força caiu sobre mim desde que a batalha começou, mas sinto como se pudesse destruir uma cidade com as próprias mãos. O fato de meu pai nos mandar recuar não diminuiu isso.

— Hel, precisamos correr mais! — grita Aster, depois de dar uma cotovelada em um Exator e atirar em alguns outros.

Derrubo dois ou três homens a cada metro percorrido. Layla, Jey e os demais já estão mais adiantados na fuga. Precisamos atrair todos os Exatores para longe da cidade enquanto os nossos que estão de tocaia explodem suas fortalezas. Assim que ela começar a queimar, paramos de fugir e voltamos a lutar contra eles, deixando-os encurralados.

Acompanho Aster e começamos a correr. Alguém está nos dando cobertura enquanto fugimos. Quando levanto os olhos, vejo Juruna, Tembé e outros arqueiros nos protegendo do alto.

A última linha do nosso exército está quase próxima da floresta de fronteira quando ouvimos a primeira explosão. O fogo rasga o céu com violência. A terra parece estremecer, e o som de passos atrás de nós se torna um pouco menos intenso.

Eles olham para trás.

Estão assustados.

A fumaça começa a subir da cidade, e o pavor aparece no rosto do comandante de Buruk. Ele percebeu que era uma emboscada.

— Agora! — meu pai grita, e seu comando é repetido pelos capitães de equipe. Damos meia-volta, revertendo a fuga e atacando novamente.

Estamos próximos o suficiente para recomeçar a luta de imediato, e enquanto isso centenas passam por nós, derrubando, atirando e ocupando cada espaço que pertencia ao inimigo. Eles não estão reagindo como antes, a explosão da cidade os desestabilizou. Primeiro, um deles ergue os braços, em seguida outro, e logo muitos outros começam a se render, ao se darem conta de que não vale mais a pena lutar por Buruk.

Há um clima silencioso de vitória quando Valeryan e Zahraa aparecem.

Tudo parece certo. Como se de repente não fosse mais escuridão, nem aurora, mas o sol finalmente se dispondo a nascer, depois de muito esforço com a névoa da madrugada fria.

— Já está tudo comprometido lá dentro — Valeryan anuncia, ofegante.

Tento sorrir.

— Vencemos? — Aster pergunta.

— A primeira batalha de uma guerra, mas sim — respondo, me virando para os dois em seguida. — Cadê o Loryan?

Ele devia estar com eles. Estava de tocaia para explodir os prédios principais. Valeryan coça a cabeça.

— Hã... Ele não chegou antes de nós?

Sinto o corpo gelar. Minha boca de repente parece seca. A língua, pesada demais.

— Valeryan — digo, enchendo meus punhos com o tecido de seu traje. — Onde o viu pela última vez?

Ele abre a boca e desiste. Aperta os lábios. Olha para Zahraa e ela fecha os olhos por alguns segundos, suspirando. Sinto que poderia bater nos dois se não disserem nada.

— Dissemos a ele para se afastar, mas será que aquele maluco...

Não consigo ouvir o resto, apenas começo a correr.

— Helsye, não! — Ouço Aster gritar, ao fundo, mas não me viro.

Não ouço mais nada.

Não penso em mais nada.

Tenho que encontrar Loryan.

83

Helsye

Há peças de roupa espalhadas pelo chão.

Coisas que civis deixaram para trás no desespero do alarme de guerra. Pego um casaco e coloco sobre o rosto para conseguir respirar em meio ao pó cinzento e à fumaça, então mergulho na escuridão dos escombros, espremida entre os destroços para conseguir passar. É o terceiro prédio em ruínas em que entro para procurar.

A sensação de claustrofobia aperta a minha garganta.

— Loryan! — grito, talvez ingênua demais para acreditar que alguém debaixo de tudo isso possa me escutar.

Um pedaço de teto ainda suspenso se desprende, caindo próximo ao meu pé. Uma grande nuvem de poeira se levanta e começo a tossir, mesmo com a boca coberta. Meus olhos ardem e lacrimejam. Meus pulmões querem desistir.

— Loryan! — continuo gritando, mas desta vez minha voz sai esganiçada.

A percepção do ambiente faz com que eu me sinta uma piada, tudo em volta gritando que é uma missão impossível. Talvez eu deva ir embora. Ou apenas me entregar e esperar pelas próximas explosões.

Talvez seja o fim.

— Aqui! — a voz distante me faz pensar se não estou alucinando.

— Loryan? Loryan! — repito, dando um pouco de liberdade à loucura de acreditar em coisas que são impossíveis. Papai chamaria isso de fé.

Silêncio.

Um. Dois. Três. Quatro segundos de silêncio, e minhas mãos estão tremendo.

— Helsye? — a voz continua longe, e tento rastrear de onde está vindo.

Está cheia de incerteza e quero sorrir, porque lá no fundo eu também duvidei que realmente poderia encontrá-lo.

Mas encontrei. Sempre vou encontrar um caminho até você, seu idiota.

Sigo o som até chegar a uma pilha de concreto. Ao longe, mais sons de bombas explodindo. Sei que é questão de tempo até não sobrar mais nada. É quando o chão treme violentamente e outro desabamento acontece. Desta vez, não há como desviar. Uma grande pedra cai sobre o meu ombro. A dor é excruciante, e eu caio de joelhos, cerrando os dentes. Devo tê-lo deslocado.

Mas não posso ser fraca agora.

Inspiro com força e me levanto, me esforçando para afastar a sensação de desmaio. Sigo adiante.

— Loryan — arfo, chegando mais perto da montanha cinzenta. — Você está aqui?

Me pergunto o quanto deve estar machucado. Quanto peso deve estar aguentando. E torço para que ele aguente só mais um pouco.

— Estou aqui — ele diz.

Começo a retirar os escombros, um por um, com o braço que ainda está bom. O outro parece estar sendo martelado a cada movimento. Mas a agonia se misturou à esperança e me sinto anestesiada, sinto que posso suportar qualquer coisa. Me pergunto se isso é amar uma pessoa. Ter mais medo de perdê-la do que perder a própria vida.

Solto um grito ao retirar um bloco bem pesado e finalmente vejo o rosto de Loryan. Está sujo, esbranquiçado pela poeira, e cheio de machucados.

— Lor... — eu digo, e uso toda a minha força para arrastar o pedregulho que cobre parte do corpo dele.

Antes de deixá-lo erguer o tronco, o abraço. Apenas por alguns segundos, seguro sua cabeça contra o meu corpo, respirando aliviada. Só quero ter certeza de que não o perdi.

Sinto uma nova onda de ânimo e consigo retirar todos os destroços que o soterram, exceto por um: o vergalhão que atravessa a carne de sua coxa. Observo-o com o peito em chamas. Loryan tosse um pouco e eu me afasto para observá-lo, enquanto tento imaginar uma maneira de remover aquilo. Em seguida, ele gira um pouco o corpo e levanta o braço. Só então vejo: a cabecinha de uma criança com fios escuros como os dele. O corpinho minúsculo sendo protegido pelo escudo que o outro formou com o próprio corpo.

— Ele desmaiou pelo susto — Loryan diz. Sua voz está tão profunda e baixa que sinto a intensidade da sua dor. — Leve-o de volta, Hel. Tire-o daqui.

Minha cabeça gira com a confusão.

— O que você está querendo dizer?

— Não vou conseguir correr, mas você sim.

Ele indica a própria perna com a cabeça. Tento manter a expressão neutra diante da cena, mas cada parte do meu corpo arrepia em puro pavor. *Não posso me desesperar agora.*

— Helsye... — Loryan me faz encará-lo. — Você foi louca demais em se arriscar e voltar. Mas vocês conseguem escapar se forem rápidos.

— Não! — eu grito, brava. — Você... Você pode se apoiar em mim. Posso carregar os dois se for preciso.

Estou ignorando o fato de que precisaria tirar o vergalhão. De que não tenho com o que cerrá-lo. Que arrancá-lo seria desumano com Loryan. *Que acabou.* Mas não quero viver isso de novo. Não quero perder outra pessoa estando tão perto de salvá-la, como aconteceu com Kalyen. Não vou aguentar.

— Helsye...
— Não, Loryan!

Não posso me desesperar.

O choro irrompe, involuntariamente. Me sinto uma idiota. *Esse não pode ser o fim.* As coisas entre Helsye e Loryan não podem terminar assim.

— Eu não... Não posso deixar você ir — soluço. — Não depois de ter levado tanto tempo até te encontrar.

Aperto a pedrinha que ele deixou comigo, agora no meu pescoço. Duas lágrimas correm ao mesmo tempo pelas minhas bochechas. Loryan leva uma das mãos ao meu rosto para contê-las.

— Helsye — ele diz baixinho. — Acho que acabei de me apaixonar por você de novo. Pelas minhas contas, é a quarta vez... — ele tosse, e então dá um sorriso fraco. — Tudo bem se a primeira ainda for a minha favorita?

Lor enxuga minhas lágrimas com o polegar, como fez naquele dia. No dia que disse a mim o que deveriam ter dito a ele, quando era apenas uma criança. Que eu não era um monstro. E então, encosta a testa na minha só um pouquinho.

— Você precisa ir. Agora — ele alerta, me afastando. — E quero que viva uma boa vida, digna da garota extraordinária que você é. Ouviu bem?

Aceno com a cabeça, destruída, e enquanto reúno forças para levantar, o som de palmas nos interrompe.

— Muito comovente!

Nos viramos ao mesmo tempo, vendo Buruk surgir na escuridão enevoada. Uma das fontes de Ayah disse que Buruk desistiu de voltar ao centro da Armada depois da missão de resgate e decidiu se manter escondido na divisão bélica. Covarde demais para lutar ao lado de seus homens. Não burro o suficiente para achar que seria páreo para o meu pai.

— Seria tocante se eu não estivesse enojado. — Ele se aproxima. Quando as bombas silenciam, consigo ouvir um som do helicóptero que provavelmente o trouxe até aqui. — Eu deveria imaginar que vocês dois se encontrariam. São parecidos, afinal... A vida não foi generosa com nenhum de vocês. A morte também não será.

Ele ri alto, debochando, e aponta uma arma em nossa direção.

— Vai ser poético. Vou ferir seu pai matando você — ele dirige a ameaça a mim. — Me vingar de um traidor — diz a Loryan. — E ainda temos alguém que vai perder a vida por estar no lugar errado com as pessoas erradas.

Loryan abraça o garoto mais forte. Protege sua cabeça, e agora sei porque faz isso. Porque a primeira pessoa que ele tentou proteger machucou a cabeça, e ele não quer falhar outra vez.

— Mas vou ser bonzinho e te dar uma escolha.

Buruk dá mais alguns passos, mancando. Está machucado. Sua arma ainda está apontada para Loryan, mas seus olhos semicerrados estão fixos em mim.

— Posso poupar a vida desses dois se você vier comigo.

— Eu nunca iria com você — reajo.

— É mesmo? — Buruk pergunta, esboçando um sorriso.

— Se importa tanto assim com o plano do seu pai? Esqueceu que ele deixou você?

Ao meu lado, Loryan geme de dor. Sinto minhas mãos formigarem pelo medo e ansiedade. *Aguente mais um pouco, Lor. Por favor, não desista.*

— Ele renunciou uma vida ao seu lado — Buruk continua, baixando o tom de voz. Prendo a respiração e fecho os olhos por alguns segundos. — E isso para oferecer salvação a pessoas que o trocaram por *mim* e escolheram o *meu* governo, e não venha me dizer que você não sabe da história.

As palavras são familiares. Não quero ouvir. São coisas que questionei desde a minha infância até há alguns dias, quando soube de tudo.

Você sabe que não é verdade, Helsye. Você sabe que...

— E você vai fazer o mesmo que ele? Sacrificar a vida de pessoas que você ama por outras que talvez nem reconheçam o que você fez?

Vasculho minha mente em busca de algo que me dê estabilidade. Que não deixe meu coração fraco acreditar no que ele diz.

— Pense um pouco... — *Preciso de algo. Preciso me segurar em algo.* — Se a imune que incitou o caos em Kyresia fizer um pronunciamento, dizendo que tudo não passou de um plano mirabolante, as pessoas vão se acalmar e tudo voltará ao normal. É bem simples. Diga que a vacina foi uma mentira do seu pai para tomar o poder. Seja a cara de uma nova fase do meu governo. Em troca, eu deixo você morar na Armada e trazer esse verme com você.

"Eu nunca a deixei, Helsye", meu coração reverbera. A verdade é silenciosa, diferente do espetáculo diante de mim. Um som fraquinho, mas retumbante em cada parede da minha alma, outrora quebrada, agora quebrantada. E a voz de Ayah preencheu cada rachadura.

— Sua hesitação é patética. Se você amasse mesmo esse garoto, se preocuparia apenas em salvá-lo. E dane-se o resto do mundo.

Ergo os olhos para encará-lo e sorrio. Porque aí está. As palavras de Buruk podem ser persuasivas. Podem fazer sentido. Mas sempre haverá uma brecha, uma pequena falha, um erro minúsculo para que a mínima familiaridade com a verdade faça você perceber que seu discurso eloquente não passa de uma falácia.

Não sei se conheço muito sobre o amor, mas não é assim que ele funciona. O amor verdadeiro não sacrifica os outros em benefício próprio. Ele sacrifica a si mesmo. Foi isso que Ayah fez. Foi isso que Loryan fez.

É isso que quero fazer.

— Posso dar uma casa bonita, bem nos arredores do prédio principal, e vocês vão ser sustentados diretamente por mim. Ninguém vai incomodá-los. Uma vida tranquila, hein? — Buruk dá uma risadinha. — Este país ainda está na minha mão e eu posso...

— *Não*.

O presidente abre a boca, surpreso. O choque pela minha recusa se transforma lentamente em puro ódio. Por alguns instantes, saboreio a sensação de vê-lo ser desmascarado, de ver suas promessas vazias caírem por terra e se desfazerem como a nuvem de poeira ao nosso redor.

— Você me ofereceu muitas coisas e sei que nenhuma delas será suficiente — projeto a voz com toda a autoridade. — Porque há algo correndo nas minhas veias que é mais precioso do que Aurora, a vacina que me torna imune ao Lanulavírus.

Estufo o peito, cheia da coragem e da força que estou consciente de que não vêm de mim mesma.

— É o sangue de Ayah. Ele me torna imune ao egoísmo de viver uma vida tranquila e confortável enquanto pessoas sofrem lá fora. Você não pode mudar isso, está no meu DNA. Eu sou filha dele, e quero fazer as mesmas escolhas que ele fez. Porque prefiro morrer como filha de Ayah a viver a ilusão de uma vida que ele não sonhou para mim.

— Sua infeliz...

Buruk aperta a arma no próprio punho e eu entrelaço os dedos na mão de Loryan, sentindo um nó se formar na minha garganta. Lembro do que ele falou na nossa conversa ontem. Sobre pensar em alguém antes de morrer. E sei o que quero imaginar nesses últimos minutos.

O rosto de Ayah.

Seus olhos gentis. Suas palavras capazes de derrubar e reconstruir o meu coração. Sua vontade sempre tão boa e perfeita, mesmo quando me contraria. E de repente não tenho mais medo. Porque saber que sou amada por Ayah, que pertenço a ele, que sou sua filha, torna toda a minha existência uma gota no seu oceano. Não há como me perder, se estou escondida nele. Morrer assim é um verdadeiro privilégio.

Eu sou dele.

Ele é meu.

Então respiro fundo, fecho os olhos e espero ouvir o disparo. Mas ouço outro som. Mais alto. Mais forte e estrondoso. Que sacode o meu corpo, parece estourar os meus tímpanos e me dá apenas uma certeza antes de tudo escurecer:

Sob os pés de Buruk havia uma bomba atrasada em seu trabalho.

E ela acabou de explodir.

84

Loryan

Abro os olhos e vejo duas barras brancas lentamente se fundindo, tornando-se apenas uma.

Tento me mexer, mas tudo, absolutamente tudo, está dolorido.

Solto um gemido.

— Ei... — diz uma voz familiar, e eu me acalmo. Conheço esse som. Ele me faz sentir que está tudo bem. — Fica quietinho, seu idiota.

Rio um pouco com o xingamento, mas a minha mandíbula também dói e me pergunto se há alguma parte saudável no meu corpo. Um rosto surge à minha frente.

Meus olhos.

Meus olhos estão completamente saudáveis.

E que bom que posso ver isso.

— Oi.

— Oi — respondo.

Um par de olhos castanho-claros. Um cabelo crespo e baixinho e menos argolas na orelha do que eu me lembro, pelo menos da última vez que a vi.

Quando ela salvou a minha vida.

— Como você está?

— Me sentindo imprestável — respondo, com sinceridade. — Mas estou vivo. Você parece ótima.

Ela dá um sorrisinho. *Caramba...* Senti falta disso.

— Eu disse que era mais forte que você. Deveria ter sido a líder daquela missão.

Reviro os olhos com a provocação e, em seguida, me permito explorar um pouco o ambiente. Ala médica de Betel, é o que parece. Mas está diferente. Mais claro. Menos escondido.

— Estamos na superfície?

— Estamos. Betel agora fica na antiga Armada.

Levanto os olhos, confuso.

— Por quanto tempo eu dormi?

— Três dias — ela ri. — Mas meu pai é bem rápido, você sabe. Só precisou de um dia e meio para trazer tudo para cá. Em três dias ele poderia morrer e ressuscitar.

Helsye puxa a cadeira para mais perto. Senta de modo desajeitado, como ela sempre faz. O braço está pendurado em uma tipoia.

— Você esteve aqui o tempo todo? — pergunto, um sorriso começando a se formar no meu rosto. — Comigo?

— Claro que não — responde. — Tenho mais o que fazer.

Solto um muxoxo.

— E o garoto? Ele...

— Ele está bem. O pai se rendeu durante a batalha. Ele veio te visitar, junto com a mãe, e agradeceram por você salvar a vida dele. Mas, como a diva dramática que é, você não se deu o trabalho de acordar para ver.

Dou outra risada. Pisco para ela algumas vezes.

— O que aconteceu?

— A gente quase fritou na explosão. Ainda estou me recuperando de algumas queimaduras — ela me mostra a perna enfaixada. — E você, gatinho, estava em frangalhos. Tinha hemorragia interna e o vergalhão atingiu seu nervo. Se o resgate demorasse um pouquinho mais, talvez você não recuperasse o movimento da perna.

O sarcasmo de Helsye não me engana. Sei que ela está usando isso para disfarçar o quanto ficou assustada. Sorrio com a ideia de que ela não pode mais se fazer de forte comigo, eu posso ler suas emoções.

— Mas Ayah foi rápido em encontrar a gente, e graças a ele estamos vivos. Todos estão trabalhando para organizar os próximos passos, com papai no comando.

— Helsye...

— Você pensou mesmo em mim? Naquela hora?

A mudança súbita de assunto me pega de surpresa. Refaço o momento de três dias atrás na minha memória. Não precisava imaginar seu rosto como havia dito, porque ela estava do meu lado. Não sei direito como responder.

— De certa forma.

— *De certa forma?*

— O que você quer que eu diga?

Sorrio para provocá-la e Helsye semicerra os olhos.

— "Quero que saiba que vou pensar em você, Helsye Agris" — ela imita cheia de ironia. — Acredita que foi por causa dessa baboseira que voltei lá? Deveria ter previsto que era uma das suas artimanhas. Você tem muita lábia, Loryan Aki.

Solto uma gargalhada e minhas costelas quase se partem. Helsye continua me encarando. Parece tão mais bonita do que na primeira vez que a vi. De todas as primeiras vezes. E talvez seja porque agora a conheço de verdade. Conheço seus medos e sonhos. Sua personalidade sincera, debochada e generosa.

Conheço sua alma. E a beleza da alma sempre deixará as aparências em segundo plano.

— Agora trate de ficar bom, porque vamos nos casar.

Ergo as sobrancelhas, surpreso.

— Nós vamos o quê?

— Vamos nos casar — ela levanta da cadeira, como se tivesse dito algo totalmente corriqueiro como "vamos jogar o lixo fora". — E tem que ser logo, porque vamos ter uma festa e tulipas e um monte de coisas que Layla diz que vai morrer se eu não fizer.

— Tulipas? Achei ter ouvido que você gostava mais de margaridas.

Ela dá um sorriso melancólico.

— Você não sabe de nada.

Ainda estou incrédulo, processando as informações. Hel ergue uma sobrancelha em resposta ao meu silêncio.

— O que foi? Não quer se casar? Vai me dizer que "acabei de me apaixonar por você de novo, Helsye" também não foi o que você queria dizer?

— Não! Quer dizer... Sim, por favor, sim. Argh, eu só... *Você acabou de me pedir em casamento?*

— Pareceu um pedido para você?

— Você não precisa ficar brava, *amor* — abro um sorriso. — Eu me casaria com você agora, usando essas roupas de hospital.

Helsye inclina a cabeça um pouquinho, parecendo se divertir com a possibilidade. Estou torcendo muito para que ela diga que sim.

— Tentador — fala, depois de uma pausa. — Mas quero você de terninho preto. Fica lindo quando usa essa cor. Agora tenho coisas a fazer, estou encarregada da equipe de transição do governo. Adeus.

Ela caminha em direção à porta, parecendo resoluta e destemida e parecendo Helsye Agris.

Minha futura esposa.

— Ah... — Ela para no meio do caminho. — Layla achou que você fosse morrer, então fez algumas confissões. Ela mentiu sobre o apelido. *Amor* não significa nada ruim. Pelo contrário — ela sorri. — Achei que você precisava saber.

Eu a encaro em silêncio por alguns segundos. Analiso cada parte do seu rosto, desejando congelar o momento. E então penso que vou revivê-lo todos os dias, e de repente estou ansioso pela vida que me espera.

— Você achou mesmo que eu não sabia? — Meneio a cabeça, estalando a língua algumas vezes. — Eu sempre soube, meu *amor*.

EPÍLOGO

Helsye

— Eu disse a você para trazer balões.

— Você me disse para trazer enfeites bonitos. E eu trouxe os enfeites que achei mais bonitos.

— Mas estrelas? Planetas?

— Gosto muito de astronomia. Aliás, você sabia que a nebulosa de Órion...

— Ai, Hayur. Você me tira do sério.

Layla sai pisando forte em direção ao próprio quarto. Sei que se joga na cama pelo barulho. Ela é uma filha muito previsível.

Nossa casa não é tão grande. Estamos perto o suficiente da antiga Armada para que Loryan e eu estejamos presentes nesta fase de construção de um novo governo. Ao mesmo tempo, a área que papai nos deu para construirmos nosso chalé é silenciosa e tranquila. Nos mudamos há alguns meses e ganhamos tanta coisa que ainda estamos organizando tudo para que tenha a nossa cara. Dei preferência aos itens mais rústicos das antigas províncias Artesã e Comercial. A única coisa da casa vinda de um Tecnis são os jogos de tapete de crochê feitos pela mãe de Hayur, e que Layla disse que eram muito bregas, mas resolvi deixar mesmo assim.

Betel está se estabelecendo gradativamente. Nossa primeira medida está sendo vacinar toda a população, os que não estavam no esconderijo subterrâneo quando a Aurora foi aplicada. A questão política ainda é um problema. Alguns chefes de província escolheram resistir ao comando de Ayah, e encontrar a melhor forma de lidar com eles, sem colocar a vida dos provincianos em risco, tem sido assunto de muitas reuniões. Fora isso, alguns amigos e eu estamos estudando maneiras de eliminar as barreiras culturais causadas pela esteira de montagem, principalmente em relação à educação. Muitos jovens provincianos, sobretudo antigos Agris e Artis, ainda não se acostumaram à ideia de poder escolher com o que querem trabalhar.

Oferecer isso a eles é uma das coisas que mais amo no novo país.

— Ah, oi, Hel — Hayur diz, se recuperando da bronca de Layla. — Como está a adaptação com o aparelho novo?

Ele coloca a sacola com enfeites na mesa e eu me aproximo.

— Ótima. Esse filtra bem mais os ruídos do ambiente do que o outro. Você arrasou, Hayur.

Vejo-o balançar a cabeça, orgulhoso.

— Pessoal, ele vai chegar daqui a alguns minutos — Heort surge na porta, trazendo descartáveis.

— Cadê o papai?

— Está entrando.

Antes de Heort terminar a frase, Ayah surge com o bolo coberto com chocolate e granulados, que ele mesmo fez. Valeryan e Rúbeo vêm logo atrás.

— Vamos nos esconder.

— Layla! — grito. — Ele está vindo.

Ela surge no corredor ainda emburrada. Lança um olhar magoado para Hayur, porque as coisas não saíram do jeito que ela esperava. Ainda estou montando meu arsenal para lidar com sua fase "adolescente estressada", costumo deixar essa parte com o Lor.

— Seu cabelo tá ótimo — faço minha primeira tentativa.
— Jura? — Layla abre um sorriso. *Ainda bem que funcionou.* — Jeyoke finalizou para mim porque fiquei com preguiça, apesar de que ele leva o dobro do tempo, você sabe.
— Ele é um ótimo garoto.
— Sou mesmo — Jeyoke concorda. — Vocês podiam muito bem ter me adotado também, já que adotaram a Layla. — *Ai!*
Ele esfrega o ombro que acabou de ser estapeado.
— Tá louco, Jeyoke? Você é meu namorado agora. E quer que eles adotem você? Acha que eles são quem, os *Cullen*?
Ele a encara inexpressivo.
— Nem vou perguntar quem são esses — diz. —Mas, francamente, vocês não são mesmo uma família comum, já que seus pais só são uns cinco anos mais velhos.
— Gente, é melhor todo mundo se esconder logo — Valeryan anuncia, depois de acender as velas coloridas.
Corremos para trás do balcão quando o som de chaves soa na porta. Pensei muito sobre preparar uma festa de aniversário para Loryan, considerando como este dia é difícil para ele, mas no fim, estamos aqui.
Dizem que o amor é capaz de curar as feridas, mas me parece que depende muito do tipo de ferida e do tipo de amor. Fissuras da alma, só o amor que excede todo o entendimento pode sarar. E somente depois disso, amores menores podem dar suas contribuições.
Loryan foi encontrado e curado. Antes disso, eu não seria capaz de sará-lo. Nem ele, a mim. Só então, depois do amor perfeito ter nos consertado, meu amor humano e falho pode ter algum efeito para transformar suas memórias ruins em lembranças felizes.
Essa festa de aniversário será uma delas.

— *Shhh* — Layla sussurra, e esperamos ouvir o som dos passos para levantarmos todos ao mesmo tempo.

— *Surpresa!*

Loryan congela onde está. Nenhum centímetro do seu rosto se move. Ele encara cada um de nós e então olha para o bolo feito por Ayah. Para os enfeites de astronauta de Hayur. Para os chapéus de cone que estamos usando.

Então, começa a chorar.

— Essa é uma reação de tristeza, não é? — Hayur pergunta. — Ele não deveria estar feliz?

Saio detrás do balcão e avanço em direção a Lor, preocupada se a festa foi uma ideia ruim. Ele senta sobre o braço do sofá, atordoado. Seguro seu rosto com as duas mãos, fazendo-o olhar para mim.

— Lor, se você quiser eu...

— Obrigado.

Loryan aperta os lábios ao mesmo tempo que duas lágrimas correm pelo seu rosto. Enfim me encara. Enfim sorri. Um sorriso que retribuo.

Abraço-o, protegendo sua cabeça como ele sempre faz. Lor a enterra no meu colo, envolvendo minha cintura com os braços. O alívio se espalha pelo meu peito. Meus ombros relaxam. A alegria me envolve de novo e acho que todos sentem a mesma coisa porque começam a comemorar. Só ele ouve o que sussurro em seguida:

— Feliz aniversário, gatinho.

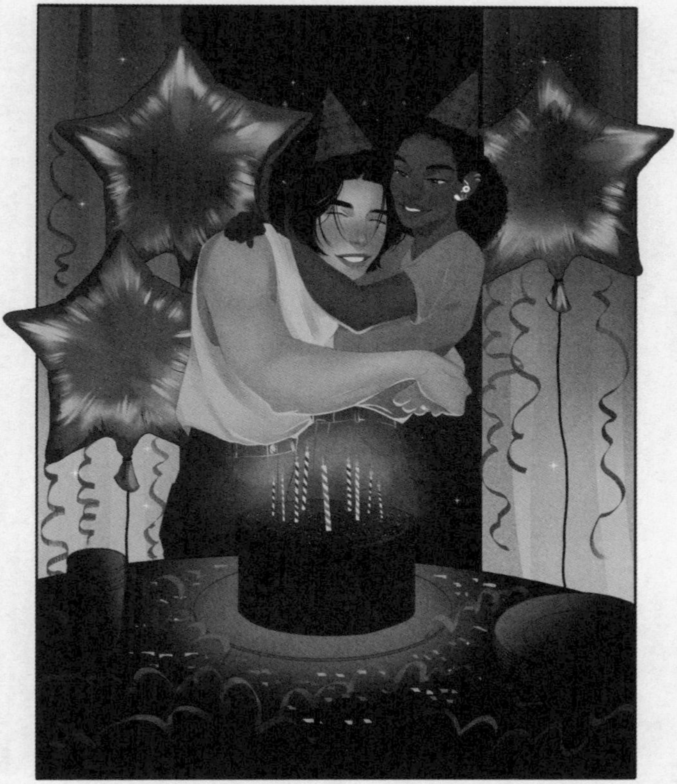

Nota da autora

"Tem certeza que não quer aparecer como um leão?", perguntei. "Qualquer coisa eu coloco a culpa no C. S. Lewis."

Ele não quis.

E vocês sabem como Ele é Soberano quando quer alguma coisa.

"Não é possível que Você queira mesmo aparecer na história como um ser humano, de carne e osso e..."

Percebendo que foi exatamente o que Ele fez há uns dois mil anos e ficando quieta.

Acho que perdi os argumentos.

Ayah-Besar significa "Grande Pai" em um idioma que encontrei, e apesar de condensar características das duas Pessoas da Trindade, acho que a primeira é a que mais se sobressai. Mesmo assim, meu personagem está a anos-luz de distância de ser uma analogia perfeita do Eterno e do seu Filho. Por isso, queridos leitores, não tentem interpretar tudo, nem pensem demais se algo os deixou confusos. Conhecê-Lo pelas Sagradas Escrituras é como ver uma obra de arte, enquanto por aqui você só vai ver bonecos de palito feitos por uma criança no jardim de infância.

Mesmo assim, isto aqui é sobre Ele.

E o meu propósito em escrever essa história sobre a Paternidade de Deus e o Amor perseguidor de Cristo é fazer sua cabecinha entender que Ele está perto. Que Ele pode ser o Eterno Soberano, o Grande Leão, o Senhor dos Exércitos, mas também é o nosso Pai que nos convida para sentar à mesa e nos oferece chá com biscoitos. Emanuel. Deus conosco. Foi por isso que Ele desceu.

Alguns de nós somos como Loryan. Ele nos encontrou e salvou nossas vidas, nos oferecendo graça e perdão. Encontramos seu Espírito, passamos pelas águas e fomos lentamente sarados, sendo alvo de seu Amor insistente e paciente. Mas alguns de nós somos como Helsye. Já nos tornamos filhos, mas continuamos agindo como órfãos. Perdendo nossa identidade na ânsia por sermos autossuficientes.

Ou talvez você possa ter se identificado com algum outro arco que eu não planejei, mas Ele sim. De qualquer forma, seja qual for o estágio do seu relacionamento com o Grande Pai, o convite estendido por Ele é o mesmo, e eu ficaria feliz em transmiti-lo:

"Volte para casa, criança.

Apenas volte para Casa."

Agradecimentos

Ao Eterno, que me desperta todas as manhãs com a esperança do dia em que a primeira coisa que verei ao abrir os olhos será o seu rosto. Vivo por isso. Escrevo por isso.
Somos Você e eu, para sempre.
Um muito obrigada bem grande e cheio de glitter a todas as pessoas que conheceram e apoiaram *Aurora* na versão independente, em especial Carol Portela, Mismana, Ana Lê, Aline Wandroski, Maiara, Sâmella, Ellen, e minhas meninas Kay, Maria, Lê e Yas. Eu não sabia que as palavras "tende bom ânimo" de Jesus poderiam ser de carne e osso até conhecer vocês.
À minha mãe, que me disse estar no capítulo 89 de *Aurora*, embora o livro tenha apenas 85 capítulos. Obrigada pelas suas intercessões mesmo quando você não sabia tudo que a escrita significava para mim. Todas as mulheres fortes que escrevo têm um pouco de você.
Ao ministério Corajosas, em especial Thaís Oliveira e Arlene Diniz, por acreditarem nessa história. À Camila Antunes, pelo trabalho maravilhoso de edição. E a toda a equipe da Mundo Cristão, por fazerem com que eu me sinta em casa: Daniel Faria, Natália Custódio, Talita Dantas, Ana Luiza Ferreira, Gabi Casseta e a todos que não conheço nominalmente, mas que trabalharam para que este livro

chegasse até os leitores. Embora eu não saiba o nome de todos, vocês estão nas minhas orações.

E a você, leitor, que caminhou comigo até a última linha escrita. Sua lealdade me lembra uma certa promessa, Alguém que disse que estaria conosco até o fim, e acho que Ele trouxe você até os agradecimentos só para lhe dizer que está mesmo. E que sempre esteve. E que sempre estará.

Não se esqueça disso.

Sobre a autora

Vitória Souza era só uma garota esquisita até que, por algum motivo, Jesus achou que ela seria uma boa melhor amiga. Desde então, os dois são inseparáveis e ela tenta encaixá-lo em qualquer conversa, inclusive nos livros que escreve e na página de Instagram que criou sobre ele, a @jesuschuvaelivros.

Quando não estão escrevendo livros, você pode encontrar os dois lendo juntos, dividindo um café ou dançando e cantando Gable Price and Friends bem alto na cozinha da casa dela.

Um dia eu posso apresentá-lo a vocês, meu melhor amigo ama novos amigos (e, sim, eu me esqueci de usar a terceira pessoa)!

Compartilhe suas impressões de leitura,
mencionando o título da obra, pelo e-mail
opiniao-do-leitor@mundocristao.com.br
ou por nossas redes sociais

Esta obra foi composta com tipografia Minion 3
e impressa em papel Pólen Natural 70 g/m² na gráfica Santa Marta